陕西师范大学中国语言文学"世界一流学科建设"成果

一枝清莲

一枝清莲，愿常在心底，传递爱心，释放善意。

张宗涛 著

天津出版传媒集团

百花文艺出版社

图书在版编目（ＣＩＰ）数据

一枝清莲 / 张宗涛著. -- 天津：百花文艺出版社，
2019.11
ISBN 978-7-5306-7805-3

Ⅰ. ①一⋯ Ⅱ. ①张⋯ Ⅲ. ①散文集–中国–当代
Ⅳ. ①I267

中国版本图书馆 CIP 数据核字(2019)第 270771 号

一枝清莲
YIZHI QINGLIAN

张宗涛 著

选题策划:韩新枝　　　　　装帧设计:蔡露滋
责任编辑:郑　爽　　　　　封面插图:杨丽娜
出版发行:百花文艺出版社
地址:天津市和平区西康路 35 号　邮编:300051
电话传真:+86-22-23332651（发行部）
　　　　　+86-22-23332656（总编室）
　　　　　+86-22-23332478（邮购部）

网址:http://www.baihuawenyi.com
印刷:山东临沂新华印刷物流集团有限责任公司
开本:787×1092 毫米　　1/16
字数:197 千字
印张:15.5
版次:2019 年 11 月第 1 版
印次:2019 年 11 月第 1 次印刷
定价:38.00元

如有印装质量问题，请与山东临沂新华印刷物流集团有限
责任公司联系调换
地址:山东省临沂市高新技术产业开发区新华路 1 号
电话:(0539)2925659　邮编:276017

总　序

　　陕西师范大学中国语言文学学科至今已经走过了七十多年的发展历程。数代学人培桃育李、滋兰树蕙，在学科建设、人才培养、科学研究以及社会服务等方面取得了令人瞩目的成就，涌现出了一批蜚声海内外的硕学鸿儒，形成了"守正创新、严谨求实、尊重个性、兼容并包"的学术传统和"重基础训练、重理论素质、重学术规范、重人文教养、重社会实践、重能力提高"的人才培养特色，铸就了"扬葩振藻、绣虎雕龙"的学院精神。数十年来，全体师生筚路蓝缕、弦歌不辍，获得中国语言文学一级学科博士授予权，中国语言文学一级学科博士后科研流动站，中国古代文学学科也跻身于国家重点学科；建成"国家文科（中文）基础学科人才培养和科学研究基地"，教育部、国家外国专家局"长安与丝路文化传播学科创新引智基地"，教育部"2019 年全国普通高校中华优秀传统文化传承基地""陕西师范大学语言资源开发研究中心""陕西文化资源开发协同创新中心"等多个省部级科学研究平台；汉语言文学专业为教育部特色建设专业、陕西省名牌专业，入选陕西省"一流专业"建设项目，秘书学专业和汉语国际教育专业也入选陕西省"一流专业"培育项目；形成了从本科、硕士、博士到博士后完整的人才培养和科学研究体系，中国语言文学学科走上了稳健、持续发展的道路。

2017年，中国语言文学学科被教育部列入"世界一流学科"建设学科，迎来了难得的发展机遇。中国语言文学学科全体师生深知"一流学科"建设不仅决定着我校中国语言文学学科能否在新时代开创新局面、取得新成就、达到新高度，更关乎陕西师范大学的整体发展。在学校的正确领导下，各有关部门齐心协力，兄弟院校及合作机构鼎力支持，文学院同仁更是呕心沥血、发愤图强，学科建设取得了显著成效。为了及时汇总建设成果，展示学术力量，扩大学术影响，更为了请益于大方之家，与学界同仁加强交流，实现自我提高，我们汇集本学科师生的学术著作（译作）、教材等，策划出版《陕西师范大学中国语言文学世界一流学科建设成果》丛书和《长安与丝路文化研究》丛书，从不同的方面体现我们的研究特色。

丛书的出版得到了陕西师范大学学科建设处、社会科学处以及有关出版机构的大力支持，在此一并致谢！

作为陆路丝绸之路的起点与丝路文化中心城市高校，我们既承载着历史文化的传统与重托，又承担着新时代的使命与责任。作为新时代的中国语言文学学科，既古老又年轻，既传统又现代，包容广博，涵盖古今中外的语言与文学之学。即使是传统的学术学科，也是一个当下命题，始终要融入时代的内涵。用一种人人参与、人人分享的形式，借助于具体可感的学术载体，传播中华优秀传统文化，发扬中华优秀传统文化，彰显中华现代文明，这是新时代人文社会科学工作者的重要使命。"士不可以不弘毅，任重而道远。""一流学科"建设永远在路上，中华优秀文化的发扬光大永远在路上。我们将不忘初心，不辱使命，努力前行！

陕西师范大学文学院院长　张新科

2019年10月30日

序 言

散文:文学创作的必修课
——张宗涛的《一枝清莲》
侯雁北

一

那天太阳很好,下午三四点钟吧,宗涛给我拿来了三个中篇小说:《红姐招凤》《桂花年年香》《地丁花开》,要我看一看,给他提点意见。这让我很惊讶!

我知道宗涛这些年主要从事写作课和创作论教学,一人要上几个班的课。懂行的人都知道,写作课是很难教的,要讲写作的基本知识和基础理论,要分析范文,要批改、评价学生作文,工作量相当大。日常往来中,我们谈的大都是与教学相关的事情,宗涛对文本的认识,尤其是对文本结构的见解,很独到,很深刻,很得文学创作的个中三味,让我感觉他一直在把心力用在研究文本中,真未料他在埋头创作。

宗涛的这三个中篇,让我阅读得非常兴奋。这三个中篇,很快就分别在全国几家著名刊物上发表了。

后来,他又陆续给我拿来他的中篇小说《秃驴那些风流事》《打眼》《樱花雨》《莺歌燕舞》，还拿来了他的长篇小说《风过了无痕》。他的这些小说，让我很意外、很惊喜，笔墨老到，意蕴深沉，令我这个风蚀残年读了一辈子小说的九十岁老人，读得时哭时笑，老怀欣慰，使我对他抱了很大的期望。

同时我也在暗自思忖：宗涛在写这些小说前，写过散文吗？散文是作家的基础课、必修课，是各体文学创作构思、命意、运笔、用技的练兵场，这是古今中外的作家实践过了的经验。宗涛是不是也在散文园地里流过汗水呢？

同样是一个太阳很好的日子，大约是傍晚六七点钟吧，宗涛给我拿来一部厚厚的书稿，题为《一枝清莲》，说收录了近几年发表在各个报刊的几十篇散文，要我看一看，写篇序。我当然欣然接受。

晚上，我就在灯下找感觉。先快速地浏览了目录。目录按一般的习惯将六篇"创作谈"排在了最后，我一一看过，却觉得他应该将这六篇"创作谈"摆在最前面，让读者先看成绩，再找原因——宗涛在散文写作上，下了怎样的功夫，奠定了怎样的基础，一上手就把小说写得这么有滋有味，让人一读便不愿释卷。

那样，不就是一篇序的很好的写作由头吗？

但又转念一想：写作中虽有一种"据果探因"的方法，但由原因看结果，却也是符合人的正常思维的。这篇序能不能写下去，尤其是能不能写得有嚼头，给读者一点启示，给作者一些劝勉，与"创作谈"排在后头或前头，是没有多大关系的，主要得看作品能不能唤起共鸣，引发思考。

二

要从事文学创作，得先把散文当作重点。因为散文是文学中的"素描""速写"，能夯实基本功。散文几乎与一切文学样式紧紧毗邻，像搞油画、版画、水彩、炭画的人都应该经常搞素描、速写一样，基本功不好，怎么能有大出息？加之散文是文学的轻骑兵，在一切文学样式中，它最灵活自由，没有拘束，能敏捷迅速地反映生活，可以一边学，一边用，把写散文和工作结合起来，在练笔的同时，反映生活，抒发感情，审视人生，思考世事。

然而散文易学难工。

各种文学样式的特点，往往正是它的难点。初学散文的人，常常把散文写得不像散文，又不像小说，正是由于他们还没有掌握散文的特点，并通过克服难点，显出特点。散文在选材上灵活自由，绝少受限，在表达上变化多端，不拘一格，或叙事、或描写、或抒情、或议论，可以随"意"运用，在行文上可长可短，自由不拘束，不尚雕饰，都是"易学"的原因，也是"难工"的原因。散文既要用墨如泼，随物赋形，缘事即理，又要惜墨如金，激发体验和想象，激活感受和审美，散文赋予了作者更多的用笔权利，而这权利却要被牢牢关进笼子里，受制于思想或者意趣，没有功力是万万不行的。

天下事凡有规矩可循的，反而容易掌握，凡无规矩可循的，反而使人觉得无所凭借。散文在选材上的灵活宽泛，表达上的变化多端，往往会变为不灵活，不自由。散文之难，往往就难在这些方面。

因此，历代文学大家都格外看重散文。

老舍说："不把散文底子打好，什么也写不成。"

艾青说："诗人必须首先是美好的散文家。"

中外作家的创作实践也表明：一个散文家虽然不一定是一个小说家，一个好的小说家却必定是一个好的散文家。

我在阅读《一枝清莲》的整个过程中，这个感觉一直跟着我，使我只得以此为题来写这篇序，来说明我所要说的问题。

三

宗涛在散文上，原来是下了很大功夫的！

他把这部散文集分了三辑，分别是"铭心篇""体物篇""苦思篇"。——

细读下来,我获得了这样一个总体印象:宗涛的散文很注重章法和笔墨,表达他的思考和忧患、情感和思想。

　　历代散文家都十分注重散文的结构。鲁迅先生的《从百草园到三味书屋》巧妙地运用了对比结构,把"百草园"中生活的无忧无虑、天真烂漫和"三味书屋"里生活的枯燥乏味、索然无趣形成两重对比,不著一字,却深刻地表现了鲁迅对"中国式教育"的忧患、反思和批判。朱自清先生的《背影》采用了"烘云托月"和"彩线串珍珠"的结构方法,以"背影"为线,用父亲一系列的生命遭际——"祖母去世""差事交卸""家计维艰""外出谋事"以及"大约大去之期不远",烘托"特殊"的"送别",从而将父亲困窘中的生命担当、悲怆里的情感隐忍、自感不久于人世时对亲情的别样依恋,表现得无以复加,令人动容。文中父亲来信一句:"我身体平安,唯膀子疼痛厉害,举箸提笔,诸多不便,大约大去之期不远矣。"其语话机巧的内里所含,细细品之,足令人落泪。既然"膀子疼痛厉害,举箸提笔,诸多不便",怎么能算"我身体平安"呢?只是"膀子疼痛厉害",何以至于自感"大约大去之期不远"呢?三句话中,两处矛盾,这样的语序结构,于不动声色里,包含了父亲内心怎样的复杂情感和生命体验呢?第一句"我身体平安",是要儿子安心,不想让儿子记挂,不忍让儿子知道自己的额况,故报平安。父亲之心,何其慈柔!第二句"唯膀子疼痛厉害,举箸提笔,诸多不便",一个"唯"字,足令人泪目。前句还在报平安,这句却说"诸多不便"了,是隐忍不住的吐露?是怕遽然离去陡增孩儿伤悲的提早透露?是心中大恸不由自主的倾诉?是难舍难离对亲情寸肠百结的依恋?……这些都只著一个"唯"字,里边便含了多少眷顾和体恤、劝慰和安抚?父亲之心,何其伟岸!可接着一句"大约大去之期不远矣",体之不由人不泪崩!平淡的语句,克制的语气,是对生死的泰然处之?是对命运的无奈接受?是心内悲凄却要故作镇定的一声叹息?是终将作别人世忍顾亲人的满心不舍和依恋?……总之,散文整体架构和局部笔墨中深埋的匠心,能让短短的文本掂到手里沉甸甸的。

宗涛的散文,也十分看重结构。

他的《汤泡馍》《煎汤面》,把沧桑的世事和深沉的亲情这样繁杂、宏大的叙事,约束在一种吃食上,用小切口表现大生活,其视角定位和架构选择深得散文之味,使得思想、情感、体悟、追问,因为单一具体的生命内容,更具有了感人至深、动人心魄的艺术魅力。

他的《火红的柿子高高挂》全文仅三千八百字,却将母亲"少女时代"的富足、"结婚以后"的贫穷、"为人之母"时的困顿、"年迈苍苍"后的幸福与牵挂,构成四种人生断面结构全文,并以诗性笔墨渲染亲情对生命的温润与撑持,从而使得小文章具有了大格局,其象外之象、言外之意,既丰盈又深邃。在生命的"富足——贫困——晚情"的跌宕中,温润并撑持生命的唯有亲情(这无疑是感人的),这符合社会进化的规律吗?(这无疑是引人深思的)人不单是亲情中的个体,更应是群体与种族里的分子,社会进步的最大标志,是公权提供给个体的保障指数。

作为结构的艺术,文章是由显语与隐语构成的"意"与"境"的完美融合、高度统一。显语是笔墨的描述,隐语则需要用结构去构建。显语与隐语的二维共构,才使得文本具有"冰山理论"的审美特征,从而获得"言有尽而意无穷"的接受效果。

他的《父亲的眼泪》《大姐如柳》《长姐漫记》等,别出心裁地将时代风云与个体命运联结起来架构文本,以审视人生、审视过往、审视时代,给人一种巨大的阅读震撼。这种写法我还是第一次看到,我认为它开创了散文写人的一种新视野、新格局、新构架。

而他的《二娘》《大嫂》《我眼中的红柯》《沉甸甸的感动》则善于从大处着眼、细处落笔,让具体的生命现象承载着深沉的体察、思考、感悟,以引发人的审美共鸣。

宗涛散文的路子很宽,视野开阔,笔墨多样,把语言的文白、雅俗、浓淡拿捏得很到位,这是十分令人欣喜的。

比如他的《汤泡馍》《煎汤面》《二娘》等，有意追求着语言的"原汁原味"，使乡土、乡情、乡思、乡愁、乡韵……皆因语言而相得益彰。而他的《先生散记》《我眼里的红柯》等，却十分讲究语言的严谨、诗性、理趣、情韵。他的《神奇的岚皋》《哦，玉兰》《荷塘秋色》则体物入微，诗心飞扬，情趣盎然，于无物之境写物，在体悟之中言情，体现出了深厚的文学素养。

宗涛说，他不愿让自己的表述陷于一种窠臼，形成一种定势，他想探索多样的写法。

宗涛还说，若文章只是自说自话，不能对人产生一点触动，引发一点思考，那无异于浪费笔墨和纸张。

我读过他的小说，再看他的散文，感觉到他的创作是有思想深度、有艺术追求的。照此坚持写下去，我想，宗涛在小说和散文领域一定会取得更多成绩的！

四

三十年前，关于散文写人，我在《文体与创作》那本书中曾经写道："人是生活的主体，和其他样式的文学作品一样，写人也是散文的主要任务。"《一枝清莲》的第一辑"铭心篇"共十六篇，都是直接或间接写人的。这里面有父母，有兄弟姐妹，有老师，有同事，都是作者熟悉的。但和其他作品不同的是，人在散文园地中徜徉，不同于在戏剧舞台上表演自己，在小说环境中再现自己。在小说和戏剧中，人物活动着、生活着、成长着，和周围的事物发生着千丝万缕的联系，层出不穷的矛盾冲突，要他说话，要他表态，要他把性格、爱好、品质赤裸裸地表现给读者和观众，在读者和观众面前，树立起一个典型环境中的典型人物。而散文写人，却不要求通过完整的故事情节的发展，而是通过对典型环境的描绘，塑造典型环境中的典型人物。它写人，主要目的是为了通过表达作者对人物的感受，达到散文写人的目的,这也是散文写人的主要方法。

如《父亲的眼泪》,作者一开始就说"父亲是个内敛的人,平时很少外露感情。记忆中,家里家外,父亲多半都是一个忠厚的倾听者,吧嗒着那杆随身半生的旱烟管,入耳时呵呵一笑,不中听,就只眨着眼皮,让烟雾半遮住自己的感情"。然后才写父亲的身世。

父亲生不逢时,一落地便遭到遗弃。他在柴草堆里像猫一样整整哭了三天,后经二奶奶抱起,奶奶这才放声大哭将父亲搂进怀里,贴身子暖。父亲从此身体羸弱,一生都嶙嶙岣岣,从六七岁便成了劳力。再接着,爷爷去世,大伯、二伯去世。在大伯、二伯的丧事上,父亲流了很多眼泪,家里唯一能主事的,就只有父亲了。这时大伯的小儿子已到了婚娶年龄,父亲为替这孩子说媒、相亲,磨破了几双鞋底,才用一头干瘦的毛驴驮回一个新媳妇。这时,"我"十二岁,突患眼疾。眼病好了,母亲却病了。为了凑钱为母亲住院看病,"我"生平头一次看见父亲的眼泪。这眼泪让"我"深切地明白了一文钱难倒英雄汉的真正意义。

面对这一切,"我"有什么感受呢?作者写道:

> 苦难的再三降临,生计的暗无天日,使得父亲不再对生活抱丁点希望,那些年月,父亲只是凭着做人的良心和活命的本能处人处事。他先后牧过羊,喂过牲口,看过林场,修过水库,指哪到哪,只埋头做事,不争长论短,不求日月宽绰,但愿平平顺顺。

这就是作者对父亲的感性认识和理性认识,也是作者对人物的感受。

值得注意的是,作者在《父亲的眼泪》中写父亲,一直是将他和爷爷、大伯、二伯、三伯、四伯等人物的命运联系在一起表述的。不单如此,作者还将自己的目光,从描述对象身上穿越过去,将同他们的命运有密切关联的社会背景——世界的、中国的重大事件纳入表述,形成一种独特的表述视野。

如父亲出生的那一年：

孙中山在北京逝世；云南发生地震，死伤万余人；段祺瑞政府与法国签订协议，偿还《辛丑条约》赔款；上海发生震惊世界的"五卅"惨案；中华民国国民政府在广州成立；毛泽东发表了《中国各阶级的分析》……

父亲九岁的女儿彩玲夭亡的那一年：

法国和中国建立了外交关系；大型音乐舞蹈史诗剧《东方红》在人民大会堂公演；中国第一颗原子弹引爆成功；毛泽东举行了七十一岁生日宴会；国务院批准将邠县改为彬州……

爷爷三岁失怙，那是一九〇〇年：

是年五月，八国联军两千多人自天津向北京进犯；夏，陕西大旱成灾，饥民逾两百万人，饿殍遍野；七月，清廷谕令陕西巡抚端方为慈禧太后在西安准备行宫，不到两个月便耗银二十九万两；秋，陕西大旱成灾，秋田大半无收，粮价昂贵异常，贫民流离转徙……

在《父亲的眼泪》《大姐如柳》《长姐漫记》这几篇散文中，那些年表式的历史事件，若单把它作为抽象的历史数据看，它们只诉说着历史事情，传达出历史进程。而当作者将这些抽象的历史事件，与具象的人生命运一旦关联，便产生出了别样苍凉的生命内容和审美价值。

我觉得这样的结构是震撼人心的，是由作者对人物命运、家国命运立体审视和思考的结果。他把自己所写的小人物，同世界大事件，同伟大人物的遭逢际遇联系起来,从而让人与社会、人与历史、人与人形成了多维度联结共构,一下子会让读者思考很多问题,充分引起读者对所写人物的同情和怜悯,这样的笔墨是深刻感人的,超出了一般的认识和体悟。

未读这本散文集之前,我对宗涛的身世并没有多少了解。不了解他的家庭背景、生活环境及成长经历。《一枝清莲》这才让我了解到他的生活环境那么复杂,家族人口那么众多。他的亲人的遭遇,使他从小就懂得了许多人情世故,乡风乡俗,经历了悲欢离合,看惯了眉高眼低,尝够了饥饿病痛。初读宗涛的散文,我觉得他的笔下不应当有这么一股悲怆之气,他出生于一九六二年,是中华人民共和国的公民。现在我才知道是那个家庭的遭际,早早地感染了他、影响了他,他的体内早就流淌着这个家族的血液,这是他的文风中有一股悲怆之气的根本原因,从生活积累说,这也是他的人生财富,使他对生活、对世事、对人性有了更加深刻的认识和体悟。

五

散文的叙事和小说的叙事,在详略、完整程度以及方略上,都有很大差异。散文叙事往往只偏重一个片断、一个细节的描述,并不追求曲折,具有从开端、发展、高潮到结局的完整过程。

散文写人,小说也写人,人和事是紧紧相连的,有人必有事,事是人的思想、感情和行动的具体表现。小说写人的方略是客观表现,主要目的在于把人物极具个性的思想、感情、心理、行为用故事情节凸显出来,以与人物的命运关联起来引发人们对生命、生活、生存的审视和思考。而散文写人的方略多为主观表述。

散文作者对人物的感受既是主观的,同时也是客观的,是客观对象在作者头脑中的反映。人作为散文的写作对象,是社会的人,在现实中生活着、成长着,有血有肉,有名有姓。复杂纷纭的社会关系,使他和各种各样的人发生联系，使他用自己的言行、思想、感情，影响别人。散文作家把对人物的感受表现出来，这对作者来说是一种"直抒胸臆"，其实却是在揭示他们，刻画他们的性格，塑造他们的形象。散文的真实性，在写人的作品中表现得最突出、最明显，就是因为作者笔下的人物都是从他的真实感受中站立起来的。

小说、戏剧写人，并不是允许作者可以不了解人物，不熟悉人物，对人物可以没有感受。恰恰相反，小说、戏剧作者，只有在深刻地了解人、熟悉人的基础上才能写好人，但是小说、戏剧写人，却要求作者根据对人物的理解、认识和感受，设置典型环境、典型情节，然后让人物站在前台做自我表现，作者却要把自己对人物的感受隐藏起来，而且隐藏得越深越好。一个要求直接写对人物的感受，一个要求隐藏对人物的感受，这是一种很显然的差异。这种差异表现在很多方面，突出的一点是：散文不要求有完整生动的故事情节，小说、戏剧却不能没有故事情节。

在《一枝清莲》这篇写母亲的散文中，作者将"娘"用"话语"表达出来的善良、豁达、无私、坚韧、担当，同"娘"大半辈子的"不易"关联起来，形成二维结构，写出了困顿生存里母亲的人性、心性、品性：

　　　　你记人的好，你自己就好，你记人的不好，你自己就好不了。
　　　　有个病害死的，没个活做死的。
　　　　心里没鬼时，有鬼也自无，心里有鬼时，没鬼也自有。
　　　　人哪，没有享不了的福，也没有受不了的罪。如你把罪当成罪，它就是个罪，你把罪看成是福，它或许真就成了个福。
　　　　人要舍得吃亏。
　　　　人要只顾自己了，旁人谁还顾你？
　　　　你把自己太当回事了，就不当别人是回事了；把别人看上些，自己就到了上处！

"我的小脚的娘"，是个思想家吗？是个哲学家吗？娘说的话，是在这个大家庭的遭逢际遇中感受到了的，是对爷爷、父亲和几个伯伯的人生经验的总结。娘的这些话，不能不影响到儿子，不能不影响到《一枝清莲》的内容和风格。我想，宗涛用这篇文章的标题来命题他这部散文集，也是有深意的——若人人心中有"一枝清莲"，传递爱心，释放善意，具有担当，无私奉献，那我们这个社会、这个世界，该会多么美好！

六

读《大姐如柳》，我觉得在读一篇散文，读《大嫂》，我又觉得在读一篇散文化的小说。什么是散文？什么是散文化的小说？前些年我将自己写的一些文章编成一本小书，题为《静夜的钟声》，分上下两辑，上辑为"前台"，下辑为"幕后"。我在"前台"的前边说："这里生活着什么人？这里发生着什么事？人间的故事说不完，道不尽，我们能看见能听到的极其个别，但凡能令人动心、动情的，就有感触、感悟的价值；我们就将其推出来，置于前台。"在"幕后"的前边说："散文，你是怎样的女神呢？你被诗的姊妹赶出家门，抛弃了她们的外衣，只跳动着一颗诗心；你和诗永远结伴，不愿离开这个家族，你把人和事藏在幕后，让作者站出来，随心随意地说他的话。"我的意思是说，小说是将人物推在前台的，是让人物在生活的前台自己表现自己，散文（尤其是狭义的散文）是将人物置于幕后却要作者站出来说话，抒写自己对人物的感受。我想用"前台""幕后"两个概念，把小说和散文区别开来，却没有将散文化的小说说清楚。

散文化小说，也称散文体小说，是用散文的某些手法写出的小说，如《世说新语》《阅微草堂笔记》，现代的抒情化小说如鲁迅的《一件小事》《故乡》，沈从文的《边城》，孙犁的《荷花淀》，汪曾祺的《羊舍一夕》《异秉》《受戒》等等都属此类。其特点是将刻画人物性格由注重言行描写改变为对人物感受和情绪的宣泄、思绪和感受成了联结种种人物、事件、细节的松散的链条。情节可有可无，不重视离奇巧合，无明显地起承转合，而靠一种神韵将似断似续的客观生活景象和主观抒情缀合起来，类似散文的形散神聚结构。以写散文化小说著称的汪曾祺说："有人说我的小说跟散文很难区别""或者根本就不是小说。有些只是人物素描，我不善于讲故事……故事性太强了，我觉得就不太真实。""还说，我的小说里的散文成分是一直明显地存在着的。所谓散文，即不是直接写人物的部分。不直接写人物的性格、心理、活动。有时只是一点点气氛。但我以为气氛即人物"。汪曾祺的这些论述，是我们在读《大嫂》时应该仔细研究的。

七

大中学生在思维活跃、想象力丰富的年代，应该接触到一些最好的散文，使其提高文学鉴赏力和审美能力，关心生活，关心时代，热爱生活，热爱时代。这样的作品，应该是内容充实，表达上有新意，对新事物有真知灼见、有作者个性和创造力的作品，可以上得起课堂，经得起推敲分析，或者是能够引起学生的阅读兴趣的作品。从这个角度看，我觉得宗涛的某些短章，是可以登上大中学生课堂的，如《我眼里的红柯》。

这是一篇悼人之作。全文共三节，第一节写红柯怎样热爱文学，"要谈文学，那定是眉飞色舞的，比美食家谈起名菜还要口水四溅，比情圣论美女还要眼睛放电，比奶奶议自家乖孙儿还要惬意多少倍"。说他怎样"不动声色地解构着当代人建立在物欲基础上的虚妄的幸福感，号召人们向人之所以为人的精神高地靠拢""抚慰人的浮躁，缓释人的焦虑，细雨一般滋润人们糙硬得几近板结的心田"。第二节比喻红柯是"一瓶热度很高的烧酒,平时装在瓶子里,冷冰冰的,要不贴标签,看不出有多么珍罕"。"盖子一开,就已经酒香四溢;两杯下肚,马上能让你闭合的毛孔迅速张开;倘见着一点火星了,会立刻燃起蓝汪汪的火焰——那是奔放的诗心啊!"同时具体地指出他从一九九七年到二〇一七年,共推出中短篇小说集十多部,散文集四部,长篇小说十三部……二十年八百多万字,平均每年四十多万字,他这是在与时间赛跑,用生命写作!第三节写红柯怎样乐于助人,与"凡跟文学有关,他就爱,就视为亲近,就当成盟友,可以交心倾情的!"

可是就在这时,文章笔锋一转:

然而天妒英才,红柯去世了!

这种"蓄势于前,突转于后"的写法,使作者的感情得到了充分表现,获得了强烈的艺术效果,使文势突变,又进一层胜境,把整个作品的艺术形象和思想意义推向了一个新的高潮。如文章在结尾还这样写道:

> 放假前我驾车载他一同由新校区返回时,他还和我讨论儿子杨扬的婚事呢,那时他正在装修房子!……他说:"孩子一结婚,咱们心里就轻松了!"之后我们还谈到了他的新作《太阳深处的火焰》,他对未来有许多期许,也充满希望!
>
> 怎奈天不假年!

在传统的学家眼中,这些蓄势、转折、铺垫,似乎都太陈旧了,但是我们呼唤散文本质的回归,能丢掉这些吗?小说、戏剧、影视的创作,能没有这些源于作者思想感情的手法吗?红柯的儿子杨扬的婚事怎么样了?那正在装修的房子装修得怎么样了?这"进一层胜境",为读者留下了多少揪心的悬念?

八

我总认为写作中的一些技法，是来自生活的，是对生活的自然摹拟，或者说就是由生活决定的，并不是某个作家的创造发明。如果说是某个作家的创造发明，那也是由某个作家，受到了生活的启发，在写作中运用了，产生了好的效果，又由某位作家加以总结，为它涂上了理论色彩，这才成了一种理论，一种技法。在读《沉甸甸的感动》时，我的这种感觉十分明显。这篇不足两千字的短文，写他们在游黄龙途中因车缺水而开锅，停在了海拔近四千米的山腰。于是只有沿路拦车，看哪辆车上有足够的水，以便付费救急。但是一辆辆把行期安排得满满的大小车辆都从他们身边呼啸而过了，并没有搭理他们。一辆又一辆"陕 A"，又从他们臂前急驰过去了，而这时却有一辆"川 A"小车，停在了他们面前。他们说明了情况，那辆车里的人——一家三代，却异口同声地向他们说："有水！有水！"并将他们车里所有的矿泉水隔窗递到"我"怀里。"我"连声感谢着，并随手掏出一张大票子递给他们，但他们说什么也不接受，继续赶他们的旅途去了。

作者就这么真实地记述了这件事，没一点夸张，没一点虚构，没一点渲染，要说有什么讲究，那就是作者详细地介绍了这辆"川 A"车中的乘坐者：

开车的是位四十岁上下的中年男子，旁边坐着位头发花白的老人，后排三个人中，有半大的孩子和一老一少两个妇女，一看就是一家三代。这一家三代将他们车里所有的矿泉水瓶隔窗递到我怀里，半大的那个女孩，甚至要把她打开正喝的一瓶也递进我的手中。

接着便是付钱和拒绝的一番推让。

我将那纸币隔窗投进了车内。然而，一只小小的手，在汽车驰去时，又将那钱币从车窗里抛给了我们，并冲我们莞尔一笑。

就那样，我和我的同伴们，目送着那辆半新不旧的轿车向山巅疾驰而去，我们看到，那是一辆川Ａ牌照的小车，那辆小车里，坐着老老少少的一家三代。

要问这样的记述有什么特殊？我只能说这里边有一个详略的问题。一般来说，详和略是对立的统一。作品反映生活，对人物、情节、环境等等材料，都要选择取舍，不能不分大小、主次，平均使用笔墨，该详者详，该略者略，详略戒失宜。详时要泼墨如洒，略时要一笔带过，惜墨如金。《水浒传》写武松，详于打虎和杀西门庆、斗蒋门神，略于做都头和投奔二郎山，是为"巨详巨略"。《沉甸甸的感动》是篇不足两千字的短文，从沿途拦车求水到全文结束，不足六百字，但写"宝马Ｘ6""陕Ａ"都是一闪而过，而写那辆"川Ａ"，却用了五百余字，这不是"巨详巨略"吗？正因为如此，先略而后详，作者才能写出以下两段文字：

> 他们是继续他们的旅途去了。这一去，他们肯定不会再记起我们，他们绝不会再忆及这曾经的一幕。或许，在他们的心目中，这点小事，这点因缘，只不过是他们人生中的一次擦肩。然而对我，对我们，这却终将成为一份沉甸甸的感动，它会与那些曾经感动过我们的无数生命琐屑和细微，化为一颗又一颗的种子，在我们的心底萌芽，开花，装点我们这个生生不息的人世。
>
> 原来，生活中一个小小的善念，路途上一个小小的善举，是足能成为他人心中一份沉甸甸的感动的啊！

可见写作中的详略、先后、进退、明暗等等，原有它们巨大的文章美学原理,只要运用得好,也能给人以沉甸甸的感动!

九

在我国,散文是所有文学体裁中最古老的一种。千百年来,她一直在发展变化,探求新的路子。但在过去的时代,她并没有像现在这样应该负起更大的、迅速敏捷地反映日益变化着的时代新事物的责任。新时代的新事物层出不穷,要及时地扶持、歌颂,也要及时地予以批评、引导。杂文是散文的一种,它的批判作用,是它在历史进程中不断兴盛的一个原因,并为散文的兴盛赢得了很大的光荣。是歌颂还是批评,已不是杂文写作再应有的争论了,也不是广义的散文应该歌颂还是批评所要争论的问题了,而散文无论怎样发展变化,一个原则问题是,她仍必须坚持她本身的属性,因为她是各种文学创作的必修课。新时期,新就新在为新事物开创了无限广阔的歌颂和扶持的自由。散文应该用灵敏的智慧、锐利的眼光、多样的手法,为我们的新时代、新生活服务,大胆地说话,说真话,说痛快的话。大胆地歌唱,大胆地批评,语无遮拦。这是散文发展的前途,也是追寻散文精神、回归散文本质的广阔途径。

我在这篇啰唆的序言中,已说明宗涛在散文写作中作出了应有的努力,不仅从理论上认识到了散文写作是一切文学创作的必修课的道理,也从实践中证明了这个问题。他的路子走得很正!

现在我们希望他继续一手写散文,一手写小说,把文学创作的功底打得坚实再坚实,在文学园地里,坚持散文书写和小说书写的良心,取得散文、小说的双丰收。

愿他认识到这是我们的愿望,也是时代赋予他的义务和责任!

二〇一八年七月二十日

目 录

苦思篇

铭心篇

汤泡馍

父亲忽然就不去跟事了。

彬州北极塬把去参加婚丧嫁娶叫跟事,那可是乡间最大的人情世故,比腊月送年节、正月送灯笼、端午节送粽子、忙罢送新麦面烙馍、九月九送枣糕,更要格外上心。倘有疏忽,该去的忘了去,该请的漏请,那在看重礼尚往来的人际关系中,往往会断送了交情,从此生出芥蒂甚至不再来往。北极塬人把交情看得很重,这关乎一个人、一个家庭,甚至一个家族的人脉、信誉、德行和人品。

一般来说,前去跟事的,大都是一家中的头面人物,以表重视和尊敬。若无特殊原因,指派屋里人(妇女)或娃娃伙去吊丧、庆婚、祝寿、添箱或做满月,那表明不是有过嫌隙,就是关系疏远;到自家过事时,对方一定也只来屋里人或娃娃伙,除非你是娘舅家。这好比国之外交,很讲究身份对等。

可父亲却把我支到了前头。我那时大约十岁多点,即二十世纪七十年代初,那是一个肚子总觉得不饱的年代。

头一遭那天早上,年近五十的父亲叫住约了一帮伙伴准备下沟斫柴的我,一脸郑重地说:"你爷十岁当家,十三岁就有了你伯。你不能再野了,该学点人情礼数了！"

母亲说："他爸，今是己亲！"

父亲喉咙咕地一跳，说："我知道！"一脸不容置疑的坚决。

两个年幼的妹妹在被窝里支棱起身子，黑扑扑的眼睛滴溜溜瞅我，黄拉拉的头发乱成一团。

母亲撩起衣襟，摘下衣角内里一个另色小兜上的别针，摸出二角纸币交给我，又递过一个旧手帕缝的布袋，里面装了五个蒸馍，泪兮兮叮咛："上礼时，随手就把馍兜要回来，装好！"我懂母亲的小心思。乡间那些小把戏，我已经晓得了不少。母亲为备这份礼，跑了好几家才借来一碗细麦面，发好，擀薄，里面包上晋杂五号红高粱面，方蒸出这几个外白里黑的大蒸馍，我咋会让它们露馅呢？贫苦是最好的老师，它早早教会我一些生存的窍门。

我把母亲的难过，当作了对我的不放心，豪迈地说："妈，我能行！"

临出门，父亲说："上礼时就写你。少喝汤，多吃饭！"说这话时，父亲弓着背坐在炕沿上，看都不看我一眼，只吸他的旱烟管。我一手攥紧毛票，一手拎着馍兜，兴奋而羞涩地迈出了门槛。

我的那帮小伙伴齐刷刷瞅着我，嫉妒得眼睛发红，羡慕得目光变绿。一个小点的孩子舔着嘴唇说："娘呀，去吃汤泡馍呀！"我真真切切听到了小伙伴们咽口水的声响。一个大我几岁的很不服气，高声喊："汤泡馍有啥了不起？走，咱偷豌豆去！"我撇着嘴一笑，头高高昂起来走了，心里想：哄鬼呀？豌豆地两个人把守着，你娃能偷成？

彬州地界，无论白事红事，上午必是一顿汤泡馍，后晌才吃席喝酒。所谓汤泡馍，就是用煮了肉的荤汤加入老豆腐、鸡蛋饼、胡萝卜、菱角形薄片和肉丁，再撒上翠绿翠绿的菠菜叶做出的荤汤，上面漂着汪汪厚厚一层的辣椒红油。汤汪，味浓，豆腐筋道，肉丁耐嚼，人们多将热蒸馍往里一泡，呼噜呼噜能连吃几碗，吃完抬手把嘴一抹，咯嘟嘟打一长串响亮的饱嗝，苦焦日子顷刻间就有了滋味。

彬州人再穷，也宁肯自己勒紧裤腰挨日月，过事绝不马虎，即便东挪西借赊账也要把客招呼好。人苦、嘴穷、命贱，可心不能抠，脸不能穷。心抠之人没奔头，脸穷了你在乡间就活成了孤家寡人——你不厚道，还有谁帮？人活脸，树活皮，北极塬人挣破胆也要把事过旺，把人活旺，把脸赚足。

　　步行了十多里坡路，终于到了亲戚家。院门外上礼时，人问："你爸呢？"我老老实实回答："在家哩！"又问："他咋不来？支个小娃！"我挺了挺胸脯："我爸说，以后行情都是我的事！"人就笑了："比桌子高不了一拃！"我踮了踮脚跟，他们笑得纸烟在嘴里乱摇。亲戚走过来了，抚一抚我的头，说："别笑娃！娃可怜！"

　　我怎么可怜了？才不呢！我伸手索过馍往兜兜怀里一揣，大摇大摆走进院子。就有职事大声吆喝："看客坐——！"刚坐到专门搭起来的棚架下，热腾腾香喷喷的汤泡馍就端了上来。

　　我喉咙里像长了几只手，一把一把往里灌，头一碗没尝到味就全下肚了，舌头都被烫木了。第二碗我才尝到了豆腐的筋道，肉丁的酥香，红油辣椒热情似火的刺激，吸饱了汤汁的白馍块的软糯……可是我却一下子停住了筷子！我看到了两个妹妹黑扑扑的眼睛和焦黄焦黄的头发。我还看到了父亲母亲苦焦的脸。眼泪没忍住就下来了。

　　旁边有人奇怪了，问："咋了？"

　　我哽着声说："辣！"

　　我感觉自己都吃到脖子根了，可嘴里却总像不饱，心里头欠欠的。恋恋不舍地扶着桌子站起来，咬牙关住往上涌的汤，肚子胀得有点儿疼。几个大人哄地笑了："这碎家伙，吃了三碗汤！三个馍！往哪儿装呢？"我的脸一下子像着了火，烫得耳朵都热！

　　晌午要吃酒席了，我肚子却还圆滚滚的。其实所谓的酒席是根本没有酒的，小盅里喝的是糖精水。可即便是糖精水，大家都喝得有滋有味。一圈人我认识不了几个，可大家一传，都知道我是谁了，个个招呼我多吃。筷子厚的肥肉片,本来一桌每人只有一片的,却给我夹了三大片,说:"好好吃,快快长!"

可他们接下来的议论,却让我几近崩溃!我一下子意识到父亲要我跟事的原因了。

父亲弟兄六个,他是老五。大哥、二哥均殁于五十七岁,一个死于肝炎,一个死于肠梗阻。三哥二十一岁早亡。四哥三十七岁反右中上吊自尽。唯一的弟弟在运动中被逼致疯,终年漂泊乡野,有家不回。穷困和动荡,让我的父辈们寿命都短。父亲虚龄已经五十,他在把他十岁多点的儿子往人生舞台上推!

彬州风俗,过事客人吃罢回返时,主家要给客人家里的年老人夹一个肉馍以表敬老的。我还没下桌,亲戚就夹好两个,塞给我,说:"给你爸捎回去,算我一点心意!娃,你家人寿命都短,要好好孝顺你爸哩!"我连饭都没吃完就跑了。我怀揣两个肥肉蒸馍,一路小跑着往家赶。山路人烟稀少,可我顾不上害怕,眼泪汩汩地流,只顾踢踢踏踏跑。

跑回家,父亲还没放工,母亲正在麦场上和一帮妇女晒麦。我一头扎进母亲怀里,放开声音哭。母亲吓了一跳,以为我路上受到了惊吓或行情遭受了委屈,拍着揉着一声声追问。可我却只能把一肚子的害怕和悲伤憋在心里,一句也不敢说。自那以后,我就得了心病,半夜惊醒都要爬起来看看父亲,放学头一个跑回家,进门先问:"我爸呢?"得到明确肯定的答复了,才把心放下来。

可去吃汤泡馍的差事,却不容辩驳地落在我头上,除非我在上学脱不开身。

两个妹妹很眼馋我,她们并不知道我吃着汤泡馍时,心里多么难过。我只敢给母亲使性子,常常耍赖要父亲去。母亲则抚着我头劝:"你爸舍不得吃才叫你去的!吃好的才能长高!"我明明知道母亲只说了一半,但就是不敢追问,只得疼疼地窝在心里。

一直到一九八〇年我考上大学。

我考上大学那年，父亲五十六岁了。就在高考前，一个当教育局局长的远房亲戚还好心劝我："娃，你家人寿命都短，好好回去帮你爸干两年活，娶个媳妇叫你爸抱抱孙子！"可父亲却坚决地说："只要娃能考上，我这把骨头打了锣都值！"我离乡时，心里有一千个不忍，一万种担忧。父亲把我送到县城，说："好好去学，不要操心！"可我怎能不操心呢？夜夜梦中被惊醒，往往就再也睡不着了。那时候怎么就没有电话啊！我只好一周一封寄信。收到回信了，打开看到父亲歪歪扭扭的几行字，方能安心几天；要迟迟收不到来信，我差不多能急疯！

好不容易熬到放寒假，用平时节俭和假期兑现的伙食费，买了烟、酒、茶、肉、菜、米……大包小包背回家，两个妹妹早在村头等好几天了。妹妹说，我离开家的这半年，母亲天天记挂，天天抹泪。我知道母亲为什么流泪，她担心父亲抛下她们，而我又飞去了城里。

父亲呢？他却忽然变得很精神！半年来，他给院子堆了一座小土山，正谋划着想盖房子呢。家乡实行了土地责任承包，父亲是精细的种田人，他的庄稼比谁家都好！

可日子还是很穷，缺钱！辍学回家的大妹，便顶替了吃汤泡馍的差事。

腊月二十，我亲自下厨，在母亲的帮助下做汤泡馍。父亲问："咱又不过事，做啥汤泡馍？"我说："咱家今过事！""啥事？"父亲一脸茫然。母亲说："你忙你的，管得宽！"父亲就忙他的去了。我们煮好肉，滤清汤，摊好鸡蛋饼，切好豆腐、肉丁，用大油和清油两混儿泼好红辣椒面，做了一大锅汤。最后把菠菜段往里一撒，再漂上红红的油泼辣椒，盛点一尝，嗯，特香，不输给乡间的大厨！

父亲盘腿坐上炕头，端一碗一吃，边咳嗽边赞叹："跟厨子做的一模一样！"我们这才给父亲敬酒、敬烟、敬茶，告诉他，那天是他的五十七大寿！父亲一下子就泣下如雨，涕泪纵横，招得我们一家五口眼里全是泪花花。

母亲说:"今是好日子,娃长大了,咱该高兴!你这么多年东舍不得西舍不得,坐个席都让你娃去,今这汤泡馍,你多吃几碗!"母亲自己先禁不住眼泪长流。五十七,那是我们整个家族忌惮的岁数,它是父亲同胞弟兄中寿命的大限!

父亲迈过了五十七岁这个坎!他看着两个妹妹长大成人。每个妹妹出嫁,父亲都要把事做扎实,汤泡馍要料足、油大、汤汪,席面要馍白、菜多、肉厚、烟酒丰肥。父亲说:"咱不能光吃人家的汤泡馍!咱得把吃人家的还回去!"我结婚时没有回乡下办酒席,这在父亲是多年的遗憾,老了还念叨:"咱欠了亲戚一顿汤泡馍!"

城里刚一有房子,我便赶忙把父母接来住,我想让他们长命百岁!父亲住到了城里,却常想念乡下,时不时念叨:"就想吃一碗汤泡馍!"我们给他做好,他扒拉两口,笑着感叹说:"咋吃咋不香么!"我明白了,当汤泡馍离开了故土,离开了那种亲朋相聚、共话桑麻的乡风乡习,没有乡音和乡情的浸润,它就寡淡得只成了一种饭食。我们便带父母去吃清真的羊肉泡、西安的三鲜泡、葫芦头泡、三原的码子泡、凤翔的豆花泡……我们呼噜呼噜吃得酣畅淋漓,父亲却很扫人兴,说:"咋都没汤泡馍爽口!"

可父亲却倒在了二〇〇七年的那个大雪天。虽然他活了八十三岁,创造了家族寿命的最高纪录,也算高龄,但我们还是接受不了!前来跟事的亲戚都劝:"你家人老几辈,数你爸最高寿了,是喜丧!"可日子好了,生活富足了,父亲却再也不能享天伦、看世事了,这多么悲怆!我把厨子做好的汤泡馍,臽头一碗献到父亲的灵桌上,冲着列祖列宗的牌位失声痛泣:"爸,你再尝一口汤泡馍吧!"

回应我的,只有那高亢而悲怆的唢呐曲《祭灵》。

你说,故乡的汤泡馍,能不深深烙在我心,烙在我日渐退化的味蕾上,以供我细细品味?

煎汤面

小时候,煎汤面是我们一年到头心馋的巴望。

那个年月,吃则瓜菜代,穿则补丁盖。一年到头偭不断顿,便是莫大的宽慰;粗食糙面,岂敢弹嫌?过年时的那几顿煎汤面,就成为苦焦岁月里守望了整整一年的欢乐。雪白、细长、筋道的面条,码在碗里,漂着油星,冒着香气,偶尔还能嚼到三五颗分外朴素的肉丁。正月十五最后一顿煎汤面仔仔细细吃完,伸长舌头,转圈儿把碗一舔,咂巴咂巴口舌,打一串儿饱嗝,就进入了新一轮的期盼。

一年三百六十多个日夜,怎么会那么漫长?挨过青黄不接,扛过赤日似火,踏着秋泥,迎来冬雪,红馍黑面,清汤寡水,总算熬进了腊月。掰着指头算到初七,就盼着第二天吃腊八面了。

娘把藏在柜角的一个布袋翻出来,倒出她掬了半年的几升麦子,唤我们去石磨上推碾(磨面)。这是个最为乏味的力气活,手把推杆,绕着磨子转圈,直叫人头昏脑涨,平常我们能溜就溜,能躲则躲,躲溜不了,就苦着脸支差。可这天却都欣然领命,前呼后拥着小脚的娘奔向碾窑(磨坊)。小小心心仔仔细细磨成粉,你争我抢地背回去,便趴在炕塄上,看娘和面、揉面、擀面、切面、提面、码面。娘的茶饭,村上一流。她和的面,别人揉不动;她擀的面,筋道得扯不断;她切的面,又细又匀又长。娘在做这些时,起初是一种享受,满脸愉悦地投入,一如巧手的雕匠遇到了珍稀的材料,格外专注而小心。回眼一望,大小六只眼睛水汪汪瞅着她,个个眼里的那种馋劲儿,那份热切,似乎扰乱了娘的兴致。娘嘴里说:"我娃可怜!"眼里,就有了白花花的东西。再转脸筹备,就哼起了无词的小调,曲儿悠悠,调儿忧伤,娘就在这样的哼唱里,东拼西凑备好汤料。

腊八一早,娘拎出那个小小的野鸡红瓦罐,油提子探底勾一点菜油,勾一点,看看,再勾一点,倒入烧热的小锅。先放葱炒香,再倒入切成半个指头蛋大小的胡萝卜、洋芋、豆腐菱角形薄片和黄花菜碎段,加入盐、五香粉、花椒面一焅,没有煮锅汤(荤汤),就兑几马勺(大铁勺)大锅烧开的清水,烧滚。好年景里,剜一勺藏了一年舍不得吃的肉臊子;荒年歉岁,就撒一把干辣椒面儿,汤就半成了。而后大锅下面,两开,捞入凉水中一过,盛进碗里。把菠菜、韭菜、香菜末儿和薄如纸片的鸡蛋饼菱片,撒进汤锅一滚,舀到面碗里,一碗有根有叶有花有果,红是红、绿是绿、黄是黄、白是白的煎汤面,便香喷喷热乎乎被端到手中。

这一顿,小肚子必定是溜圆溜圆的。肚子胀鼓鼓的,嘴里却总觉着不饱,欠欠的,把个筷头吮了又吮,将碗舔得干净如洗。撂下碗,就苦盼着腊月二十三,正月初一、初七和十五了。故乡风俗,这都是必须吃煎汤面的日子。

真不知那些年,何以会那么穷困。人人都在苦做,却家家皆闹饥荒。整个族群,如被皮鞭驯化的羔羊,温顺地跟随头领,陷入一片泥沼。

娘不独要为年节里的几顿煎汤面苦虑,更得为一年三百六十多个日子劳神。"年好过,月难熬。"这是娘常挂嘴边的煎熬。男人们只需多出些苦力,而女人们却要多一份谋划。"吃不穷,穿不穷,打量不到一世穷。"这是娘的智慧。出工归来,娘就春剜野菜,夏拾麦穗,秋打猪草,冬挖药材,每每误了饭点，常常腰酸腿疼。难以想象，娘那骨头断成碎块的小脚，是如何承受这日复一日的不歇不空的。一笼一笼野菜，节余了口粮；一把一把麦穗，能得几升麦子。吊头瘦猪，赶上好年景了，不单能赚得一年的油盐钱，好了还能混个腥汤，打个牙祭。茵陈啦，地丁啦，柴胡啦，冬花啦，远志啦，一样样码好，挑去收购站卖了，攥一把碎票子，就能扯几尺棉布，就能买几样针头线脑。

深冬得闲，娘便烫水泡她的小脚，小脚上厚厚一层疔痂，硌得娘一走三疼。娘用一把钝剪刀，躲在角落，能从她的脚上刮下一大把疔痂。娘从来不让我们看到她的脚，她说她的脚被用碎玻璃烂瓦渣缠得淌过血流过脓，看一眼我们会几天不想吃饭。

可是即便娘精打细算，流血流汗，日子却永远苦焦，不见有丝毫改观。

每年临近腊月，一生好强、不甘人后的娘，就愁云满面，心烦意乱。娘开始拆洗被褥，换洗衣服，过年没有新衣，还不让娃穿得周周整整？娘有的是使不完的力气，可是力气却总换不来银钱。娘就为了那一刀年肉，两块豆腐，三四样调料，五六种蔬菜，常常暗自伤神，负气抹泪。"宁穷一年，不穷一天。"娘总想让我们过个有点滋味的年，白馍细面的不短精神。可是多半的岁月，娘都会抹着眼泪，怜惜地对我们说："爹娘没本事，让我娃短精神。"

来年，娘就会更加拼命地苦做。

娘一直苦做到儿女们一个个从她的巢里飞走，才不再为吃穿发愁。田地再归农人手，娘的力气，终于可以赚回吃的喝的，穿的戴的，看的用的。娘缺吃短用大半辈子，老了老了，被收走的土地又一小块一小块承包给她。娘从不会怨天尤人，半生离乱，她已经习惯了今东明西；娘更不会质问"既有今日，何必当初？"她只是一介草民，自女娲抟土，就被任意捏弄，早没有了自我。娘只会看眼前，眼前的土地等着她去自主规划，去精耕细作。

娘点瓜种豆,套种轮作,一日三晌,都在她的地里。粮食不再发愁,菜油年年富余,瓜果菜蔬,吃用不尽。娘乐呵呵说:"苦做哩,美吃哩!"每每我们回家,娘就会天天做煎汤面,汤很汪,面很白,娘就坐在灶间,满眼慈爱地瞅着我们吃,一个劲儿说:"尽饱吃!把从前短的缺的,都吃回来!"我们吃得越多,娘越高兴。

娘就这样,一直辛苦到我们把他们接进城里。那一年,娘已七十。

吃穿用度样样不愁,娘每顿都说:"天天像过年!人都腻住了!"春天里娘就想吃荠菜,想吃灰灰菜,想吃苜蓿,想吃槐花。后来甚至想吃桃黍(高粱)面裹剂(用麦面包裹高粱面擀成的面条),想吃玉米面搅团。早先,市面上很少有这些粗食,娘每每念叨,我就呛她:"大半辈子还没吃够?人忙忙的,上哪去弄这些?"娘笑了,不再吭声。但娘却隔三岔五地做煎汤面,程序那么烦琐,色彩那么丰富。娘仔仔细细做好了,就端给我,坐在一边看着我吃。娘的煎汤面,汤那么汪,面那么细长筋道。

城里过年,兴吃饺子。城里的家小,厌烦面食。但每逢过年,娘都要擀好几案面,面和得很硬,饧得很到,揉得很光,擀得很薄,切得又细又长又匀。任谁反对,娘只一句话:"我儿爱吃!"娘老了,力薄了,要跪在高凳上揉面擀面,往往擀一案面,要歇好多次,但娘不听任何人劝阻,并将此作为一种别样的享受。

其实娘的煎汤面,再也吃不出儿时的那份香馋了。我的味蕾,早在日复一日的精白细软里,审美疲劳得"吃嘛不香"了。

年前,外出采办"精细"归来,见娘又跪在高高的凳子上,正在砰儿砰儿擀面。娘八十八岁高龄了,好多事淡忘了,啥闲心不操了,但"我儿爱吃"的煎汤面,她却总挂心头,永存念中,任他风刀霜剑,亦难消磨。娘一如既往地谁都不让插手,仿佛一旦他人染指,就会情淡味差。我就那么静静地守在娘的身边,看她将面擀薄剺细,看她把菜备齐切好。帮着娘把汤焗汪,把面煮好,手捧一碗饭香扑鼻的煎汤面,美美吸了两口,一抬眼,娘正坐在我的对面,笑眯眯地瞅着,眼里的那片慈爱,那份适意,那种怡悦,令我恍然置身孩提。

我说:"娘,我都五十三了!"

娘说:"你就八十了,还是娘的娃!"

心里一下子就酸出了一摊浓稠。往昔对娘的那些推三阻四、遗七忘八,顿时兜上心头。我竟不敢直视娘那双爱怜满满的眼睛了!忽然品出,那细长细长的面条,一头绾着娘心,另外一头,应该牵着的,是儿女的情意啊!慈母之心,醇酽若斯,儿女们,纵有满怀寸草之心,何能报融融春晖之万一?

岂敢懈怠,负此大好时光?

何敢慢待?当跪报反哺洪恩!

吃螃蟹

买来几只海蟹，细细刷洗干净便上锅蒸。锅盖边噗噗噗刚漾出白蒙蒙的蒸汽，蟹香就骄傲地四溢开来，满屋子的诱人味。

母亲跟到厨间，好奇地瞅着我忙，帮你取碗，替你拿筷，叫她去歇着，就不肯走。问这怎么做，问那怎么吃，一句追着一句，孩童般打破砂锅问到底的执着，你说烦不烦。顶撞她几句，赌气说不管了，摇着一对三寸金莲离开，去看她的电视。来城里居住二十多年的母亲惦着她的乡下，一年四季只看一个剧：《乡村爱情》，从第一部到第九部，轮番看，从不烦腻。

可过不了多久，她又来黏在你的身旁。

我苦笑着说："妈，你能不能不搅我？去看你的电视，饭好了我叫你！"

"我就待在一边！我不搅你！"母亲乖乖地过去坐在凳子上，头扭向一边，不看我的眼睛。

此情此景，蓦地让我产生时光倒置的恍惚。许多年前，在母亲的土灶台旁，我不就像母亲现在这样，化了的糖人一般黏糊？母亲下田归来，拖着疲惫不堪的那对尖尖小脚，咯噔噔去瓦瓮舀面，咯噔噔去门外抱柴火，咯噔噔去喂猪喂鸡，鞭追得陀螺团团转；小小的我，像条甩都甩不掉的长尾巴,颠颠地拖在母亲身后,叽叽喳喳个没完没了。

"妈,妈,鸡怎么尿尿?"

"鸡不尿尿光拉屉屉。"

"妈,妈,猪吃臭臭了,肉脏不脏?"

"香得你流涎水!"

"妈,妈,面是白的,怎么蒸成馍馍又黑又红?"

"这是桃黍(高粱)面嘛!"

"妈,妈,柴火是灰的,怎么火焰那么红?"

"妈不知道! 我娃长大学本事了,说给妈听!"

母亲啪儿啪儿拉着风箱, 一跃一跃的火焰把她汗渍渍的脸映得亮堂堂的。我就攀在母亲一倾一仰的肩头,小小的心里,水入旱田啵儿啵儿冒泡那样,好奇的问题一个追着一个往外蹦。

那时候母亲身体弱。常年的田间劳作、家务繁忙、食不果腹和缺医短药,让她被气管炎和肺心病折磨得苦不堪言。每到冬天,她就如风地里的一烛火苗,飘飘摇摇,令人揪心会随时熄灭。

但这并没让母亲操劳的小脚减慢一丝一毫,她得为她的家,为她家里几个少不更事的儿女田间刨生计,灯下补日月。

疲惫且虚弱的母亲手拉着沉沉的风箱,肩负着小小的我,心里还盘算着瓦瓮里的面不多了如何撑持,灯里的油见底了怎样俭省,箱里的衣不够了咋样捯饬。这样艰涩的日子,母亲心里能不忧烦?

可母亲从来没有烦过我们的叽叽喳喳和顽皮捣蛋。她咳着喘着,眼睛柔柔脸笑笑的,任由她的儿女在炕头上打打闹闹,在屋子里争争吵吵。她把这些视为她苦焦日月里的最大温情和暖心,以一个母亲的那份柔软,当作一份拥有和享受。

多半的时候,我就那样,攀在手拉风箱的母亲肩头,或黏在缝缝补补的母亲怀里,承受着心灵上的依恋和情感上的呵护,而母亲,则在这样的母子亲密中,享受着她既慈又柔的舐犊长情。

回视让我羞赧。走过去轻揽住母亲的肩,满含羞愧地用脸在她的白发上轻轻一蹭,说:"走,我们吃螃蟹。"

紧挨母亲坐到餐桌旁,一人盘里放一只橘红的大肥蟹,光闻那气味就已满口生津了。

先把两个盘子里的蟹足蟹钳扯下,教母亲怎样掀开蟹盖,怎样剔除蟹胃,怎样分离蟹腮蟹心蟹肺,怎样把蟹黄蟹膏蟹肉一点点掏干净了,浇上配汁享用。母亲目不转睛看我示范,心无旁骛地听着我讲说,那份专注,胜似小学讲堂上崇拜先生的小姑娘,还不时发出惊叹,一会儿说:"得这么讲究!"一会儿说:"要那么烦琐?"

八十九岁的母亲手拙了,记性差了,就对着胖乎乎的螃蟹无措起来,感慨地说:"老了,不中用了。"有点害羞也有些沮丧。

我便把母亲面前的螃蟹拿来,一点一点仔仔细细剥去,抠出蟹黄蟹膏浇了汁,让母亲一勺一勺舀着吃。母亲自然更对付不了蟹钳蟹脚,我便将其一节一节剪成段,剥一段蟹肉,放到母亲手里,母亲就接过一段,放进嘴里嚼。母子无语,然而我看到母亲被岁月磨炼得幽深的混浊老眼里,亮亮地闪着光,很享受;布满皱纹的脸上,密密地织满笑,极陶醉。

不禁忆起童年那些躺在母亲怀里接受零嘴的泛黄图景。夏夜的庭园或隆冬的炕头,小小的我躺在母亲怀里,或仰头望嫦娥玉兔,或扬脸听狐仙蛇精,母亲要么咬一块甜瓜塞进我嘴里,要么剥一粒花生放进我手心,我嚼着吃着吞咽着,母亲则摇着拍着哼唱着,那些香那些甜,咽进了我的肚里,幸福却漾在了母亲脸上。而今想起,那些零嘴是何等滋味,竟不留丁点儿印象,唯一烙在心底、沉淀进生命里的,是母亲怀抱中那份被疼被爱的温暖,被呵被护的甜蜜。

"好吃吗?"我问吃完螃蟹的母亲。

母亲笑盈盈地答:"好吃!"

母亲一脸的满足和幸福。可她所谓的好吃，多半非指那些膏儿黄儿肉儿，而是她越来越需要的这份关爱、呵护与陪伴！

母亲，你的这句"好吃"，于儿女，应该是不敢轻忘的鞭策啊！

火红的柿子高高挂

1

秋风揣了一兜的颜料儿，一抹一抹地，就把山染红了。先一笔一笔点，点红了柿尖，歪着嘴儿笑；再洇红了柿肚儿，红着小脸招摇。接着一大片一大片涂，直到把糙黑如捅火棍的枝梢上那每一片柿叶都染得通红，整座山就腾地燃起了火焰，红彤彤耀眼。

母亲就坐在二外公家花园里的一张石凳上，一边哧啦哧啦纳鞋底，一边瞅对过一整面亮堂堂的山坡，那里是外公家的柿园。

花园里的石榴葡萄核桃啦，桃啦杏啦梨啦枣啦，叶子都落光了，秃秃的黑着，冷着脸儿看满山柿子灯笼般红，生了妒恨似的。逗得园子周边几株粉红的月季和几丛金黄的菊花，在十月寒风里抖颤地偷笑。枣树枝梢一摇，两只灰雀就石子般扑下去，砸在菊花头上，扑簌簌摇落满地黄花瓣，像小炉匠二外公炉膛里撒出来的黄铜箔儿。

母亲顾不上这些趣儿。她的脸红彤彤的，和对面山坡上的那片红呼应着，把那些呼呼叫着满山野的风儿，都映暖乎了。

此时，响起一阵踢踢踏踏的疾跑声。母亲锐声呵斥："狼撵哩？吸口冷风又该咳了！"话还挂在嘴边，一群比风儿还野的舅舅们，就鸟一样叽叽喳喳飞到母亲身边。

母亲面前的石桌上，一下子堆满皮儿薄得透亮的软柿子。母亲那帮小弟弟们，头戴瓜皮帽，身穿长马褂，脸儿红彤彤，眼儿亮闪闪，他们精着呢！他们心疼他们的姐姐，他们的姐姐正裹着足，疼得呢，他们得护着她！他们的姐姐脚疼得一走一个趔趄，一走一个踉跄，还在给他们缝着衣儿裤儿褂儿帽儿，还在给他们纳着鞋底儿串着鞋帮儿，他们得心疼着她！

一只被剥得精光的薄皮软柿子，捧在一双小手里凑到母亲嘴边。

"姐你尝！姐你尝尝，甜得黏牙！"一张小嘴鼓突突噘圆着，眼睛忽闪忽闪黏着母亲，含满了热切的期待。

母亲咯咯咯笑了，眼睛闪闪地，嘴凑上去轻轻咬一口，蹙眉皱眼地说："酸！"

一下子就炸窝了，母亲眼前的那群小毛头，雀儿一样叽叽喳喳吵成团儿。可急坏了他，眼睛都红了："姐你再尝！姐你吸一口尝！"

母亲就扑哧笑了，揽他过去，俯脸在他的手掌心，呼地一吸，一股凉丝丝、黏糊糊、稠腻腻、甜滋滋的汁儿，浸满了一嘴。

"甜不，姐？"一群小毛头把脖子伸得老长。

"甜！"母亲响亮地咂巴着嘴。

小毛头们得了奖励似的，手舞足蹈着叽叽嘎嘎笑，满脸的惬意。

母亲瞅着眼前的这群小精灵，扮着鬼脸说："甜姐的，是这儿！"母亲用手指挠着他们的心窝儿。小毛头们一个个被挠得弓着小身板儿尖笑乱叫。

2

毛茸茸的雪一团一团在天上飞,一絮一絮牵着风的手贴地乱跑。这么大的雪,少见呢!鸡儿狗儿都噤了口,噤了声,上了架儿躲进了窝。母亲就徘徊在稍门楼子前那棵斜在路边的柳树下,跺着脚,呵着手,弓身仰脸向白茫茫的乡道深处张望,满面的焦躁忧急。她周围能没脚脖子的雪地上,一圈凌乱的脚印一会儿深下去了,清晰可见,一会儿浅上来了,依稀难辨。

秃树枝杈,都挂上厚厚的雪凇了。母亲的刘海眉毛,也像扑了重粉一样,糊成了一团冰挂。她心里一会儿求天告地,一会儿发恨动气。一会儿想,这么大的雪,谁傻呀,不躲一躲避一避,会急乎乎赶路?一会儿又想,沟儿坎儿都辨不出深浅了,渠儿道儿都变成一抹儿了,可不敢……就呸儿呸儿吐唾沫,手伸进袖管狠狠掐自己胳膊。

父亲拖架板车,去平凉贩柿子籴粮去了,走大半个月了。四五百里的路程,白天可怎么吃?夜里可怎么歇?小脚的母亲回一趟娘家,二三十里的山路,都会笑着埋怨外公何以要把她嫁得这么远;四五百里,母亲想一想就咋舌头,脚上得起多少血泡。

母亲每天都在掐着指头肚儿算。越算越难熬,越算越心慌。馍被蒸黄了,菜被炒焦了;云儿遮日了,雪儿下大了。

"今冬麦盖三层被,来年枕着馒头睡。"母亲本该高兴的,却气哼哼怨天:"早不下晚不下,你偏得这个时候下!"

正思前想后着急慌忙间,瞥见密密斜织的雪帘后,乡道上,似有一架车子在往前拖。母亲忽闪着两条胳膊,像雪地里撞进来的一只长尾巴喜鹊,跌跌撞撞叽叽喳喳飞过去。

果然是父亲,披着一身雪衣,拖着一架板车,车上卧着几只胖乎乎的口袋。

母亲的脸上，忽然闪耀出亮堂堂的日头光，消融了雪花，挂几颗晶亮晶亮的水珠儿。

"哭啥吗？这不好好的嘛！快回！"父亲咧着嘴笑了。

母亲张罗着给父亲扫身上的雪，换身上的衣，倒烫脚的水，盛暖身的饭。父亲却不急，褡裢里先掏出一个纸包，那是母亲最爱吃的柿饼；接着一个又一个、两个又三个地往外边掏冻实了的红柿子。"挑最好最大的，专门给你留的。"

母亲的脸上，就布满了彩霞。她把那些又红又大的冻柿子，整整齐齐码在炕箱盖上。父亲说得收进蒲篮，会化的。母亲却说："我就要看着！"

那几排嘟着嘴、红着脸、圆滚滚、胖乎乎的柿子，像几排火红火红的灯笼，照耀着母亲的双眼，照亮了母亲的心。

3

吊在村头老槐树上像团蜂窝的那口老钟，被急促地敲响了，声音一窝蜂样在初冬的薄暮里四散飞去。老老少少被蜂蜇着似的，跳起身来，提笼拉车地拥出家门。

母亲身后，糖葫芦一样大大小小串了四五个穿戴得圆咕隆咚的小家伙，提笼的提笼，抬筐的抬筐，你推我搡，大呼小叫着兴奋道："分柿子喽！"

队部屋前的麦场上，堆了那么多的柿子，在炽白的咝咝响的汽灯下，红着脸膛冲人嬉笑。大人们装筐的装筐，过秤的过秤，叫号的叫号。鼻吊不收烂鞋不勾的小不点儿，就在大人堆里藏猫猫，在柿子堆旁翻筋斗，在架子车上掏交交，一任大人们高呼低叱，真疼假骂。

父亲拉了小半车柿子大半车人，踏着夜霜回了家。

日月恓惶，缺吃少穿捉襟见肘，寻常不过的柿子都成了稀罕，是不可多得的甜美。母亲瞅瞅身旁一双双扑闪扑闪的眼睛，看到了一条条蠕动的馋虫。她既得疼惜儿女，又得盘算日子，就数着人头浆了一锅的柿子，脱涩后吊那一张张小嘴。

母亲很严肃地说："不能多吃，更不敢做贼！"

高高矮矮的一排小毛头，忽闪着眼睛点头。贫寒教会了他们克制，穷困早早让他们懂事。

"要刮成柿饼换钱哩！要买盐灌油扯布哩！"姐姐点着弟弟妹妹的额颅说，一副谁敢贪嘴她就不饶的小大人表情。

都争着抢着帮母亲搬刮柿饼的绞车，拿盛柿皮的竹笼，端码柿饼的蒲篮；一路争竞你拿多了，我拿少了。母亲笑眉笑眼盘腿在蒲团上，一手摇绞车，一手执刮刀，叉在绞车上的柿子就欢快地脱去了一层薄薄的红袄儿，露出光溜溜的身子，滑腻腻躺到蒲篮里，腆着肚儿等着去晒太阳。

家家户户的房前屋后，架起来高高的秸棚，上边整整齐齐码上刮去皮儿的红柿子，在冬日暖阳里晒；晒着晒着就软了，光光的身子紧了一层劲劲的皮。人们就上手捏，先捏成高罐罐，再捏成扁饼饼。棚架旁两棵树间架一杆横木，上面挂满细细长长的柿子皮，招招摇摇的，像展在风中的一面旗儿。

长尾巴的花喜鹊啦，大嗓门的黑老鸹啦，尖嘴长舌头的啄木鸟啦，话多得没完没了的野雀儿啦，都伫立在高枝儿上，小眼睛滴溜溜地馋。

母亲看眼晒得红里透黑的柿饼，低头瞅瞅身边那几只黑扑扑的毛眼睛，抓一把过来："给，一人一个！"

姐姐打一把弟弟伸出的手，说："妈，我们不吃！"

"吃，豁出去了！"母亲一人手里塞进一个。

弟弟一整个塞进嘴里，鼓着腮帮子嚼。姐姐剜他一眼，把她手里的那个也塞给弟弟，舔了舔嘴唇。弟弟都张嘴要吞了，却停住了，看看姐姐，看看母亲，把一个柿饼扯成两半，一半喂进姐姐嘴里，另一半，叫着嚷着要喂给母亲。母亲心疼地说："妈不吃，娃吃！"弟弟喊着："不，妈吃！不，妈吃！"

母亲低下头，衔住那小小的半个柿饼，向姐姐丢个眼色，两张笑笑的脸上，都漾上一汪涂了蜂蜜似的酡红。

4

又是一季柿儿红。

满头白发的母亲，倚在窗前，望着窗外林立的高楼。故乡在远方，岁月在忆里。母亲混浊的老眼，越不过高楼，穿不透时光。家里有那么多的水果，苹果香蕉啦，柚子橘子啦，木瓜榴梿啦，母亲碰都不碰。高高大大的孙子把果儿切成一小块一小块，攀在奶奶肩头喂，奶奶头一扭："不香！"

母亲唯一香的，就是她的柿子。也许只有柿子，在她的感觉里才有历经岁月的那份滋味，才有饱含记忆的那份牵怜。

儿女孙子们外出归来，便不忘给母亲带大大小小、硬硬软软的柿子回来。母亲把它们排在飘窗大理石的台面上，说："这些是尖顶，这些是火晶，这些是火罐……"如数家珍。那些红红的柿子，灯笼一样，映着母亲皱皱巴巴的脸，照着母亲深幽幽的双眼。母亲的脸上漾着慈祥，眼睛里却跳跃着亮亮的光。她端详着坐在相框里冲着她笑的父亲，遥想着她多已故去的弟弟们，喃喃地说："吃柿子了！吃柿子了！"

母亲的声音里含了那么多的沧桑，像风刮过树后掉下的枯叶。

母亲吃柿子好讲究，尖嘴儿的尖顶，她要浆了吃，脆脆地咬一口，就咔嚓咔嚓嚼，咂着汁儿，品着味儿，感受着那份脆和沙。母亲说比水萝卜还脆，比甜香瓜还甜。圆肚儿的火晶，她要放软了吃，两指翘着，掐一个小口儿，嘴唇一噟，嗞地吸光里面的汁儿，闭了眼睛在口腔里搅，临了咕地一咽，啊地呵口气："甜！"最后嘴贴到那道小口儿上，呼地一吹，吸瘪了的那只柿子，又神气活现地腆起了小肚子，逆着阳光，灯笼一般红，亮亮地照耀着母亲笑眯眯的眼。

母亲爱吃柿子，成了家人心里的惦记。就连她故乡临潼的孙媳父母刘星夫妇，都上了心，常常送来闻名遐迩的临潼火晶。母亲说："这情很大，得记着！"

母亲就弓着身，穿针引线地给他们绣红花绿叶的鞋垫。母亲的鞋垫儿上，梅花朵朵开，喜鹊喳喳叫，而她自己的脸上，已然喜上眉梢了。

刘星是画家，画了一幅柿子图，题款时这样写道："我亲家公的母亲，我叫她阿姨，什么水果都不爱吃，就喜欢吃柿子。想来柿子能勾起老人家对故土的回忆，她吃的是一种乡情。"九十高龄的母亲，合不拢嘴了，呵呵呵地笑："画得好，画得真好！画到我心坎上了！"

把这幅柿子图装裱了，高高挂在母亲房中，那火红火红的柿子，就能一年四季照耀着母亲了。

一枝清莲

我的小脚的娘,今年整整九十。

九十年,将近一个世纪,跨越了那么多的沧桑。她做姑娘时栽的那棵歪脖儿柳树长空心了;她住了大半辈子的那孔窑洞坍毁了,已被平成耕地;她生活了几十年的那个鸡鸣犬吠、马欢人笑的村庄,也已变得路宽房高,儿童相见两不相识,嘻嘻笑问客从何来。而她,我小脚的娘,却依然眼不花、耳不聋,能蒸馍擀面打搅团,能穿针引线绣鞋垫。谁见了都啧啧绽笑:"您活成神仙了,精神!"

娘就咯咯咯笑得一如小姑娘,脸上绽开朵明艳的金丝菊花,舒展而又灿烂,爽朗地说:"赶上好时候了!"

1

娘这辈子很不容易。她生在大户,家居山庄,她的爷爷、父亲都是方圆享有盛名的杂科乡医,所挣银钱都置成地产,家大业大。外公娶了三房太太。娘是二房外婆的头胎长女。

可娘除过在吃穿用度上享受过家大业大的富足外，其他的多半都没沾上光。

三房外婆我见过两个，都是人物标致的大家闺秀或小家碧玉，个个不精茶饭，不懂剪裁。而太外公和外公均属紧细人，最见不得破费，除非火烧眉毛，田垄里的苦力都舍不得雇佣，怎肯在灶前案边贴赔？

娘七八岁就被使唤到锅台上。

娘的灵性一入厨便大放光彩。她说她第一次蒸的馍馍，又白又大又暄，惊得她的爷爷老嘴笑出一个大黑窟窿，捏着她的红脸蛋呵呵笑："碎女子这么灵醒，赛过王家个个儿郎！"娘为此心里蜜了个把月。

其实娘到老都没明白，这世事能干者就得多劳，可多劳者多半不一定会多得。娘傻呵呵在全家老少的赞叹喝彩里，学会了蒸馍擀面打搅团，学会了煎炒蒸煮焖炖焗，当然也学会了拆拆洗洗、缝缝补补。这样，一家老少的冬袄夏衫、棉靴单鞋，便成了娘两餐忙罢后日复一日、年复一年的劳碌。

已故多年的小姨就曾为娘打抱不平，说："你娘在高渠王家，活像个使唤丫头，谁都能指拨，谁都能派遣！就她能受，要我早炸了！"

娘呵呵一笑："总得有人当柱顶石，我倒情愿是我！"柱顶石是过去盖房用来荐木柱的，一间屋子的承重，全要凭它。

娘对她这段人生的唯一遗憾，是盼来盼去，到最后都没能走进书房。家里请有先生，舅舅姨姨们均先入过私塾、后进过学堂。娘是兄弟姊妹十好几个里唯一的"睁眼瞎"！

娘说："我一个瞎子，换十来个眼亮的，值了！"

娘凡事都想得很开。只有老来看网络电视、用智能手机、使电饭煲微波炉这些现代化机器时，才深有感触地说："这辈子没认字后悔得很！"

所以娘一辈子都很看重读书，再苦再难，她也要把儿女送进学堂。生活中犯点小错，娘从不过多责骂；但凡学业上想偷点懒取点巧，娘的笤帚疙瘩立马就被派上了用场。

2

十岁左右,娘在三个外婆的合谋下开始缠脚。娘说,她曾垂泪问外婆能不能不缠? 外婆含泪说:"不能! 咱女人就这命,你是长女,不能例外,得带头。"娘就不再为难外婆。

外婆是裹足的高手,十里八乡有名的。她持两丈长的裹脚布,让小外婆握着脚一层层缠,松松地,绵绵地,并不使多大劲儿。娘就放松了,被挠着了脚心,还咯儿咯儿笑。缠好了,娘下地试试,觉着只是有点儿束,就由着性儿跑出去。可是你越走它越紧,像箍子,紧紧扒在脚上,一走一阵钻心痛。娘就那样,一瘸一咧嘴、一拐一抹泪地操持王家老少的茶饭、被服、鞋袜,一天也没空过,一晌也没歇过。

我问娘:"几个姨娘,有的不比你小几岁,她们不能替你?"

娘说:"她们都要去学堂。"

"这不公平!"我愤愤不平。

娘说:"我是老大,长姐如母。"

我问娘心里有没有委屈,娘笑着说没有,弟弟妹妹们都有出息了,都好了,她也就好了。

娘从不跟人过不去,也从不跟自己过不去。

家大业大活便稠,人多嘴杂事就多。娘不过一个十来岁的少女,再麻利勤快,难免会有不周或疏漏。人呀,往往就这样,得了好还想好,会把他人的勤敬当作本当,把别个的宽和视为应该。于是就有了饭稠饭稀、口重口轻的弹嫌,起了针密线疏、你新我旧的争竞,生了你远我近、你亲我疏的口舌。外婆头一个不依了,扯着外公要公道,提议饭轮流做,衣各自管——"霎叫我娃力出了,苦吃了,还要把罪遭了!"外公是火暴脾气,各处骂毕,把娘叫到房中爱怜地问:"娃,你的意思呢? 伯想听你说!"娘嘿嘿一笑:"伯你言重啦！我就爱做个饭缝个衣的，一大家子都对我又疼又爱的，他们也就说了个闲话！"娘一席话，倒叫性情刚烈的外公落下了泪眼，说："我娃好心性，福报在后头！"

娘常对我说："你记人的好，你自己就好；你记人的不好，你自己就好不了。"

3

娘十六岁那年，嫁给了塬上的我们张家。外公结这门亲是花了心思的。他走南闯北眼界宽，觉得张家是大户，是诗书门第，孝义人家，祖上得过皇帝旌表，出过好几个秀才，门风好、家风正，亏待不了娘的。

这莫非就是他承诺给娘的那句"福报在后头"？

其实张家那时已经衰落。秀才曾祖避乱早亡，二十岁就守了寡的曾祖母在漫长的孤苦中，不单自己染上了大烟，也让她最为宠爱的小儿子，也就是我们的二爷爷，也染上了大烟瘾。我们的爷爷，就在这样的情势中，苦苦撑持着三十余口的一大家。

娘说，曾祖母后来瘾很大，隔几日便撩一衣襟银钱，数都不数，往烟铺柜台上哐啷一倒，"神仙膏"给多给少，从不计较。娘指着爷爷临死前叮嘱要一代一代传下去的那面樟木大柜告诉我，曾祖的父亲为了让年轻的曾祖母一能守节、二能哺育两个幼子，给了曾祖母满满一柜银钱。那面柜能装三石麦！

殷实常出败子，家贫多生嫌隙。爷爷劝不过来他的娘，就只要了几十亩薄地，钱财一文不争，带着他的儿孙们另立炉灶单过了。

娘就是这时过门的。

娘在自家，再苦再累，也就只在锅灶上、女工上，外公从不让娘下地。但到了婆家，娘从此再无那样的福分。爷爷十岁当家，十三岁娶妻，十五岁得子,憋着劲儿想复兴家族曾经的辉煌,满脚掌的疔痂,满手心的老茧,自己干活不惜力不要命,也把儿孙们当牲口使,容不得躲奸溜滑。

这可苦坏了小脚的娘!

娘说,曾祖母分给爷爷的地多在沟沟坎坎、坡坡洼洼之处,整端的很少,劳作起来格外费工费时、费人费力。眼见张家爷父起三更睡半夜,娘说,她就再苦再累,也不觉得委屈。娘是那种恨不能把心掏出来给人的,一旦投入,就义无反顾。春种、夏收、秋晒、冬积,她踮着一双小脚像男人一样出力流汗,裤腰煞紧,袖子挽高,间苗、锄地、割麦、扬场、担粪,一点儿都不惜力;回到家里,男人们抽旱烟、喝酽茶,捶背揉腿地缓气儿了,娘却闲不了,还要下灶间、上面案,锅碗瓢盆地叮当乱响。

奶奶乐得眉开眼笑。对娘的娘家来客就格外热络,好烟好茶、好酒好饭地款待,视为上上客。

慢慢地六七个妯娌间起了生分。你既能干,那就多做,反正风头都是你的。于是就有了灶前的躲奸,有了田间的耍滑。娘看在眼里,容在心上。她还是那么笑嘻嘻的,你不干,我就做;你做少,我就干多。她常挂嘴边的一句说词是:“有个病害死的,没个活做死的!”天长日久,奶奶看出了里面的渠渠道道,絮絮叨叨骂。爷爷劝性急的奶奶:“五根手指都不一般长短!媳妇们间的纠纷,没摆上桌面,做长辈的就不要掺和,免得再生事端。”奶奶明面上装聋作哑,私底下却吩咐,要各房媳妇不再搭伙操持,屋里的活轮流当值,田间的活分块独做。妯娌们面上不说,背地却都把牙根嚼碎了。她们很快就结盟了。世上的事,就怕结盟。娘一下就被孤立了。

不用一两年,娘生下姐姐后,她在奶奶跟前就失了势。闲话一句一句被添油加醋甚至无中生有地灌进了奶奶耳朵,在她心里扎下根,冒出了苗儿,最后疯长成对娘一切作为的看不惯。娘常从家境富足的舅舅家拿东西回来调剂口味或补贴家用,过去很可奶奶心意,此刻却生出了猜疑,要么被当成“夸耀”,要么被疑作“交换”。“张家瘦死的骆驼总比马大吧,谁要你姓王的施舍？臭屁打脸你们臊人哩？再说了，拿三回总需给一回吧，你把啥偷偷拿给了你娘家？"过去娘每年麦收忙罢，都要回娘家住一个月，去给外婆一家裁衣缝被，备齐冬里的穿戴。奶奶每回不单痛快应允，还会备了礼品要娘带上。此后却不再答应，还给父亲吹耳风说："管好你家婆娘！嫁出门的女，泼出门的水，老往娘家跑，像啥？"

婆媳关系就这么有趣。媳妇一旦做了婆婆，便全忘记了她做媳妇时对婆婆的所有不满，要把她曾经不满的那些手段又施加给她的媳妇。

娘心里再苦也不吭声，该怎样还怎样，没事儿人一样。活还拼命干，饭还精心做，照样妈长妈短、嫂亲嫂热地唤，你不请我我自来，你不搭理我凑趣，一副没心没肺状。娘说："心里没鬼时，有鬼也自无；心里有鬼时，没鬼也自有。"

路遥知马力，日久见人心。娘用她的不计长较短，不患得患失，让心地善良的奶奶和妯娌们慢慢消弭了隔阂，一大家人虽常有磕碰，也难免纠纷，但总体融洽和睦，相亲相爱，在方圆几十里是出了名的。

4

家和万事兴！爷爷亲率全家老少，一年四季不空一天地下苦，养骡养马养牛养驴，上市交易；炸麻花、油饼、油糕，赶集摆摊；做豆腐、甑糕，走村串巷。大伯、二伯的罗圈腿、罗锅腰，就是挑着担子祟粮买油落下的残疾。三伯仗着他人高马大力气壮，干起活来最不惜命，贩马途中马惊了，他为了追马累吐了血，硬生生没折一匹马，可自己二十六岁不到就咯血死了。

多少年后娘还抹着泪说："那时候人咋那么傻，为了置家当连命都不顾！"

爷爷把用血汗换来的银钱，少半置地，多半赎地。

其时，曾祖母和二爷爷的大烟瘾已至化境，一大柜的银钱抽了个精光,就当地卖田。他们当一块地,爷爷就咬着牙赎一块回来;他们卖一块田,爷爷就十趟八趟跑,求爷爷告奶奶高价回收。亲朋好友都劝爷爷,同样的价钱,会买到更好更多的地!就连太外公、外公都来劝阻,要爷爷甭死心眼。娘却对他们说:"爷!伯!我公公的心思我能懂,他是不想给祖先丢脸!"

太外公、外公单听娘这么一说,吃罢饭就回去了。临走拍着爷爷树皮一般的手背说:"有个短儿缺儿的,打个招呼,甭见外!"

到土改,我们家拥有了三四百亩土地,二三十匹骡马;而抽光所有家当的二爷爷,在曾祖母一哭二闹三上吊的威逼下,搬来寄居到了爷爷家。一夜之间,爷爷和二爷爷都成了社员,无贫富之差,无良莠之别,无勤怠之分,一下子平等了。那段日子,二爷爷就笑得咯咯响亮,一肚子的文墨变成了两句阴阳怪气的说唱:"天也地也!时也运也!"

爷爷一口气没捯过来,从此落了个烧心病。大伯一蹶不振,少言寡语,白天尚能强打精神劝慰双亲,夜来就整宿整宿干熬,人一天天瘦着,干黄干黄。二伯原本火暴的脾气更不容人了,见人骂人见狗骂狗,不是打老婆就是打孩子。一家上下,全乱了套。

娘这时候却格外沉静。她年纪不大,经历的祸事却不少。土匪来打劫过,后来不又走了?灾荒来祸害过,到了不就过去了?那年闹"虎烈拉",一倒一大片,一拉一板车,不都挺过来了?人哪,没有享不了的福,也没有受不了的罪!你把罪当作罪,它就是个罪;你把罪看成是福,它或许真就成了个福!娘理顺了这些个理儿,并说给奶奶听,奶奶又让她说给爷爷听。爷爷听着听着,就涌出两股混浊的眼泪,从此不再卧床,该吃就吃,该喝照喝。

祸是双生子,从来不单行。时运不济了,命途能不多舛?先是三十七岁的四伯在整风运动中客死他乡;接着老几辈传下来以备歉荒的窖藏粮库,遭到举报一清而空;然后就是奶奶遭受多重打击一病不起。那时已经分家,各房独立炉灶,家家都缺吃少穿,谁也不顾谁了,谁也顾不上谁了。奶奶几天近乎断炊,娘从娘家回来知道后,顿生悲凉,想奶奶那么要好要强,从来不甘人后,到头却落得这样凄凉。便把从娘家匀来吊命的一点荞麦上石磨磨了,赶紧做出一小坨荞粉,调一碗端给奶奶。娘说,奶奶可能嫌她喂得慢,就挣扎着半趴在炕头,自己捏着勺子一勺连着一勺往嘴里刨。她听到奶奶的肚子里传出一阵咕隆隆的响,而身后,则一声接着一声长长的响屁。不晓人事的姐姐被惹得咯咯大笑,娘却折身跑出去,躲进无人的磨坊,蹲到地上,用头巾堵住嘴恸哭,直到姐姐站在院子大声呼叫。

姐姐说奶奶还想吃。

娘劝奶奶:"妈你饿了几天,一下子不能多吃!"

"就再给我小半碗!"奶奶可怜巴巴地央求。

三两下吃完荞粉,奶奶拉住娘的手,两眼定定地瞅她半天,说:"娃,妈把你的吊命粮吃了!"

"妈,你快甭这么说,雀儿都懂得尽孝的!"

奶奶起身哆哆嗦嗦从炕旮旯摸出一包银饰:"妈就剩这点体己了,都给你。儿都指望不上了,死的死了,走的走了,守的都不照面了,妈就把你当个女!"

娘一下跳到了地上,摆着双手连说使不得,硬不要。

哪知奶奶当晚就咽了气。

娘把剩下的那点儿荞粉,献到草草搭成的奶奶灵堂,哭成了泪人。她后悔没给奶奶吃饱吃够。

娘忙着这些时,家里却吵成了一团,说奶奶的体己丢了,被人独吞了。吵着吵着便理,理来理去理到了娘这儿,说最后到过奶奶房里的,就只有娘。娘被逼到了墙角,遭到围攻,先搜身,再搜屋,一无所获,就都说她藏了,埋了,心黑了,眼瞎了,怪不得生一个死一个,活该要绝后。

穷困原来不单能让人抛开孝义,变得自私,更能让人不顾人伦,变得残忍。原本和和睦睦亲亲爱爱的一家人,顷刻反目。有人立马算出了奶奶银饰的价值,有说值两石麦的,有说值三石桃黍的,总之一句话,都要粮,不要钱,说钱吃不成喝不成,不能裹饥肚。

娘陷于绝境!

娘捎话让四舅上县城打电报,叫回了千里之外工作的父亲。父亲风尘仆仆回到家才得知了一应变故。他在一家人的包围中,先哭奶奶,那种哭法,让在场的全都哑了声,垂下头跪到地上。爷爷这才高声叫骂:"牲口!还知道你们在守丧?"哭完奶奶,父亲挡退众人,独自进了爷爷房中,半晌出来,推开围在门外的他的嫂子侄子们,去见娘。

"你拿了没?"父亲睁大一双血红的眼睛。

娘摇着头,泪水涟涟:"连你都这么问?"

"伯说妈最后一个见的只有你!"父亲冲娘歇斯底里地喊。

娘就把经过一五一十说给父亲。父亲听完,胳膊一抡,大声吼:"那就都搜,各房全清一遍!"

娘却一把扯住要扑出去的父亲:"家都这样了,你忍心?就搜出来了,你心里能好过?"

父亲把头软耷耷垂下:"那你说咋办?"

"咱认!"娘盯着父亲的头。

父亲抬手给了娘一巴掌。娘的嘴先一震,再一冷,然后就麻挲挲烫起来,一点一点肿起来老高。娘没哭,也没叫,就那么定眼眼瞅着父亲脸上的一阵红,一阵白,一阵黑紫。

就这样,娘把外公给她陪嫁的一百块银圆和父亲带回来的几百元票子,都搭了进去。我的长姐于此便再也没进学堂。

我曾问娘:"咱没拿,凭什么赔?"

娘幽幽地看着我,说:"娃,人要舍得吃亏!咱赔了,就没人再争竞了。当年就咱家嘴少,他们每家老老小小一大帮子,都得活命呀!"

"那后来呢?"我追问娘。

"后来银饰就在你爷的柜里露面了。你爷临走前,给各房分了。"

"是爷爷拿了？"

娘远远地望着前方,轻轻摇摇头。

"那是谁？"

娘剜我一眼,笑了:"你真是个娃娃!"再怎么问,她都不接话了。

若干年后,年迈的父亲对我说:"你妈心好得很,你一定要好好孝顺她!"这是父亲一生中唯一一次在我面前赞扬娘。老年的父亲对娘百依百顺,像个老小孩,娘说怎样他就怎样,即便娘说得明明不对,他都从不拂意。

娘常常对我说:"要害一个人容易得很,舌根子一搅就把人害了。要成一个人,却比啥都难,要有担负。"

5

娘随我进城,离开乡下已经二十多年了。我是一天天看着娘衰老了。衰老了的娘,眼前的事大多记不住,过去的事总也忘不了。她牵挂着她的乡下。四季更替中,她会念叨:"麦苗返青了,油菜开花了,大麦该下镰了,玉米该吐穗了……"

我们都笑她:"这些现在跟你有啥关系？"

娘却正色道:"怎么没有？你吃的这油,这粮,这果果蔬蔬,天上掉的？"

春天只刮老黄风不落雨了,她着急。夏收时只下雨不见晴了,她更着急。

她常常挂在嘴边的说辞是:"人要只顾自己了,旁人谁还顾你？你顾旁人,旁人才会顾你哩!"

如此心思的娘,就活得很忘我。二〇〇八年那场地震发生时,家里上班的上班、上学的上学,就剩娘一个。地震发生后,电话瘫痪了,心急火燎地驱车赶回,把别样淡定的娘强拉下楼,才听前后楼的邻居们说,剧烈的摇晃发生时,娘趴到窗口扯着嗓门大声呼喊:"地震咧,赶紧! 地震咧,赶紧跑!"我们问娘自己为何不赶快下楼,娘呵呵笑着说:"我活这么长了,早不怕死！青年人要紧，才正活人呀！"

现如今，九十岁高龄的娘，日常有三大要紧。一件是擀面、蒸馍、打搅团，你不让她干她跟你急。毕竟年事高了，体力不济，她就干一会儿，歇一会儿，歇一会儿，干一会儿。一件是弓下身子坐在床上绣鞋垫，坐着绣累了，她就躺下绣，一双双码了整整一箱，说这是给谁做的，这又是给谁做的。亲己者中，没一个她不记挂着。娘说："就是留个念想！"还有一件就是一手持电话本，一手握着手机，给她远远近近老老少少的亲人通话，问长问短，问农事，也问平安。谁家喜添人丁了，她能高兴几天；谁家有人故去了，她能念叨好一阵子。娘不识字，只认得数字，可家里的一切现代化用具，没一样她不会使用。我们笑着说："妈你亏得不识字！你要是有文化，那还得了！"

娘忙碌着她的这些要紧，日子过得很充实，也很忙碌。她每天只吃粗茶淡饭，并且不再按点吃饭。该吃饭时你去请她，她说："我不饿！"再好的饭她也不上桌。可她但凡感到饿了，哪怕是夜半，也要吃一点垫底。大家都说，夜里吃饭对人不好。她则笑着说："我都九十了，还想好到哪去？不管！"

娘不让人管她，可她却总爱操心别人。下雨天你刚说要出门，她就给你找雨伞；你躺在沙发上想眯一会儿，她马上给你抱床被子；你还吃着饭，她就候在旁边，等着端碗洗碗。

我的九十岁的老娘，她一辈子就是这么无我，心里全装的是别人的苦乐、饥饱、冷暖、安危和好恶。她说："你把自己太当回事了，就不当别人是个事了！"她还说："把别人看上些，你自己就到了上处！"

我九十岁的娘未信佛，可她却自有一颗莲心。她不单赋予我生命，给了我至深至切的母爱，她更是我心中的一枝清莲，以供我映鉴自己迷于红尘的顽冥，耽于功利的自私，自察自省！

父亲的眼泪

1

父亲是个内敛的人，平素极少外露感情。记忆中，家里家外，父亲多半都是一个忠厚的倾听者，吧嗒着那杆随身半生的旱烟管，入耳时呵呵一笑，不中听，就只耷着眼皮，让烟雾半遮住自己的表情。

而今细想，这多半与父亲的身世有关。

父亲弟兄六人，排行老五，出生于一九二五年。这一年，孙中山在北京逝世；云南发生地震，死伤万余人；段祺瑞政府与法国签订协议，偿还《辛丑条约》赔款；上海发生震惊世界的"五卅"惨案；中华民国国民政府在广州成立；毛泽东发表了《中国社会各阶级的分析》……这一年的腊月二十，父亲哇一声啼哭着闯进人间。

父亲一出生就跌入了磨难中。

此时，古邠州白骥塬旧堡子张家已经败落——曾祖母和她的小儿子我们的二爷爷吸鸦片花光了一大柜银圆，开始卖地了。父亲出生时，我们的奶奶已经有了四个儿子,最大的都快十四,最小的也已五岁。父亲生不逢时,一落地便遭到了遗弃——奶奶嫌孩子多、负担重,将他扔到了窑后的柴草堆。

正滴水成冰季节,父亲在柴草堆里猫一样哭了整整三天。

我常想:母子连心,奶奶听了整整三天的啼哭声,该有多么断肠,多么揪心!她陪那些哭声流了多少眼泪?下了多大狠心?父亲说,直到第四天,前来看望月子的二奶奶才救了他一命。二奶奶抱起浑身已经青紫的父亲大骂:"一条命呢,敢这么遭罪?"奶奶这才放哭声将父亲搂进怀里,贴身子暖。父亲命可真大!父亲命是捡回来了,却从此身体羸弱,一生都嶙嶙峋峋,爷每一提及便泪流不止。

爷三岁失怙,时在光绪二十六年,公元一九〇〇年。是年五月,八国联军两千多人自天津向北京进犯;夏,陕西大旱成灾,饥民逾两百万人,饿殍遍野;七月,清廷谕令护理陕西巡抚端方为慈禧太后在西安准备行宫,不到两个月便耗银二十九万两;秋,陕西大旱成灾,秋田大半无收,粮价昂贵异常,贫民流离转徙……

为避匪患,经过县试、府试、院试已中秀才成为廪生的曾祖张自超(字慕贤),被他爹张克功(又名遵圣,字希轩)护送进南山躲避,末期染疾不治而亡,殁年二十一岁。爷的祖父张克功曾被朝廷例授孝友义士,给爷命名张廷铭,是要爷铭记廷恩,进取功名的,可他只供了爷爷两年私塾便撒手归西。爷连他爹的模样都没记住,却把他爹的荣耀铭刻心底,他十三岁成婚,十五岁得子,分别给他的孩子我们的父辈们起名书勤、会勤、忠勤、庚勤,不等他们长大,就吆牲口一样赶去没黑没白劳作。爷想守住家业,好供后辈谋取功名!可二十三岁便守了寡的曾祖母早被鸦片迷了心性,哪里听得进去哭劝?爷牙一咬,率领他的一群孩子在沟圈挖了一处地窑庄子,分家另过。这一年是一九二九年,父亲张学勤刚满四岁。

爷把四伯庚勤送进了学堂,指望他读圣贤书,走功名路;四伯争气,书读得呱呱叫，让爷在先生跟前很有面子。父亲六七岁便成了劳力，吆一圈羊早出晚归放牧。那时候山中狼多，父亲说多亏了家里那两条狼狗，他才没折过一只羊。我则想：爷都不怕狼叼走父亲？父亲一笑说："几百亩地要耕种哩，你爷大半辈子没睡过天明觉！"父亲还说，他长到学龄后，把四伯的书夹子抱到怀里在爷面前晃来晃去，眼巴巴瞅爷；爷头也不抬，闷声问："猪五羊六人十，今年能下几胎羔？"父亲便知他进不去学堂了，抹着泪答："至少二十一羔！"从此只能一眼一眼艳羡地看四伯上学下学，一天学也没上过。

三伯去世的那一年，还去世了一个人，叫张思德，毛泽东专门为他写过一篇文章，叫《为人民服务》。许多年后，当我滚瓜烂熟背诵这篇文章时，莫名其妙地想：张思德是为人民利益而死的，他的死重于泰山；而我的三伯则为了自己发家致富而死，那他的死就算轻如鸿毛了！

三伯夭亡那年，父亲十九岁，他为他的三哥到底流了多少眼泪，我不得而知。

父亲后面，家道日昌，奶奶又生了姑姑和小叔。小叔比父亲整小十二岁，比大伯小二十五岁多，比大伯的长子才大了三岁，一家人都当孩子宠。到邻县解放，爷带领他的儿子儿媳，几乎一点一点赎回了被曾祖母和二爷爷吸鸦片当光的全部土地，拥有耕地三百六十多亩，大牲口二十多头，马车牛车五辆，瓦房三间，土窑二十多孔，生计步入富足。爷六个儿子剩了五个，三个壮劳力，两个读书人，其时四伯已穿上制服吃上了官饭，在国民政府的参议院里做了参议，是爷的主心骨，小叔也已读到高中，说话做事有板有眼。爷虽然折了三儿子，可总算熬到了耕读有成，是受人敬重的乡绅。

2

父亲二十八岁那年，抗美援朝打到了第三个年头，家乡征兵，其时大伯主理家政,二伯旧社会曾被抽丁,三伯早夭,四伯在外公干,而六叔尚在读书;眼见派兵的人进了梢门楼子,父亲转脸对满面愁云的爷爷说:"应了,我去。"爷爷看一眼瘦骨嶙峋的老五,埋下头两行眼泪。这样,父亲便着一袭军装告别了家园。父亲说,他们正往鸭绿江进发,战事结束,部队便调头西行,改编为建三师,进驻西安南郊承建西安师范学院(陕西师范大学的前身)。三年后,父亲随军整编转业,入兰州成为一名建筑工人。

此间短短几年,却发生了许多家道变故。一是土地归公,全家成了社员;二是他三十七岁的四哥在整风运动中自绝于西安刘家寨荒野;三是他最为疼爱的六弟在单位难禁争斗,精神失常,颠沛人世;四是奶奶于三年困难之初,心力交瘁,贫病相加,含悲归西;五是连年饥荒,我的一个哥哥在两岁夭折……这些变故,在体弱多病的父亲心里会刻下怎样的刀痕? 他在接二连三的致命打击中到底流了多少眼泪? 我不知道! 我只知道父亲带着一家人由兰州决然返回了故乡。

返乡后的父亲剃去一头乌发,换身粗布衣衫,一头扎进家乡的黄土地,精打细算地撑持日月。弟兄六人只剩下了三个,父亲每天晚上都陪着爷爷,他想多尽尽孝啊! 哪料次年,爷爷也撒手西去,享年六十六岁。爷爷白发人连送两个黑头儿,又眼睁睁见他最小的儿子常年疯癫在外,自是生不如死,终于一九三六年春二月桃花吐蕾时咽下了他最后一口气。母亲说:"你爷一辈子都在创家业,光想出人头地,到了连一天饱肚子都没赚到!"爷爷是死在父亲怀里的,是父亲合上了爷爷大睁着不肯闭上的双眼。母亲说差不多有三年,父亲的眼泪就没有断过。

父亲的眼泪怎么会断呢? 爷一死,主心骨没了,生活困难,家计维艰,父亲眼睁睁看着四娘带着三个孩子离开了张家,接着六娘也带着两个孩子改嫁去了外村。哥死弟疯,侄子离散,亲情在困苦里斑驳得一地苍凉,父亲一夜一夜大睁着两眼唉声叹气,从此落了个烧心病,常常会跪在炕头蜷成一团,脸黄如蜡。不期我已经九岁的姐姐彩玲,也在这个时候夭亡了。

那一年我两岁。

那一年是一九六四年。

那一年发生了许多大事件：法国和中国建立了外交关系；大型音乐舞蹈史诗剧《东方红》在人民大会堂公演；中国第一颗原子弹引爆成功；毛泽东举行了七十一岁生日宴会；国务院批准将邠县改为彬州……

父亲把九岁的彩玲埋到了哪里？他至死都不告诉我们，人要问，他只会摇着头流泪，哽得一句话也说不出来。

应该说，父亲是一个非常聪明的人，他没上过一天学，却能通读《三国演义》《水浒传》《西游记》，他竟然通过自学识得了那么多字！父亲当然也算得一个称职的庄稼汉，社队劳动，他从不躲奸溜滑，派什么干什么，苦重脏累，从不计较；工余，就耨弄仅有的几分自留地。春二三月，放工之后，他便深入山沟的阳坡去剜野菜；夏忙之前，他会扛把镰刀步行几百里去当麦客；秋冬季节，工余，别人都靠在墙角晒太阳扯闲谈，他却一头扎到田野里东刨西挖、爬高下低清遗，几颗洋芋蛋，半笼白菜根，七八个烂柿子，三五个瘦红苕，可都是撑肚子的垫巴啊！那些年月，家里没再断炊，我们并未沿门乞讨，一半靠了父亲的勤劳，一半归功于母亲的节俭。

然而即便汗水黑流，日子仍然捉襟见肘，因为五口之家只父亲一个劳力。我同两个妹妹尚小，而母亲，则常年多病。家中稍有进账，就吃药，就打针；进账用完后，就四处告贷；告贷无门的日子，就拖磨着苦挨。

其实，节俭有名的母亲，手头原本有点体己的。多半是长我十六岁的姐姐出嫁时的聘金，大约百十来个银圆；少半是母亲的陪嫁，耳环啦、戒指啦、手镯啦、簪子啦、项圈啦，哗啦哗啦的，全是银货。这些，母亲捂得紧紧的，从不打动；父亲再苦再难，也不指着。

爷爷去世后的第五个年头，大伯撒手人寰。大伯一生忍辱负重，为家业流干了汗水。他辞世时才五十七岁，尚值英年，但却显得那样苍老，定格在我有限记忆中的，只是一个干瘦干瘦的小老头，弓着腰，一边干咳着，一边痛苦地用手捂着腹部。大伯去后没过两年，二伯又死在了医院里，也是五十七岁，时在一九七〇年正月。这一年的一月三十日，中国研制的中远程火箭飞行试验首次成功，使中国具备了中低轨人造卫星的发射能力。这一年的四月二十四日，东方红一号发射了中国首枚人造卫星。这一年的十月十四日，中国在罗布泊进行核子试验。

二伯生性倔强，浑身蛮力，一人做得两人的活，一人吃得两人的饭，日子紧巴，子女又多，后半生竟一顿饱饭也没吃过。母亲说，二伯那天耕作回家，见饭少人多，就囫囵了几口，把盘子推给妻儿，自个儿去饱餐了一顿柿子皮。转天，二伯就腹痛难忍，各种土法用遍都不见消停，一把板车送进县城医院，确诊为肠梗阻，上了手术台就再没下来。那是二伯一生中唯一一次进医院。

大伯、二伯的丧事上，父亲到底流过多少眼泪，我那时尚小，竟无丁点印象。我唯一留下深刻印象的，是二伯病中多次深陷似醒非醒的魇梦，挥着一条粗粗的棍子边吼边舞，好像身边有无数魔障，吓得我从此一人不敢在窑屋里独待。

大伯二伯辞世后，家里唯一能够主事的就只有父亲了。眼见大伯的小儿子到了婚娶年龄，父亲踌躇再三，终于瞄上母亲捂得紧紧的那点儿体己，不顾母亲的饮泣，哐啷哐啷数出七十多个银圆，四处张罗着替大伯的次子说媒、相亲，磨破几双鞋底后，一头干瘦的毛驴驮回一个新媳妇。

那天，是打我记事起家族里最最喜庆的日子。此前的几日，父亲一直指望能将他疯疯癫癫漂泊山野的六弟接回，请来几位青壮乡邻，四处打听，多方寻找，却终于没能缚得住人高马大的六叔父。白天，父亲还能撑持着安排事情，招呼亲朋，接受道贺；待到夜色四合，父亲这才悄悄出门，去了趟大伯的坟地。那晚，父亲何时回家，我全然不知，此后也没有过问。那晚，父亲为何要去大伯的坟地，去之后做了些什么，那时的我，没想，也不懂得去想。

3

　　我十二岁那年忽然患上严重的眼疾，双眸蒙上厚厚一层白膜，几近失明。

　　至今我还心有余悸地记得，患病之前，母亲带我去看望姐姐。当时正值暑期，高原正午天气很热，我们正在行走，忽然一股旋风扑面而来，几乎迷了我的眼睛。母亲一边呸呸吐唾沫，一边拍手跺脚大声叫骂："不管屈死的还是冤死的，你该找谁找谁，别缠我娃娃！"我是学了点科学的，都被母亲的骂声吓得心里一阵忽悠忽悠飘。姐姐住在租借别人的一孔烂窑洞里，光炕上铺了条花花绿绿的马褥子。姐夫家是地主，他爷爷被吊到二梁上身首异处，他的父亲整天戴顶尖尖的纸帽被拉上转村批斗。姐姐吓得像只惊了弓的鸟，眼睛扑闪扑闪瞅着母亲滚泪蛋蛋。晚上睡觉，姐姐家没有枕头，我把一本厚厚的书拿过来枕在头下，母亲警告："枕不得，你爷老说书是经，供念的，糟蹋了会遭罪的！"我才不信呢，我亲眼见过人烧我们家的书，撕得满院都是。可是第二天一早我的眼睛就开始发疼，很快便视物模糊。

　　母亲变卖了她剩下的全部体己，父亲一趟又一趟穿梭于亲友家中告贷，好不容易凑齐盘缠，这才牵我去了省城就医。告贷无果的那些天，母亲每日都迁怒于父亲，控诉父亲掠夺了她的大部分体己；多半的时候，父亲都只是沉默，一句话不敢接，有时实在被数说不过，才软软回上一句："过去的事了，说这做啥！"

　　我的眼疾终于医好，全家人说不出的高兴。可那年冬天，母亲的病却天天见重，咳、喘，嘴唇都发了紫，乡医已经挽救不住母亲的生命了。"得住院了！得住院了！"父亲进进出出的嘴里就这么嘟囔。那些天，父亲如同陀螺，总不见消停，有时清早出门，叮嘱我们守护着母亲，直到夜半三更，才哧啦哧啦地拖着双腿回到家中。现今回想起来，父亲走路脚板拖地哧啦哧啦响的毛病，大概就是那时落下的吧。回到家中的父亲，嚼口冷馍，吸溜吸溜喝一大碗开水，就埋头吸烟。父亲最后一次哧啦着脚板奔波回家，使我唤来正跟媳妇躺在热被窝的大伯的小儿子。

父亲弯着腰，弯弯地坐在炕头，旁边躺着奄奄一息的母亲；母亲旁边，半跪着我两个幼小的妹妹。

二哥进门后斜坐到土窑门口的矮凳上，嘴里含了杆短旱烟锅，啵啵地咂巴。他和父亲，谁也不看谁。

一阵寂静之后，勾着头的父亲奄着眼皮说，他已经跑遍了所有能去的人家，也没能凑到钱，要二哥也想点法子。

二哥烟锅里的火忽然就灭了，停顿半晌，喉咙里才挣出一句话："我有啥法子。"

是啊，那个填饱肚皮都十分不易的年月，谁家不紧紧巴巴挨日子。连日常的油盐钱，都巴巴地指望着几只鸡屁眼呢！

我看见，父亲的嘴唇猛然哆嗦起来，紧接着，豆大的泪珠子一颗推着一颗砸到他面前的光炕席上，也一并砸到了我的心头。我似乎听到了一阵噼里啪啦的响声。二哥把头深深扎进两腿间，腰跟断了没有两样。

这是我生平头一次亲眼看到父亲的眼泪！这一通眼泪，不单勾出了我的哭声，更让我深切地明白了一文钱难倒英雄汉的真正意思。

后来怎样，我全然不知。只知道母亲被先后送到镇上和县上去住院，大约四十天后才回到家中。终于活了过来的母亲，后来常挂嘴边的一句唠叨是："家烂了，心散了，人变了，命贱了。"母亲唠叨时，父亲就默默地躲到田间去了。

苦难的再三降临，生计的暗无天日，使得父亲不再对生活抱丁点奢望，那些年月，父亲只是凭着做人的良心和活命的本能处人处事。他先后牧过羊，喂过牲口，看过林场，修过水库，指哪到哪，只埋头做事，不争长论短，不求日月宽绰，但愿平平顺顺。

而今细想,我基本是在父亲和家族成员的日常纷争和纠葛中长大的。贫穷不单能让人变得自私!我每天所见的,是斗鸡一样的眼;我每天所听的,是各式各样的是非。连畔种地,谁多占了谁家一犁沟;祖宅庭树,各说各理相互不让,都想据为己有。谁家的树冠跨越地畔遮挡了谁家的庄稼啦,谁家的娃娃受大人唆使偷摘了谁家的辣椒或者葫芦啦,谁家的鸡成年不喂故意放出来啄食谁家的庄稼啦,谁家的鸡蛋下到麦秸垛里被谁谁偷收回自己家中啦……原本一个锅里吃饭的族亲七八家四五十口,住在一个大地窑庄基里,同吃一口井水,出入一道院门,却都好像非亲非故了,人人生分,个个提防,甚至相互起了不雅的外号——鬼钻子啦、牛舌头啦、棉花嘴啦、酵面头啦、糊涂虫啦、是非精啦……

　　父亲常常自问又像问人:"这都咋啦?"

　　咋啦?你争我斗谁还再顾天理人伦了呗!

　　咋啦?心被生计磨糙碰硬各顾各人了呗!

　　姐姐家生计艰难,母亲常常偷偷接济,要被父亲发现了,便会吵得一塌糊涂。姐姐偶回娘家来住,也会遭到父亲嫌弃,脸黑着,正眼看都不看姐姐!眼见姐姐一见父亲就缩手缩脚,低眉顺眼的不敢大声说话,我又难过又气恨,经常和父亲吵。父亲任我怎么吵吵,垂着头只说一句话:"各顾各呢,谁管得了谁?!"可是姐是你的女儿啊父亲!"我心疼疼地哭!

　　二娘家娃们多,一个个长大后,家里住不开了,找父亲商量,想占用祖遗的两间破瓦房。之前,这两间瓦房被二哥占着。父亲觉着二哥家娃娃还小,能倒腾开,便出面调停,让把这两间房暂时让给二娘住。差不多好几年,阖家为了这点儿小事弄到剑拔弩张,硝烟弥漫。二嫂来来回回扯着嗓子叫骂,骂鸡骂狗,骂已故的祖宗八代,骂活着的长幼老小。父亲被骂得黑血兜肠、恶气堵胸,一天到晚躲去沟坡里,到夜幕四合才哧啦哧啦着脚底板回到逼仄的屋里,闷头吸他呛人的旱烟。一次母亲接话劝:"娃,少骂几句,遭罪哩!"被二嫂跳起双脚唾沫四溅整骂了一个后响。母亲气不过,和父亲吵；父亲嘴唇哆哆嗦嗦着，豆大的泪珠子啪啦啪啦滚了一胸膛，张大嘴吞吞噎噎问："这一大家，死的死，走的走，咬的咬，想咋？"爷父从此再见面，别扭得就像陌生人。

跨过年，先是周总理去世，后来朱老总去世，再后来毛主席去世。毛主席去世的消息从有线广播上传出来时，人们起先并不敢相信，惊愕得就像天塌了下来。确信之后，母亲和父亲差不多哭成了泪人！

4

父亲对我，其实并未抱过多的希望。早先，他曾同母亲商量想送我去学木匠。其时，我家五口拥挤在一间十余平方米的破败土坯房里，庄户人家，柴草农具，水缸面瓮，须一应俱全，其局促可想而知。因此，盖房造屋便成了父亲最大的梦想。父亲的这一愿望最终被搁置，如今推想，大致因为他当年确实很难给我找到投师的门径。家贫如洗，常年告贷，亲邻避之唯恐不及，谁敢收他的儿子做徒弟？师如何拜？情怎样走？于是我只有上学。

每年入学季，是父亲最难的时候。没有学费，又无门告贷，父亲一天天躲在地里不着家，他怕听我们讨要学费的哭闹声，更怕听母亲的埋怨和控诉。可躲是躲不出钱来的，大多的情形是，整整一个学期，甚至整整一个学年，我们要为学费跟父亲负气抹泪。大妹就是受不了拖欠学费饱遭老师羞辱，四年级没读完便再也不去学校了。其实我的情形要比大妹糟很多，大妹上村小，老师还是本家呢；而我的好几任老师因为拖欠学费，拎起我的书包就扔出窗外，人也被赶出教室，让立马回家要钱，没钱就别来上学。如今回想，也确实难为了这些老师，我今说明天交，明说后天交，一日日拖磨，一天天食言，老师们没对我的人品失望就已经很不容易了。我明知回家是要不到学费的——父亲一年到头苦做，年终决算还要倒欠队里一屁股债，日常点灯的煤油、必需的食盐都时常断顿，哪里能凑到三五元这样的巨款？便只好趴在教室外的窗台上蹭课。

父亲后来听说了，摸着我的头嘴唇哆嗦半天没说出一句话，泪花花忽闪忽闪着，最后干到了枯深的眼眶。我的记忆里，那是父亲唯一一次摸我的头。

一九七七年春，当我看到终于有人无须仰仗硬扎的关系跨进了高等学府，心里悄然萌发出一个梦想，并暗下死誓：考大学，离开这个人情凉薄的村庄。母亲听后凄然一笑："娃，咱命比纸薄，别心气太高。"而父亲则重重叹了一声："梦话谁都会说！"

岁月的暗无天日，令父亲对生活不敢再抱丁点奢望，他只为了活命哧啦着脚底板按钟声上工下工。下工回来一身泥土，也不掸，端直坐上炕头汤汤水水果腹。吃完饭泥手一抹嘴角，打一串空洞的饱嗝，头枕油腻腻的砖头歇乏。

父亲的胳膊、脚腕细如麻秆，上面青筋暴起来老高老高。

一九八〇年八月初，当一纸高考录取通知书送到家里时，父亲双手接过，软软蹲到地上，看了一遍又一遍，终于相信了，布满老茧的大手这才一遍一遍摩挲着，先是呵呵呵笑，抬头跟母亲说："娃考上大学了？娃考上了！"接着大颗大颗的眼泪跌了一地……晚上，我们一家坐在夜幕里久久没有回屋，母亲高兴地说东说西，两个妹妹一会儿笑一笑，一会儿再笑一笑，她们忽然对我很敬仰。而父亲呢，则一锅一锅抽旱烟，临了，幽幽地说："我爷考中廪生时，我老爷一天一夜就从西安府走了回来！三百七十多里路哩，到家脚上起了一层血泡！"沉默半天又说："你四爸书念得好，进了县参议院后，你爷两天没睡觉，我寻到地里时，他正在挖地！"我听得出父亲在悄悄流泪。

紧接着又有两件喜事降临我家。一是父亲作为抗美援朝的志愿军老兵，享受到了国家的抚助政策，每月有了十五元的生活补贴；二是很快就分田到户，实行了土地责任承包。父亲终于看到了生活的亮光，他一夜之间变了个人似的,走路脚底板再也不哧啦地了,脚步噔噔的。

是年父亲已经五十有六。他的大哥、二哥殁于五十七,三哥殁于二十六,四哥殁于三十七,全家人心里便埋了一个隐隐的忧虑。到年终决算,我们家每人从队上分得了一百八十斤高粱,七斤麦子。

母亲很发愁,问:"这咋能熬到五黄六月?"

父亲却信心满满劝慰:"又有地了,咋都有法子,不怕!"

父亲生平头一次开始默默规划人生。院子周围他栽上了果树,果树外围他栽种了花椒树,就连屋旁的小径边也插上了国槐、泡桐、香椿。每天歇工,田里归来的父亲,不是身背一捆柴草,就是满拉一车黄土。柴草用来烧火,黄土呢?人要问,父亲只嘿嘿一笑:"使唤。"到那年春节我回家过年,院场里的黄土已经堆成一个小山包。

那是自我记事起,我家过得最为隆重丰盛的一个春节。在我此前的记忆中,人家过年,我家过难。为了几碗白面,为了二两菜油,为了指头宽一溜肥肉,母亲会流好几场泪。"宁穷一年,不穷一天。"这是母亲每逢过年就会挂在嘴边的一句话。可即便东挪西借,我家大多数年都过得非常恓惶,很少有肉有菜的时候。于是我早早就从伙食费和助学金里一分一分抠,一角一角攒,放假回乡时,买了十多斤大肉,买了好几条巴掌宽的带鱼,买了几样乡下吃不到的菜蔬,买了瓜子花生,买了花花绿绿的水果糖,此外,还买了两瓶白酒、几包纸烟。

母亲高兴得合不拢嘴了,率领两个妹妹洗、切、煎、炒,笑语和着锅碗瓢盆的叮当声,让那间十余平方米的农家小屋充满了快活。

当七大碗八大盘的饭菜摆上土炕头,盘腿的父亲百感交集,忽然就老泪纵横,泣不成声。母亲抹着眼泪劝父亲:"娃大了,该高兴才好,你反倒伤心?"父亲这才收住眼泪,给母亲夹菜,给妹妹夹菜,给我夹菜⋯⋯

这顿饭,父亲吸了很多烟,喝了很多酒,吃了很多肉,身子一歪倒在被卷上醉了,笑个不停。父亲从前可是滴酒不沾、片肉不吃的,给酒说辣,给肉嫌腥！

　　我再次见到父亲流泪，是六叔父去世后的那个春节，时在一九八六年。六叔疯癫半生，后被送进一家社会福利院，五十一岁这年悄无声息地病故了。父亲带着与我同岁的六叔父儿子，将六叔火化后葬入故乡的公墓硷。春节，我回到故乡，才知道了这一切。父亲兄弟六人，一一先他而去，并经他亲手埋葬，其情其境，在父亲的心里，会积聚多少悲情？大年三十，父亲拉我一起去上坟，一一给故去的亲人们烧纸磕头。到了六叔的新坟，父亲一头跪下去，禁不住失声痛哭。枯草摆寒，阴风呼号，旷野上，父亲的哭声悲怆苍凉，大恸人心。已经略懂世事的我没有去劝阻和安慰父亲，只陪跪在他身旁，一任父亲将他胸中的苦痛，倾洒于这无人的旷野。

5

　　后来我进入一所大学执教，来去匆匆间，父亲都在呵呵地乐。

　　工作后，当我头一次拥有一间住房，便幻想着能否用薄板分隔出几个空间，把饱受人间苦难的父母接到身边。这种心思，好长一段时间折磨得我寝食难安，有时夜半惊醒，也会步蹀尺量。然而那间仅十二平方米的小屋，我还没有住稳就被又分一位同事住入，直至我结婚生子，那间小屋仍属两人所有。而且，那个年月里，工资微薄，每月四五十元，一发到手，给父母邮点儿补贴家用，剩余的，就只够算计着花了，哪里谈得上接父母进城，哪里谈得上给家里盖房。

　　父亲便在他堆积的那座土丘旁，支一架模子，提一杆石锤，田里有活忙田里，田里无活，就没黑没白地打土坯。冬天的时候，父亲就下到深沟去挑选树木，哪棵是檩条，哪棵是椽子，他不知眼瞄手摸过多少次，早就心中有数了。

　　从我上了大学，父亲开始拉黄土打算造屋，到后来我满怀愧疚，终在亲友资助下利用假日破土动工,其间经过了十一年。这十一年里,日渐苍老的父亲,在土地里流了许多汗水,也积攒了好几十石粮食,但粮价老是很贱,再兼深知饥饿滋味的父亲又视粮如命,固守温饱,因此大部分的花销,就只能指着我的工资。而我,虽然工资由五十多元到九十多元,再到一百多元,最后涨到三百多,拖家带口不说,物价高涨不说,单儿子两三岁时的一次手术,就让我一下子欠债逾万。那个年月,"万元户"是朝野横飞的一个新词,而我,只好自谑为"万元户之负"了。前后一个来月,三间瓦房终于造好,那天夜里,父亲独自坐在漆黑的院子里,一袋接一袋地吸烟。刺鼻的旱烟味和着他身上那股同样刺鼻的汗酸味,让早秋的晚风,平添了莫名的伤感。

建好新屋的第五个年头,我在城里分得一套三居室的房子,便欣欣然回乡去接父母进城。故乡的十一月份,万物凋敝,一派萧索。简单收拾好父母的一些随身物品,叫来一辆车,却将父亲安排不进去。父亲在他的家园里进进出出地徘徊,每一样东西都黏着他的目光,那些个在我眼里一文不值的农家物什,他却都视作宝贝,一一清点,一一收好,一一用手摩挲,那份难舍难离的情状,让我心里五味杂陈。好不容易拉他上了车,刚一驶出院子,父亲忽然间小孩子一般咧嘴泣下,失了声道:"这损失大得很!这损失大得很!"我紧紧搂住父亲,任他瘦削的肩膀在我臂弯里耸动。那一刻,我心里刺痛地感觉到,那个破败家园里的一草一木,都沾满了父亲的汗水,都浸透着父亲的心血,都牵绊着父亲几十年岁月、数代人的亲情,叫他怎能舍下?

随我进城的父亲,脸上总堆满笑,再未流泪,直到十年以后。

十年后的那个大年初五,清晨起床,发现父亲有些异常,嘴里一如含着东西,说话有点口拙。还算警觉的我,拉起父亲就奔医院,果然出了状况:父亲患了脑梗。眼看父亲一面打着点滴,一面就说不出成句的话来,我的心一下揪成团,隐隐地痛。缩在病床状同婴孩的父亲,呜呜啦啦地宽慰我们兄妹三人,自己的眼泪却早止不住哗哗流下。我知道,父亲其实早就坦对生死了,八十载春秋,他经历了那么多的人生变故,可猝不及防的病患,让他无法接受不能再陪伴子女的结局,他深深地依恋着他的亲人,眷恋着这个越来越好的世道。人间天伦,不愁吃穿,是他生命境遇中的晚晴啊!

好在父亲的病发现及时,诊治及时,最后痊愈出院了。

可出院不久,父亲却添了两样病症,一是变得非常脆弱,总爱流泪;一是忽然大便失禁,成为全家心痛。那段日子,几乎每一天,我都拉着父亲去求医问药,古城大大小小的医院,各有说法,各有方略,但对父亲的病,却唯有相同的结果:无效。母亲说,每次从医院归来,父亲都泪流不止地发誓不再去医院,不再求医。我知道,刚强一生的父亲,面对我如同护理婴儿般替他擦屎去污,心里的那种感觉,既无助,又不忍,既暖心,又疼痛。我搂住含泪含悲的父亲,笑言:"这就叫父子!小时候,你一把屎一把尿拉扯我长大;长大后,这是我的责任。我们骨肉相连,血脉相融,儿子面前,父亲还要计较?"

父亲把脸扭向一边,我知道,他不想我看到他流泪的样子。

不知是父亲不忍累及儿女的向好意志产生了效用,还是那些个声称无药可医者敷衍的某种药物发挥了作用,总之,两三个月后,父亲的大便失禁忽然奇迹般好了,就那么好了!他很高兴,全家人也很高兴。好得利利索索的父亲,每天拄根拐杖,除了吃饭睡觉,就去外面的广场转悠。见着他的人都说他不像八十多岁的人!

每每听到这话,我心里别提有多熨帖。

之后,儿子考上了大学。

之后,大妹买上了房子。

之后,小妹的村子整体拆迁,分得了一笔拆迁款,也分得一套两居室。

父亲很高兴,整天呵呵乐!呵呵乐的父亲只要坐下来跟我闲谈,定要嘱咐我："咱这一大家人能活过来,都是福分。你的堂亲都是我同胞手足的血脉,个个都受了苦的,一定要好好善待,团团结结!"

母亲八十大寿的先一天,我换了辆越野车,还未挂牌,就拉着父亲兜了一圈。父亲摸摸这儿,瞅瞅那儿,呵呵笑着:"赶上好时候了!赶上了好时候了!"笑着笑着就抹眼泪,我知道,他是想起了他的父兄们,他们,没一个赶上好时候。

父亲最后一次流泪,是母亲八十寿后的那个夏天。父亲和母亲回到故乡消暑,不料二伯的三儿子我的七哥因病去世,享年才四十九岁。当时我不在老家,事后三哥跟我说,父亲得信儿后拄着拐杖赶去,拍着七哥的棺板放声哭,哭一声喊一声:"娃,叫我去替你啊!天爷呀,叫我去替我的娃啊!我娃刚过上好日子啊!"

三哥说,父亲的哭声喊声招得人跪了一地大放悲声劝。三哥是乡村医生,见多了生死,平时眼很硬,这次却抹着泪说:"八十多岁的人了,那样哭,要有个意外,我怎么跟兄弟你交代?"是啊,父亲是我们家人老几辈最长寿的一个,我们都盼他长命百岁,好打破家族短寿的魔咒呢!

可是二〇〇七年冬天,父亲却在那场百年不遇的雪灾中,终于没能挺过来。先前一天,父亲还去扫雪,晚饭后,还同母亲说东说西,操心他的八十三大寿怎么过,谁知到了半夜两点就没了声息,任凭我们围在他身旁含泪呼唤,再也没睁一次眼,再也没吐半个字。

父亲就这样离我们而去了,就此从这个他洒尽汗水、洒尽泪水、倾注了无限爱恨的人世消失了。

父亲辞世之前的那段日子,我六十岁已过的姐姐陪在他身边。母亲说,已经戒烟好多年的父亲,每顿饭后都要唤姐姐给他点支烟。姐姐打小性子懦,从来不敢违拗父亲半句。父亲一支烟吸两口,掐灭,过会儿就唤姐姐,要点上再吸。母亲嫌他烦,斥:"你自己没长手?"父亲却不管,就要姐姐给他点,一支烟他要唤姐姐十次八次。

我听到这一事后,把着姐姐的手哭得说不出一句话。父亲,姐姐后面夭折的几个子女,让你在提心吊胆拉扯我们时,把嫁出门的姐姐当成别家一口人了吗?父亲,你这是在向姐姐表示你的歉疚吗?父亲,你这是要让姐姐知道,她也是你亲亲的女儿,你心里也疼她爱她吗?六十已过的姐姐涕泪长流地说,父亲晚景这些年,每到她家小住,天天牵着她的小孙子去上街,要啥给买啥,人笑他:"外姓重孙,再喂也不亲!"父亲嘿嘿笑说:"我女的孙子,咋能不亲?"我半世磨难的父亲啊,他可是一生都没牵过一个儿孙的手!

　　两个妹妹挤到我怀里放声哭:"哥,咱也成没爸的娃了啊!"

　　痛恸之中,我和泪撰联:

　　　　春秋八十三载,杖犁农耕,戎装疆场,挥汗垒筑层楼拔地;曾经英姿飒爽,怎敌霜雪侵凌,半世病弱一身嶙峋。始信人生如棋局铁定。

　　　　风雨四代人生,孝敬父母,亲和兄弟,情关子女恩泽及孙;平生勤俭良善,纵令世道迁转,一腔平和两眼关爱。终知世道昌平寿自高。

　　情犹未尽,悲犹未舒,又书一联:

　　　　庭训犹热耳,慈容尚在目,从今家园,哪里得觅舐犊身影?
　　　　屋宇仍依旧,庭树可待春,此后人生,何处再尽寸草心肠?
　　　　亲何不待?

　　父亲,来世我们再做父子啊,我愿用我的所有,换你一世永不流泪!

先生散记

是不是人都有两副面孔,一副用来示人,是公众形象,要刻意展现最好的一面;一副只透露给自家,不矫饰不遮掩,是真实的样貌? 没见那么多刻意要把自己装扮得光鲜靓丽的,这个那个的,威武得不可一世!

细细思之,先生也未能超脱人的这种两面,他的一面是侯雁北,一面是阎景翰。

1

初闻侯雁北大名,是一九八〇年收到陕师大录取通知书时。那时,教师的地位卑微到只比农民强一点,我当即沮丧得七零八落。长我十八岁的姐夫特地赶来劝慰,说:"陕师大中文系的侯雁北,人家是知名作家,不照样当老师?"姐夫是地道的文学发烧友,眉飞色舞地给我讲先生的小说《豆腐坊里》和《井》。——许多年后我才得知,因了这两篇小说,先生的大名曾漂洋过海,连苏联记者都专程赴西安采访,在他们的《真理报》上连篇报道。

然而真正认识先生，却是我毕业留校以后了。

一九八四年秋天，我偷偷摸摸写了一个中篇小说，题为《秋天里的故事》，讲述一个老干部同一个护林员之间的生命瓜葛，投给湖南的《芙蓉》杂志。一九八五年元旦前，有位姓彭的老编辑来信要我去编辑部改稿，前后花十来天改好，他们一致认为不错，留刊！因此一事，当时写作教研室最年轻的老师刘明琪找我谈话后，向先生力荐要我留校任教。

可是毕业前夕，《芙蓉》杂志却以"对老干部描写有点抹黑"为由，将《秋天里的故事》退了回来，说不适合他们刊物。

事情一下子复杂起来。一方面我被兜头浇了凉水，很痛苦；另一方面系里关于我的去留，产生了争端。中间过程非常复杂，先生仔细审读了《秋天里的故事》，执意留我。从六月到九月的大约四个月里，据说先生为此劳了许多神。

到九月底，我的分配终于落实，刘明琪老师这才领我去见先生。我们从教学区一路往北，到了家属区的最东北区域，推开一扇简陋至极的木栅门，进到先生的院子。

先生的院子花木葳蕤，一派蓬勃，看得出用心打理的痕迹，错落有序而不著匠气，很富自然生趣，同周边小院形成极为鲜明的分野。周边小院里绿韭成畦，碧葱蓬勃，西红柿、黄瓜满架招摇；而先生的院子，却唯有各色花木。

我隐约感到先生的特异了。

可先生的屋子却实在令我失望！进门那间昏暗的小屋，靠北墙支了架高高的木床，床上躺着一个脸盘很大的女人，见我们进来，呜呜啦啦发出一串儿声音。刘明琪老师说："这是阎妈！"我心里的吃惊，以及吃惊之后的沉重，几乎让思想拐不过弯了。

穿过这间屋去到书房，我终于见到了先生。这就是我所景仰的侯雁北先生吗，真的？

像不小心撞到了一个硬处,我的心忽然一疼。这一疼是那样的扎心,它在我的痛感神经中盘桓了三十多年,今天仍记忆犹新!

那是一张怎样的面孔啊,上面布满深深浅浅的皱纹,纵横着,交错着,把一张清癯的脸面切割得破碎不堪。这样的面相,我在渭北高原的家乡见过很多,苦焦、劳倦、沧桑,正如他们寄身的黄土高原,给人千疮百孔的苍凉感和悲怆感。可先生他是大学教授、知名作家,他文章里的每一字句都熨帖,都诗性,都深情沉郁而轻灵活泼啊!

我把眼前的阎景翰和心中的侯雁北,无论如何也对接不到一起。

屋里的摆设那样简陋!占据了一面墙的,是木条状的旧书架,油漆斑驳,码满了书;窗户下一张棕色书桌,堆满书、本、稿纸;桌前一把旧藤椅,早被烟尘熏出了焦黄色,上面置一棉垫,在先生的屁股下咯咯吱吱叫唤。

花了那么多工夫留我下来,那是寄予厚望的,我等着聆听先生教诲。哪料先生慢悠悠只说一句:"既然留下来了,就好好工作,好好生活!"再无多余嘱咐,俨然一个父亲的平实,没有著名作家和资深教授的居高临下和侃侃训导!

我有点落寞!腾眼环顾,先生书房的书架上、桌角上,竟摆满了花花草草,或几枝兰,或一把草,绿汪汪地蓬勃着,让寒碜里盈出些生趣。尤其临窗屋角的一盆文竹,树一般茂盛着,枝叶擎上了屋顶,在天花板蔓延开来,像撑起的一把大绿伞。那样气势轩昂的文竹,我在别的地方再也没有见过。

返回的路上,我心里苦苦的。收入微薄,爱妻瘫痪在床多年,要服药,要康复,要雇人照料;要伏案写作,要备课上课,要批改作业,还要挤时间去给电大、夜大兼课挣那一节五元的收入贴补家用……先生脸上那些纵横的沟壑里,到底藏了多少不为人知的困顿和辛劳、酸楚和忧愁?

2

先生说他自小就爱侍弄花草。那时候,他们位于礼泉县城西北关村的院子,住了一门三户。院子是个刀把形,先生家在最里头的刀把上,有间阴湿的屋子常年闲置,他便偷偷在里面养花。别人家孩子得空玩耍的时候,他则从田里、庙里、别人家院子里采来花种,掐来枝条,求来根块,蜀葵啦,大丽花啦,指甲花啦,打碗碗花啦……都是乡间最寻常的,满满当当种了一屋。

礼泉县城西北关村阎家什字的那个农家院落,到底有什么奇特?以致从那里走出了陕西师范大学教授、著名作家侯雁北,中国当代著名文学评论家、作家阎纲,陕西师范大学教授、现当代文学研究专家阎庆生,知名古典文学专家、西北大学教授阎琦,成为八百里秦川传颂的佳话?

先生十四岁结婚,十五岁得子。先生笑说,长子阎琦小时候一叫"爸爸"他就羞得不行,不让叫,以致阎琦成人后,只在书面交流时称呼他"父亲",当面从来都是白搭话。阎琦在同事、学生中享有很高声誉,说他治学严谨,文章了得,为人活泼、幽默、正直、仗义。先生知道后,慢悠悠地说:"我没想到阎琦在同事学生中,有这么好的评价!"他很为这些评价高兴、欣慰、熨帖,口气里充满自豪和喜悦。可他接着又说:"可他回家从不多说一句话。你问什么,他说什么。你不问,他就一句话也没有!"说这话时,先生内心有怎样的感受和感悟?我没有问,也不得而知!

先生当过解放军文艺兵,做过中学老师,后来调进了陕西师范大学中文系。

先生来到陕西师大后,最先租住在学校旁边的瓦胡同村。先生有四个孩子,二男二女,夫人没有工作,艰难可想而知。先生回忆这段岁月时,我记得最深刻的,是说每晚伏案就着一盏煤油灯备课,写作至夜深,疲惫不堪时回眼一看炕脚前那一溜儿布鞋，困意就一飞而散，强打精神笔耕不辍。那些岁月，他在西安城里的各家报刊上不断发表文章，一篇几元的稿费，便成为撑持日子、苦挨岁月的主要经济来源。先生连打个盹儿都不敢！

好在先生有个好妻子。先生的妻子不识字，精干，泼辣，善人际，家里家外料理得一应妥帖，极疼只会识字作文的丈夫。冬天，丈夫看书写作到深夜，双脚冰凉，她就坐在旁边，手上做着女工，把先生的脚捂在怀里暖；晚上打脚头睡觉，也总要抱着那双冰脚，把她全部的柔情给予先生。夏天小屋闷热难熬，她便站在门口，把一扇小门推来拉去，大汗淋漓地给丈夫扇凉。这样贤惠无私的女人，现在我们还能见到吗？

先生在这个小屋里，文章一篇篇写好、改定、誊清、寄出、发表。

时任陕西省作协主席的胡采同志非常惜才，专程找到当时的学校校长郭琦，要调先生到作协去。他说："好教师不难找！但一个好作家，那是可遇不可求的！"可郭琦校长坚决不允，不但不允，还专门找先生做思想工作，要他以自己出众的才华为培养优秀教师和学生建功立业。先生铭感于郭琦校长的知遇之恩，答应了他。

得知这一节，我们都为先生的决定惋惜不已。在中国，大学是很少能出作家的！大学里的文学系，文学创作是不算成果的。而对作家的作品说："啊唷，你瞧！好呀，多么的好呀！"那才算成果！

可先生却说："祸福相依，知足自安！"

想想也是！

先生的小女儿阎居梅曾撰文回忆：那时候，家里其他人都被下放回礼泉后，只有不到十岁的她和先生相依为命。校园里有好几位老先生相继寻了短见，校医院那位医术高明、为人和气的易伯伯，脖上挂了几块砖，从校园内一个公厕的蹲坑一头扎下去……好些日子，只要父亲一出家门，小小的她便会偷偷尾随。父亲要是进了那间公厕，她马上会紧张起来，冲进旁边的女厕竖起耳朵听墙那边的动静，直到听父亲平平安安走出去，小小的心才敢稍稍放松。一个不到十岁的小姑娘,她该承受着多大的提心吊胆?这些提心吊胆,是怎样折磨着她那颗稚嫩无比而又惊恐万状的心呢?

五十多年后,当先生看到小女儿这些文字时,禁不住老泪纵横!他只道自己受了不少折磨,这些他绝少提及;他真的一点儿都不知道,他那个弱不禁风的小女儿,幼小的心灵上曾遭受过这么大的摧残!

也许上天真有好生之德,才于冥冥中没安排先生去作协,不然,谁能料由舌耕转为笔耕后,先生又会遭受哪些磨难。

然而,先生于不幸的遭际里,倔强地坚守着他的正直、善良和刚正不阿、执着理想。他宁肯挨打受骂、遭受凌辱,也不在诬陷他人的黑材料上签字。即便后来不能耳提面命,他也没有放松对子女的教育。阎居梅老师的文章里这样写道:每隔两三天,一份卷成圆筒筒的《中国青年报》就被寄到村上,报纸上要背诵的社论都画了红圈圈,要写读后感的文段边上打上红钩钩;写给父亲的信,被改得满篇红了再寄回来。

礼泉阎家人才辈出,在当代陕西乃至中国学界被传为美谈,原来是有根由的。"耕读持家久,诗书继世长",这一朴素而又厚重的文化,是深深地融进了他们的血脉里!

3

不禁想起两件心酸事,它们深深烙在我心上,这么多年来如鲠在喉。

一件是先生六十五岁大寿时,我们一干自称阎家弟子的学生,想给先生过一个热闹的寿诞。有的说想给先生做件衣裳,有的说想给先生买套书,各有想法。我则有感于先生爱养花花草草,写了那么多关于花儿草儿的美妙文章,便暗自决定给先生买捧花。

那天,当我把那捧明艳的花抱到先生逼仄、阴冷、灰暗、简陋、陈旧的屋子时,先生笑得无比灿烂,脸上每一道皱褶里都洋溢着高兴:"好!这个好！"

我很得意,也很满足! 我觉着我是最懂先生的一个!

次日上课路上,学姐张国俊老师唤住了我,一脸坏笑:"知道昨天阎老师咋说你的? "

"说我最浪漫呗! 说我最懂他呗!"我陶醉在自己的得意里,沾沾自喜。

"别臭美了! 你一走,阎老师就说,"大美女张国俊老师笑着,指头点着我,模仿先生地道的陕西话,"张宗涛这娃,平时看着都好好的,挺正常么! 今天咋了,花这多钱给我买个这? "

我打断她:"阎老师心疼我呗! "

张老师笑着眯眼看着我, 继续学着先生的腔调说:"你要把这些钱买成肉,那我得吃多少天? "

我俩都把这当作生活中一个小小的插曲,笑得前仰后合。

可上完课回来,我心里却堵堵的,像塞了团棉絮,怎么都不畅快。快快地吃罢饭,快快地改了一会儿作文,快快地躺上床——却怎么也睡不着。

我感到了一种锥心刺骨的酸楚!

这就是中国高级知识分子的际遇? 这就是引领人们向精神高地靠拢的知名作家的生活? 生存的困顿让我们在精神和肉身的夹层里两难挣扎,高傲的头颅常常会耷拉下来,目光由诗和远方收回,紧盯寄身中的那些卑微和琐碎。不是吗? 谁谁谁下海了,赚得盆满钵满! 谁谁谁做官了,干得风生水起! 只要一扎堆儿,这样的消息总能让我们两眼放光。始知为五斗米折腰是知识分子的宿命,一夜无眠!

先生妻子长年卧病,捉襟见肘是经常的。又属万事不愿求人的性格,等米下锅的窘况以及这种窘况里的煎熬、愁苦、黯淡、凄惨,是超常的。坎实在过不去了,他也曾满西安城去找人借贷,却被扒手连车票钱都掏了,只好徒步往返。多少年后先生还感叹说:"平凹那次借钱给我,救了命的! "

还有一件深埋内心的辛酸事,多少年来一直没向先生坦白。

先生为能全力投入教学和创作，无后顾之忧地挣点嘴皮钱、笔头钱贴补家计，只好给瘫痪在床的妻子雇保姆，为此遭遇了诸多世态炎凉、人心善恶！先生曾托我找心地善良人勤快、不嫌脏有耐心的保姆，我一直没打问到合适的。恰好我病贫交加的长姐来投奔我，让我给她找个活干。至今想起我仍备感心痛！那时我工资微薄，拖家带口，自顾不暇，无力奉养或接济长姐，左思右想，只好荐她去先生家帮佣。其时师母瘫痪在床多年，先生收入既低，又得请保姆，供医药，其艰难可想而知；而长姐亦陷生存困境，需要安身立命，兼又不知长姐是否可心，能否胜任，便叮嘱长姐以我家"表姐"身份，去试工应急。

不出一月，先生找了我两次。一次说，"表姐"干活丢三落四，精神似乎有些恍惚；好在心地善良，腿勤脚快，端屎端尿，毫无怨嫌。二次来说，"表姐"常常夜半梦中大呼小喝，情形令人揪心！是不是心灵上有何创伤？是不是精神上受过打击？

先生很为我的"表姐"担忧！

我的眼泪暗自长流。长姐从小遭遇了家道败落、挨批挨斗、亲人横死、温饱不继等特殊灾难，身心受到了严重摧残。便只好与先生说，如果"表姐"不能胜任，我就把她领走。先生却说："我不是那个意思！我只是替她担忧！"我想，先生不用问也能从我的表情上、长相上知道，那其实就是我的姐姐。先生他那是在默默地替我着想！

恰在此时，姐夫从老家寻来，要接长姐回去。得知长姐是给先生家当保姆，身为乡聘民办教师的姐夫执意在先生家住了一宿——先生是姐夫心中的文学偶像！我送长姐、姐夫回去时，姐夫沉默了半路，最后没忍住，问："那就是大名鼎鼎的侯雁北？怎么日子过得这么可怜？"踏上长途车后，姐夫扭头郑重地跟我说："别弄文学了，赶紧挣钱去！"

4

有好多年，我怕去先生家，无颜。偶尔去了，也只拉些家常，便匆匆逃离。为生计、为家人，我背弃期望和梦想，把挣钱当作了人生的大目标。虽然先生从未流露半句埋怨，一如既往地像父亲般宽和、敦厚，可我难堪！

二〇〇八年先生八十大寿时，在张国俊、刘明琪老师倡议下，我们一班阎家弟子给先生办了场"侯雁北（阎景翰）先生八十华诞暨从事文学创作和教育事业六十周年座谈会"。先生的侄子，著名文学评论家、作家阎纲十分推崇先生的散文，专门发来贺词："孔孟兼容老庄，尊鲁又投孙犁，翰叔八十才不老，光前裕后期颐。"著名作家贾平凹人在老家有事，不能到会，专门寄信祝贺说："阎老师是优秀的教育家文学家，他的学生遍天下，我也算他的不正规学生。他是最能担当德寿双高名誉的人。"陕西作家赵熙、吴克敬等人参加了座谈会，对先生的文学创作给予很高评价。先生的研究生李继峰前后花了好几个月搜集先生在全国各大报刊发表的著述，精心制作成了PPT，同与会的好几百人共同回顾了先生的文学创作和文学教育历程。会后，时任陕师大文学院院长的李西健十分感慨地说："阎先生居然有这么大的成就！看来我们北方人太缺乏宣传意识了！"我把这话传给先生，先生听后淡淡地说："人又不是产品，不需要叫卖！"

先生六十五岁退休，至今已过二十五年。这二十五年世事变化非常巨大！先生的工资涨幅大到他自己都不敢相信，月入上万——先生再也不用为生计煎熬了。二十五年来，先生笔耕不辍，著述颇丰，几乎每年都有一本厚厚的散文集或小说集问世。先生出书，大多自费，书印好后，一部分送人，另一部分自销——我就替先生零零散散卖过书。

每到先生家看望，他都躬身坐在电脑前，手握汉王笔，一笔一画码字，专注、投入、执着——先生已至耄耋之年了啊！

在校园,稍加留意,你就会看到一道"夕阳无限好,只是近黄昏"的景观,禁不住兜一怀心酸。我的那么多老师,如今垂垂老矣,儿孙有的不在身边,有的各有各忙,他们只好步履蹒跚地去食堂吃饭,在校园透气。晚况尤贪儿孙欢,可他们却终年独守着空巢,望窗外花开花落,月沉日升。老龄化的加速和养老体系的迟滞,支离得人心里一道苍凉!

比如先生,四个子女都已步入老年,散居全国各地,且各有各的身家拖累。好在先生晚年遇到了一个好老伴。先生爱妻病逝后,经人牵线和现在的老伴相依为命,她叫邵淑兰,小先生五岁,是个幼时失怙、壮年丧夫的命苦女人。她没上过一天学,却能把圣经全文读下。人问:"你怎么认得的?"说:"一个个问人!"先生的子女们都很尊敬地称她为"姨"!

姨身体超好,对先生照顾得非常周到。先生的每一本书,她都是忠实读者,动情处,她会抹泪;有趣时,她会心一笑;遇到不认得的字或不懂的句子,她把着先生求教。生活中,先生是她的丈夫,相濡以沫;精神上,先生多半成了她的导师,让她感受到人除过肉身,还有一个非常诗意美好的叫作灵魂的神奇世界。

一次去先生家,那已是先生患脑梗愈后需扶拐杖了,耳背得人要大声喊话;眼见他躬腰低头坐在电脑前一笔一画在写,屋里堆满了出版的新书旧书,不禁心疼地贴着耳朵朝他喊:"还写啥嘛,劳神,花钱,出力不讨好!不如好好安享晚年!"

先生嘿嘿嘿只管笑。

姨却郑重地说:"雁过留声,人过留名,我支持你阎老师写!花多少钱都愿意!"

我立时无语!一个八十多岁的农村老太太,一生没上过一天学,却竟然有这样的襟怀!我顷刻感觉到了羞愧!——正是从这天起,我的灵魂回归肉体,旧梦重拾,坐下来写起了小说。

头一次,我给先生拿去了三个中篇小说——《红姐招凤》《桂花年年香》和《地丁花开》，共计十多万字。我告诉九十岁的先生，要他慢慢看，不着急。我想让先生鉴定鉴定。

哪想三天后的中午，先生便给我打电话。他说他看完了，约我去谈。我知道先生有午休惯例，中饭吃完，一定要好好睡一觉，到下午四五点才起来工作，雷打不动。可先生却执意要我立时就去。路上我在想：十几万字！三天！一个九十岁的老人！心头滚烫滚烫的，两眼一片潮湿。

先生见到我，持一沓稿子，一手在上面摩挲着，皱巴巴深邃的目光看我半天，说："好！"咂巴咂巴嘴，从每一篇稿子里各抽出一张纸，那几张纸上，写满了密密麻麻的字。

我很不忍，嘴贴在先生耳朵上儿子一般埋怨："十几万字你三天看完？你多大年纪了？"

姨笑着说，先生除过吃饭睡觉，一整天都在看，一会儿流泪一会儿笑的，还忍不住要给她念，晚上要看到十二点一两点。先生给予我充分的肯定和鼓励，叮嘱我："不要再受干扰，好好写！写一个，就给我拿一个！"先生脸上的惬意，是对我多年流俗的批评吗？我想起了三十多年前先生的那句"好好工作，好好生活"，一时心里百感交集。

先生的又一部书稿将要付梓，是本厚厚的小说集，三十万言，二〇一七年一年的心血，嘱我看一看。我拿来整整拜读了一天一宿。当我读到他后记里的这段文字时，禁不住涕泪横流——

　　如果这真是最后的一本，我则认为那就是所谓"封笔"之作了。面对这种景况，我很无奈，有些恐惧，有些悲伤……有人说，写作可以预期，却不可能预知。现在对我而言，却既不可预期也不可预知了，我只求还有以后，长也罢，短也罢，只要还有明天，我将不断地追求，继续努力，直到毫无遗憾地回去！回得干干脆脆，平平安安……

我心情不好了许多日子，便向刘明琪老师学习，去先生处勤了一点。姨说："你们一来，他话也多了，精神也好了！"是的，整整九十周岁的先生，只要谈起文学，思维是那样活跃，记忆是那样清晰，视野是那样开阔。我笑着跟他说："要和你比，我已经老年痴呆了！"先生笑得阳光灿烂。其实此时，先生已重病在身！

　　…………

　　这就是我所认识的先生。在尘世，先生以阎景翰的身份，用一个普通老人的姿态，内敛、沉静，不骄不矜，甚至固执、倔强，绝口不提生命中的辉煌和成就，朴素得毫不起眼；可他同时又以侯雁北的独特情怀和视角，把他体味到的那些生命悲喜、世道沧桑、人性善恶，以扑面而来的沁人芬芳散发人间，让人真真实实感受到一份忧患里的长情、温润中的美好！

　　这就是我心目中的先生，他叫阎景翰，笔名侯雁北，一个不问荣辱埋头写作的老派文人！

二　娘

　　二娘踮着一对儿尖尖小脚，像学步不稳的娃娃要用快走平衡身体，在堂屋和厨窑一回回穿梭，脸红堂堂的，表情紧张、神秘，又透着一股子兴奋和喜悦。

　　"谁要生娃娃了？"我扭头问妈。

　　二娘是村上顶有名的接生婆，谁家要生娃儿，十有八九请她。妹妹就是二娘接生的，她这种特殊表情刻在了我的心底，抹都抹不掉。那表情相当有震慑力，让人大气儿不敢出。

　　妈咯咯笑了："要炸油饼哩，瞅她慌的！小心冲了锅惊着油，找打！"

　　我几近夺门而出，把这个振奋涎水的消息唱扬得满窑院叽叽嘎嘎笑。嗯，彬州人把到处宣扬不宜传布的小道消息叫"唱扬"，高唱着宣扬，既绘其形又传其神，充分显示出方言鲜活生动的魅力。小道消息大都无经实证或富有隐私，顶能激励想象、煽动揣测，让卑微的生活添一把难得的调味，日子就不至于清汤寡水没有嚼头。国人喜传小道消息的癖好，我那么小就能把握得圆熟无比，运用得出神入化，实在是个奇迹。

　　大小二十眼窑洞的大窑院住了七八户堂亲，光娃娃伙就十好几个，一个个小馋虫兴奋得眼溅着火星子,亮晶晶燃烧,谁能按捺住嗓子眼里的喳喳乱叫? 全都往二娘厨窑包围。

二娘厨窑的烟囱在冒青烟了。窑院里飘荡的草木烟火味忽然不再呛人了,仿佛变得油乎乎香。

可我们却遭遇到了阻截! 二娘家几个没上学的堂哥堂妹堂弟,枪一样杵在厨窑外,脸冰冰冷,眼光像尖尖的钉子,扑闪扑闪朝我们戳。

二娘家娃娃最多,大小六个,从头到尾差了十七八岁,还不说有两个才牙牙学语的小孙子呢! 娃多嘴稠,比谁家都缺吃短喝。二伯脾气便一天比一天火暴,成天不是骂这个就是打那个,人见人躲;心却极软,饭少嘴多,每每囫囵几口就跳下炕奔田里刨遗捡漏去充饥。早几年冬里,饥肚子饱吃了一顿棚架上正晒的柿饼,腹痛多日不见好转,硬扛到人都出现了谵语,才拉到县医院确诊为肠梗阻,上了手术台就没能下来,留下孤儿寡母一大串。二娘领着她的娃娃们哭得眼里差点淌血。

日子穷困到朝不保夕,二娘便不再刻意俭省。二伯的突然离世成了她心头最大的后悔和疼痛——常年清汤寡水地吊命,半口香的辣的没给吃,人便没了,命咋就这么贱? 你知道一觉睡去,转天谁会醒不过来? 豁出去了,吃,死也不做饿死鬼! 从那时起,再苦再穷,二娘也一定要让她可怜的儿孙一年到头享一两次口福!

可一年毕竟三百六十五天,漫长得要死。肚子顿顿得要椿头,泥囤瓦瓮的米面却少得可怜。地还是那么多地,咋就不出产呢? 一个和尚有水吃,两个和尚抬水吃,三个和尚没水吃——老辈儿的话咋就这么灵验? 地成了公家的,搭伙儿出工,只消有三几个不当自家事那么上心,敷衍得一地潦草,勤快人的心劲也给搅散了。一天天都躲奸溜滑,地能不哄人一年? 二伯生前最是勤苦人,曾掏尽力气赚到过好日子,见不得田里怠慢,唾沫四溅骂:"不穷你跳到我坟头骂没眼光!"可谁听呢? 还嘲讽:"你勤能上天? 到头不跟我一样饿肚子!"二娘最能体谅二伯的火暴脾气。然而二娘想不透世道人心，抹着泪偷偷问妈："他五娘，是不是咱以前吃太饱太好遭了罪？咱还能熬到头吗？"

熬到熬不到都得熬，求生是人的第一本能。二娘踮着一对儿小脚春偷苜蓿、夏秋清野、冬挖药材贴短补缺，实在揭不开锅了，就打发娃们出门乞讨。可只要熬到新麦后，二娘必定要炸一顿肥嘟嘟的油饼给娃们解馋。

你说，这顿油饼能不金贵？

难怪堂哥堂妹堂弟们要全力打赢这场保卫战！

二娘把柴门哐地闭严，连矮窗都关上了。我知道，门窗一关，二娘要先燃一炷香敬给灶神，又端一碗水放在锅台，然后借天窗那点光亮往锅里倒菜籽油，神情既坚决，又迟疑，满脸的惶惶惴惴。油刚一热，说悄悄话般指挥三姐赶紧将擀好的生面坯子往油锅下，哗一个，哗一个，风摇杨树叶的声音立时由厨窑传出……整个情形活像巫师作法，透着瘆人的神秘。

这份瘆人的神秘不但不能令我们怯，反倒撺掇出兴奋，就像去偷人家门前红了脸歪着嘴嘲笑的水蜜桃，紧张得想尿，激动得乱跳。我们在关紧的门外，排列成了对峙，一方是严阵以待的阻击，一方是被那哗一声又哗一声油饼入锅的欢唱激出来的口水，自然了，还有二娘平素疼爱我们的记忆。

我们知道怎么突围了！

压根儿没有商量，我们不约而同弯下小身子，双手卷成喇叭可劲儿喊："油溢了！油溢了！"两声还没落地，二娘果然提了擀面杖追出来，堂哥堂妹堂弟们脸上笑开了花，眼睛里跳荡着幸灾乐祸。几个滴溜着鼻涕的小不点慌不择路地溃退了。二娘冲了来，背后那只手一伸，是几个热乎乎的大油饼："皮松了，想紧呀？"——这是彬州俚语，顽皮找打的意思。我们嘿嘿嘿笑，抓过油饼一溜烟跑远，一人分一小块儿塞进嘴里，边嚼边向那几个灰头土脸的"卫士"挤眉弄脸。小堂弟头一扬，张大嘴朝天号啕。

那个年月，像彬州这样地薄活粗肥不足得靠天吃饭的地方，菜油金贵得紧，抠抠掐掐一年咋也混不到头。生辣椒切碎盐醋一拌，便是下饭的菜；

冬里腌两瓮白菜萝卜(那还得有),黑面红馍就不致太过糙口,难以下咽。妈妈们谁不想变着法儿调口换味?日子的乐趣一半也源于口舌之福啊!妈妈们虽不懂这是人性,但能自觉到这是天职。她们天生就有用美味表达母爱的本能!于是,炸油饼这种极耗油的烹饪,就变得像走晃晃悠悠的独木桥,心里再怯也必须过!

二娘的油饼炸着炸着,先是锅里的油像面汤一样泛着泡沫溢出来,要不是她眼尖手快往里撒了把筷子,能扑一锅台;接着便嗞啦啦响着,油面眼睁睁下沉了两指多高。二娘事后给妈说:"他五娘,吓人哩!满打满算就这么几斤油,撞了鬼了!八成是那个饿死鬼跑回来讨债了!"二娘眼泪断了线淌。

妈捞起笤帚抡向我,我冷不防被打得跳起来。我不疼,我被惊着了,张大嘴干号!二娘一把夺过妈手里的笤帚,训:"打娃做啥?他懂啥?"妈倒立两眼骂:"都是他闯的祸,带头吼,冲了锅惊了油!"二娘身子一拧溜下炕,牵上我就走。带我去厨窑,屋梁上摘下馍笼,塞给我又圆又大一个油饼:"悄悄吃,别让人看见!"

隔天,二娘揣了几个肥肥的油饼,偷偷去二伯的坟上。二伯的坟卧在我们学校后头,和伯的坟遥遥相望。我们堂兄弟姊妹每天上下学,都要从那又瘦又小的坟旁路过。那是一片平坦肥沃的土地,麦茬里长着一蓬一蓬野刺苋,绿汪汪顶着些紫色的球状花蕾。我曾经很奇怪,问妈:"伯和二伯为啥埋在人家一队地里?"妈说:"那过去是咱家地,你两个伯年年耕种收割!"二娘在二伯坟上哭完,坐在高高的麦茬地里,一眼一眼看围墙很高的学校,听着越墙而过的读书声,爬起来,一边搜寻能吃的野菜一边往回走,那双尖尖的小脚,把整整端端的一亩地走得七扭八歪、颠三倒四。

后来二娘给妈说:"我听到了咱娃念书,心里才有了些劲!"

妈说:"那么多娃,你能听出谁是谁?"

二娘肯定地说:"我能!咱娃书念多了就会明理,明理了咱的日子或许就好了。"

··········

二娘顽强地活到我们一个个长大,顽强地活到土地责任承包。二娘包揽了所有哄孙子的杂务,一门心思让儿子们放开手大奔前程。有了土地后,二娘再没为缺吃少穿煎熬过,炸油饼也成了家常便饭。一年我回乡省亲,吃着二娘炸的油饼,自然想起了小时候的那些顽皮荒唐,问:"现在炸油饼,还有那么多讲究吗?"二娘眼泪都笑出来了:"穷讲究穷讲究,穷才讲究! 现在麦囤饱饱的,油瓮满满的,十年吃不空,咱怕啥?"

我这才敢说,小时候只要提炸油饼,我的头发就会竖起来,浑身的汗毛扎得肉疼。二娘和妈一听,笑得前仰后合。我又问:"那油锅溢了是咋回事?"二娘和妈说:"不是有水分,就是掺了渣!"我疑疑惑惑不信,妈说:"不信你试一下就知道了!"二娘接话道:"这都是你妈试出来的。"

二娘晚年时,门上来了一个银圆贩子,人亲嘴甜,价钱公道,天花乱坠说得二娘动了心,把儿女平时给她的零用钱全拿出来,买了百十个。儿女知道后一验,全是假的。二娘不管,就当真的藏着。我听后摇头直叹,妈却说:"你二娘过去手上就有百十个银圆,年馑里零零都哄了嘴了! 她想收就收着,全当了心事!"二娘病重后,郑重地把那些银圆给几个儿子分了,数得哐啷哐啷响。

二娘活了八十五岁。她最后瘫在炕上的那几年,每回家乡,即便绕道,我也一定要去看望她。至今让我后悔的是我每次看望,给过钱,买过杂七杂八的吃食,竟没给她买过一次油饼。家乡彬州每道塬的乡集上,卖油饼麻花的摊点一行串着一行,是一大特色。可我,怎的就想不到给二娘买哪怕一个油饼呢?

二娘去世时是个夏天。我披麻戴孝跪在麦草里为她守灵时,望着相片中她那双慈祥幽深的眼睛,难禁心中大恸,刻骨铭心地觉着是一种别样的沧桑!

二娘,你在彼岸,还会炸油饼吗?

大　嫂

大嫂是伯的长媳。

伯是父亲的长兄。

我是大嫂的叔伯兄弟。

大哥八岁那年,爷给小儿子定亲时,也给大哥订了一门娃娃亲,她就是后来的大嫂,小大哥两岁。爷这样做,其故有三:一是疼爱这个只比他小儿子年幼四岁的长孙;二是怜惜他这个长孙七岁便痛失慈母;三是顾念和体恤其长子对几十口之家的辛劳操持。

三年困难刚开始,爷修一封家书,将在宝鸡工作的大哥召回,说:"你伯把你妹笄发(出嫁)了,家里不能没做饭的,你成婚吧!"十八岁的大嫂就被娶了过来。大哥在外工作,每年只有法定探亲假才能回家,大嫂就一面挣工分,一面承担起一应家务,洗衣做饭养猪喂鸡,伺候伯及伯的小儿子。大嫂很能干,爱干净,做得一手好茶饭,人又贤惠,既可伯的意,又得家族老少的心,左邻右舍,相处甚洽。

大嫂给大哥生养了两个儿子,一个小我两岁,一个小我四岁。年龄相差无多,我同这两个侄子便成形影不离的玩伴,一同田野里玩枪仗,乡场上滚铁环,麦秸垛中甩纸牌,窑庄院里捉迷藏,他们叫我小爸,我唤他们名字。有时玩得不愿分开,晚间睡觉都要挤到一处;偶或起了冲突,嘴噘脸吊吹胡子瞪眼地互不相让,甚而至于吵到不可开交,几天不理。而今想起,不禁失笑:两个侄子一口一个“小爸”地叫,作为长辈,我却言行无格,全没长辈风范!可大嫂并不这么想,视我们都作孩子,笑着看我们争执、吵闹,笑着看我们摔脸、赌气,不里不外,无偏无袒。

那时候,我们堂亲七八家三四十口人,居住在一个地窑庄子,共吃一口井水,出入一道院门。人多口杂,难免磕磕碰碰;兼又生计维艰,自会争多论少。可我的记忆里,大嫂却从未与人红过脸,高过声。

大嫂是院里唯一有洋碱(肥皂)、胰子(香皂)的,她的家里就有香香的味道。她以及她的孩子们,也都很好闻。因此每到洗脸,我就赖着去,想蹭一点香香。那时我最不乐意做的就是洗脸洗手,尤其冬天,脸上手上皴得见水刺痛。但只要能得机会到大嫂家洗手洗脸,便会跑得屁颠屁颠。大嫂拉着我的小手放进热乎乎的水里浸,泡软乎了,手心手背打上香香的胰子,滑溜溜地搓出五彩的泡泡,直到把黑乎乎的小脏手洗得红是红白是白,再给涂上凡士林;尔后用热腾腾的毛巾把我的小脸细细擦一遍,手掌心拍点雪花膏一润,我一下子也就喷喷香了!

而今回想起这一幕,仍历历在目,清晰无比。大嫂做这些时,眉梢挂着微笑,眼里漾着慈爱,神情格外专注,动作那么轻柔,像对她的两个孩子一样。

一天,我同两个侄子在大嫂家的热炕头嬉闹正酣,大嫂从母亲窑里飞跑回来,冲一碗在当时相当金贵的红糖水,匆匆端走。不一会儿,从母亲窑里传出婴儿的啼哭声,猫叫一般。大嫂再回来,就笑着唤我:“快回看去,五娘给你生了个碎妹子。”那些日子,大嫂和二娘她们,就经常轮换着来陪母亲说话,来帮衬母亲月子。母亲说:“你大嫂就像我个女!”

有一年,大哥给了我一张咔咔作响的压岁钱,伍角,那是我头一回拥有一笔巨款。年后的一天,我同两个侄子一密谋,三人徒步十多里路去到北极街上,我买了一本《红色娘子军》连环画,他们各自买了喜欢的小人书。我们一路兴奋地走着翻看着,又步行十多里回到家里。母亲得知后,狠揍了我一顿,边揍边给我算伍角钱能买多少盐,能灌多少煤油。我心里很是不忿:大哥给我的压岁钱,跟油盐扯什么关系? 我的钱,爱花不花,凭什么打我? 再说了,两个侄子也都买了,何以没遭打挨骂? 就乱喊乱叫! 大嫂知情后,叫来她的两个儿子,也一人一顿打。于是我们知道了,大人要想镇压谁,往往是串通好了的,没道理可讲。后来大嫂要去娘家,从母亲手里把这本我看腻了的书要去,说想送给她的侄女。母亲把书给她,她随后塞给母亲伍角钱。母亲不要,说:"书都旧了! 再说我要收你钱,那成啥了?"大嫂说:"不然我还得上趟街,横竖都要掏钱买!"两人推来让去,母亲到底没有拧过大嫂。

多少年后,母亲还说:"你大嫂那是怜念咱!"

大嫂要带两个儿子回娘家,我也闹着要跟去。母亲不允,说小家小舍的,一下去人多了,住都没地方,何况那个年月,家家日子恓惶,多一张嘴就多一份熬煎。大嫂却不容分说,拉起我就走。大嫂的娘家在一个沟深坡陡的山坳坳里,门前果树绕院,屋后山色苍茫,在不知世事艰涩的我们眼里,是绝好的玩处。一住就是八九十来天,每天一睁眼,我们不是上山采野花,就是门前打青杏、摘毛桃,疯得无法无天。大嫂多不约束,大嫂个子很高的父亲和身材瘦小的母亲,也满眼慈爱地宽容着我们的一切顽劣。最难忘的是大嫂的母亲,眉眼同大嫂一模一样,望着我们时,总是嘴角上翘,满眼含笑,目光中的那份慈柔,如月光,似流水,像暖融融的春阳。

行文至此,不禁动容。我不过是大嫂婆家堂叔的儿子,但因为大嫂的眷顾和疼惜,便受到至亲的礼遇,便享到纯美的伦常,这样和美的人际,如今,在七零八散的乡间还有吗? 大嫂的母亲每给我们枣儿核桃的零吃,嘴里都说:"先给你小爸! 先给你小爸!"这个声音,跨过时空,穿越生死,在伏案追思的我的耳畔响起时，眼已迷蒙！

大嫂是个情感内敛的女人，平素话语不多，爱憎单著行止。记忆非常深刻的是，每次大哥远道回乡探亲，大嫂若正与大家干活或闲话，就会两颊飞片红云，羞涩而幸福地笑着，却并不马上离开去迎大哥，甚至都不与大哥多说句话，照旧说着正在继续的话题，或干着正做的活路。旁人劝她回去，她也只是羞羞地笑，直到闲话或活路告一段落，才抽身回家。大哥在家的短暂日子里，我分明感到大嫂是透亮的，幸福的，笑容里浸满了甜蜜。可是大哥每年在家只能待短短的几天，就连这短短的几天都不全是大嫂的，大哥总有那么多的亲戚要走，往往是亲戚还未走完，他就该返回单位了。

我十五岁那年，大哥和大嫂却离婚了！之前的一些时日，总能听到家人对他俩的议论、劝说、干涉、阻挠。尤其是母亲，说了大哥又劝大嫂，泪流得一把一把的。但最终他们还是去办了离婚证。那时候，"离婚"二字，在我那个山乡小村落，是极为陌生且扎心的字眼。大哥大嫂离婚时，他们的孩子一个十三，一个才十一，我分明感到我的这两个亲密玩伴、发小，一夜之间就蔫得像霜地里的软茄子，本就性子柔穰的大侄子，话就更少了，而性子从小就烈的小侄子，动不动便大哭大叫。

没几年，大嫂带着她的两个孩子改嫁去了外村。她走的那天，阖家大人除过少数几个，多半都落了泪，村坊邻居也不胜唏嘘。三年后，故乡实行了土地责任承包，我也上大学离开了那片热土。

上学及刚刚工作的那几年，每每回乡省亲，只要去探望长姐，我都会去看望大嫂。大嫂与长姐家只隔了几户人家。大嫂嫁给的那位兄台很义气，也开通，对大嫂及两个孩子都很珍惜。大嫂每见到我，还是那么亲近，那么笑眯眯的，说长说短，嘘寒问暖。我可分明感觉到大嫂的眉眼间，有淡淡的忧伤和哀怨。后来极少回故乡了，便再也没有见过她，我的大嫂。

当我经历过许多人生坎坷后，曾问大哥："当年为什么会不惜舍下两个儿子，要和大嫂离婚？"大哥沉吟半晌，才说："命！"原来，大哥年轻时是厂里的活跃分子，厂里有个女同事也爱说爱笑爱热闹，那时运动多样，活动密集，人人没有压力，个个喜欢扎堆，两人成了一切活动的积极分子，慢慢便生出流言蜚语，最后升级为组织干预。大哥是那种信奉"身正不怕影子斜"的，依旧我行我素，这在那个视男女关系如洪水猛兽，把芝麻小事喧得大如磨盘以供消遣流年和自慰不幸的岁月，是多大的忤逆啊！大嫂与大哥，一个信了流言，一个无畏途说，就生出许多隔阂，以至互不相让，终而反目，双双成为那个时代的牺牲品。两人分开许多年后，大哥的钱包里，仍然珍存着大嫂的一张小照片。照片上大嫂短发齐肩，清爽利落，一双含笑的眼睛，望着她不能选择的前方。前两年，大嫂大病住院，大哥还远赴病房，亲自看望。不知二人暮年相逢，内心会生出怎样的悲怆？据说大哥看望大嫂时，他们的小儿子也在。大哥给大嫂的枕边放了一沓钱，转又给了小儿子一沓，小儿子头扭向一边不接，大嫂说："你爸给你，你拿着！"大哥当场就落了泪。

昨日午后，忽闻大嫂辞世，备感凉薄，不胜悲酸，拨通大哥电话，两头直是唏嘘。夜里辗转难眠，披衣而起，草成这篇文字，以遥祭我敦厚善良的大嫂，也一并祭奠那些逝去的温情脉脉，和烙在心灵深处的生命苍黄。

大姐如柳

　　正滴水成冰季节，馍面可以存放，大姐接连两天都在蒸馍擀面烤馍角。伯老胃疼，吃馍角好消化。

　　炉膛里的火焰哧哧笑得东摇西颠，干透的劈柴不时爆出哔剥炸响。二哥哥停了风箱，黑红黑红的脸膛上泛着一层水亮的光，眼睛里的火苗儿在扑簌扑簌跳跃。

　　大姐不大，还没有长高，双腿跪到条凳上伏身揉面。枣木案板半面炕大，也黑红黑红的，和二哥哥的脸膛一个色儿。北极塬地处渭北高原西北边缘，风是带哨儿的，日头光里藏着扎人的刺，大人娃娃两腮被蹭出艳艳的紫黑，平原客把这谑称"高原红"。

　　伯一大早去县城给大哥打信了。伯外号"叫明鸡"，一辈子天不亮就起，夜黑尽才回，一门心思挣家业，人累成了虾，身子老蜷着。可伯却总把自己当作弓，弦一拉就想射出一支一支箭，箭箭为奔好日子。大哥出生早，赶上了好家境，见过牛马儿槽的世面，在学堂读了好几年书，能识文断字；细皮嫩肉做不得农活，新社会了，招到宝鸡做了工人。伯打信要他回来送大姐出嫁，十三岁不到的二哥哥正吧嗒吧嗒掉眼泪呢，他舍不得姐走。

大姐虚岁才十五,头发干拉拉的黄,还没长成女儿身子呢,可是灾荒来了,伯牙一咬把她卖给了小灵台王家,女婿大她十好几岁。大姐两眼哭成了烂桃,伯却收下了人家的彩礼——一百硬元(银圆),一石好麦,两匹老织布。大姐嗓子眼里打着呜儿哀求:"伯,我不想走!"伯勾着头说:"大是大点,人老实,家底好——能救一大家命哩!"

伯十三岁当家,十四岁成亲,生下头一个孩子先房死了,隔两年娶回二房,生了大哥,生了大姐,生了二哥,怀第四胎临产时娘家妈病危,偷瞒了家人去看望,胎儿落到了裤裆。娘家产子那时是大忌讳,被拉到院外的一个土窑去接生,中产后风死了,殁年才二十五岁。那年,大哥六岁,大姐三岁,二哥还不到两岁。爷对伯说:"娃伙小,再给你伴一个!"彬州人把丧妻续娶叫"伴",意思深邃得令人品咂。伯满脸悲凄说:"我都娶两个了,命里不该,甭再破财!"伯这一年才三十六。他是长子,当家,把家业看得比命都重,带领几十口人没黑没白好不容易挣来十几头牲口几百亩地,他一分一厘都舍不得乱花。妖当下就哭了,帕帕擦着泪珠珠说:"人重要还是钱财重要?你想让我几个娃被人咋贱呀?"——彬州人把奶叫妖。"妖"这个字,既指容貌美丽的妇人,又传说为黄帝女儿是光热之神。用妖称呼奶是再恰切不过了!哪个人的记忆中,妖不是最美的女人,用她的无私光热,温暖并照亮了我们小小的心。

伯含泪说:"弟兄六个,我是老大,得做好样子!我一人就娶三房,其他人会怎么想?"伯就再没续娶。

这一年是一九四六年。这一年,中国南方爆发了大面积的灾荒,仅粤桂湘三省就饿死了千万人。这一年,中国内战正打得如火如荼。

好在有爷有妖,有二娘三娘四娘五娘以及后来的六娘,一大家几十口同锅吃同院住,伯的娃没受多少可怜。每顿蒸馍,几个焦黄脆香的馍角是必须的,一家人都疼着那几个离了娘亲的小可怜!

妖和婶娘把兑好灰水(彬州旧时,农家多用自制的灰水当碱使)的发面切一角下来,或加入椒叶,或和进茴香,揉筋擀光,剁成三角形小块,两面用刀十字交叉划出菱角形网状花纹,投进炉膛里烤。不等蒸气上圆,腼起肚子的馍角就两面焦黄地出炉了,吹一吹上面的草木灰,张口一咬满牙的脆,麦香和着椒叶或茴香的馕,酥得满口生津。那些焦黄脆香的馍角,对正长身体的娃娃们来说,可以是馍出锅之前的垫巴,也可以是两餐之间或漫长后晌磨牙的点心,滋味长,易消化。

伯的几个娃全凭馍角吊大。

可那个大家庭说散就散伙了!地和牲口入了社后,吃粮就得靠工分挣了。地不再是自家地,耕作就漫不上心、偷奸溜滑,出产便大不如前,口粮忽然变得很紧缺。劳力又短,三叔早逝,四叔五叔在外工作,六叔念了一肚子书,整天只知道捧个书本像猫念经,饭时钻进厨间自盛自吃。二伯脾气暴,不乐意了:"挣工分不见你,饭你挑好的吃?"六叔比二伯小二十多岁,嘴犟,两人杠上了,吵着吵着上了头,二伯举起炕洞门要打,爷伸手一护,炕门上的铁钉将爷手戳了一个黑窟窿,血往外喷。大哥吓哭了,可着嗓门喊爷;爷两行浊泪滚过一脸沧桑,骂:"槽里无食猪咬猪,另!"彬州人把分家叫另。伯劝爷,一脸泪:"我屋里头没人持家,另了谁烧锅点炕?"爷手一摆骂:"啥光景嘛,能往前过?"家就那样分了。十岁多点的大姐,脸上的稚气还未褪去,便俨然一个家庭主妇了,操持起了一应家务。

伯看重家业,更看重亲情,两样在他手上都没经管好,就此落了个心口疼,起坐手捂在腰眼上。只道消化不好,胃疼,大姐便一顿一顿给伯烧馍角吃。汤汤水水一年都熬不到头,焦黄脆香的馍角就成了奢侈,伯看着那个两面焦黄的馍角,说:"咬不动!"姐见过伯在地里刨地瓜吃,咔嚓咔嚓嚼得满嘴角淌白沫。大姐的馍角便烧三个,伯一个、弟一个、自己一个。伯和弟吃了,大姐不吃,偷偷留到下顿回炉。弟窥知了,再吃时便跑去外边,饭罢偷偷溜到姐身旁,口袋一翻掏出馍角,笑得一脸小得意:"姐,我没吃,给!"弟不到十岁就被当劳力使唤了,小身板瘦瘦的,一双眼睛格外大,骨碌骨碌转。姐的眼泪淌下来了。

这样一直到吃上食堂，又一直到食堂散伙。熬到姐虚岁十五，灾荒袭来了，日子实在熬不前去。以读书而大显家声的四伯随后去世，耕读传家的信条两维，再有一维塌陷，整个家族悲伤、迷茫、惶恐；又连遇灾荒，娃娃嗷嗷待哺，大人满脸菜色，保命便成了头等大事。经亲戚牵线，伯便用大姐来换一家人活命的口粮。

大姐用她换来的粮食给伯蒸好馍，擀好面，烧了一馍笼馂角，才在妭和婶娘的劝说下，坐下来准备出嫁的一应必需。妭此时已经重病缠身，却执意要给长孙女开脸。她扯着绞绳，还没上脸，先哭成一团，气喘得像拉散了架的风箱。姐自己早成了泪人儿，硬撑着，抱紧妭哄劝。一家女眷哭得直捯气。

大姐出嫁那天，光景十分凄惨。人家女儿出嫁，是幸福的，怀里揣着甜蜜、神往和羞涩，离娘泪需要酝酿、假装抑或触发，大姐却一手拉伯，一手拉弟，哭得肠断肝疼。爷被哭进了窑里，门一关，谁叫不开。姐跪到门外向他磕头，叫："爷！爷！孙女再也不能天天给你端尿盆了！"爷涎水挂到胡子上打战，啊了半天回不出一句话。

许多年后，妈跟我说，她们那天骑毛驴去送大侄女，从秦家庄的陡坡下到阎子川，脚上已打了水泡；又顺阎子川爬上小灵台，驴身上都汗渍渍湿透了。坡陡沟深，来回几十里路，驴多半牵在手里，能骑个鬼！妈说她们妯娌哭得天昏地暗，一路哭天哭地哭女人命苦，骂山骂路骂伯铁石心肠，把她们爱说爱笑的大侄女嫁这么老远。

大姐三天回门，眼睛肿得像俩软透的扁柿子，拜完爷、妭、叔、婶，袖子一挽就给伯发面蒸馍烧馂角。伯和女婿坐在炕头，两人各噙一杆旱烟锅，闷着头吧嗒。伯的烟锅一天没续烟末，却一直咂巴到要送女回去。

大姐哭得像鸡掸翅膀，央："我留下来，侍候妭！"妭已经卧床难起。伯黑着脸，眼圈却红，倔得像结了冰碴儿的石头："回！"大姐体恤伯，伯那些年成天被拉去挨批挨斗，便垂泪一步三回头地回去了，每天站到寒风打着旋儿扯衣角的山峁峁梁上抹泪西望，满眼是深沟陡坡，裸露的黄土、焦树和破烂的窑庄子……大姐不再爱说爱笑了！

后来妳殁了。妳一半是哭死的，一半是饿死的。大姐换的那石好麦，没有吊住妳的命。

再后来，只长大姐五六岁的六叔父在运动中被逼致疯，口袋里揣本破书满世界漂泊。传说六叔父写了一本什么书，被从单位揪出来连批带斗，书生气很浓的六叔父怒火攻心，一口痰卡住昏了过去，醒来后便精神失常。爷到底没扛住接踵而来的打击，于三年困难时期即将结束时含悲离去。

大姐的眼泪就没有干过。

大姐比我整大了二十岁。我能记事时，大姐已为人母，她乖巧漂亮的女儿比我还大两岁呢，叫银娥，长一对儿小虎牙。她该叫我舅的，人让叫，就弯了指头抠着脸咯咯笑。我至今还清晰无比地记得她唱《北京的金山上》这首歌时的情形，嗓子银铃一般脆亮，要多好听有多好听。可爱的银娥给大姐带来了不少快乐！银娥一来，伯就说啥都不吃馉角了，睁眼眼瞅着银娥咔吧咔吧脆嚼，苍老的脸上漾一汪慈祥。可伯五十七岁便撒手人寰了。伯的丧事上，二十五岁的大姐哭喊得令人断肠，连我们一帮不谙人事的小不点，都被哭得噤了声儿直眨巴眼。伯去世时间不长，大姐七八岁的银娥也患克山病夭折了。大姐日夜悲啼！

许多年后我才得知，大姐举债带银娥在西安住了好几个月医院，却总不见好。一天，小银娥对大姐和姐夫说，她想去看动物园。背她去看了，第二天又说还没看够，那些猴子啊孔雀啊有吃有喝多么快活，她还想看！大姐看着嘴唇青紫的女儿，心疼道："等你好了，咱看个够！"小银娥不答应："我就看最后一次！"那天她喘得厉害，几个人就在猴山坐了一整天。当天晚上小银娥就夭亡了，临死前曾睁开眼看到了大姐骨碌骨碌滚的泪珠子，小嘴一启气息奄奄说:"不哭!"大姐差点没哭死!

才二十多岁的大姐,憔悴得令人不忍直视!

大姐后来未再生育,抱养了一儿两女。大姐对她这几个孩子心很重,挤羊奶,熬米油,从自己嘴里硬抠,节余下白面一顿一顿烤馍角。大姐把面发得很旺,饧得很到,揉得很光,上面变样儿镂上各式花纹,烤得又黄又脆,把她几个娃儿一个一个拉扯大。土地责任承包后,大姐和老姐夫拼了命苦耕苦作,种烤烟、种西瓜、务苹果,养羊、养猪、养鸡,日子一天天变好;孩子们也分别成家立业,如今都在县城买了房,也有了车。大姐儿孙成群,终于过上了好日子,可每逢阴雨连绵或寒风怒号的日子,大姐仍会一眼眼瞅屋外的原野,一声一声揪心地呢喃:"冷哩!冷哩!"每每这时,她的眼睛就会汪出一层白茫茫的雾。

大姐是伯的女儿,名叫如柳,在尘世风雨中飘摇七十五年了。所以把她的故事粗粗记录下来,是想让惯于"好了伤疤便忘疼"的我的同胞,记住那些悲苦,别遗忘这些过往!

大姐,唯愿你听到了这些文字,莫哭!

我只想让那些背叛了眼泪的人,莫忘!

长姐漫记

长姐整大我十五岁五个月,诞于一九四七年六月二十。这一年,中共中央正式公布施行了《中国土地法大纲》,这份旨在彻底消灭封建剥削制度的纲领性文件,充分调动了农民革命与生产的积极性,对保证解放战争的胜利起了决定性作用。

长姐出生之际,正值家族颓败之时,看重男丁的爷爷及父亲未有添丁之喜,倒生添口之忧,这从爷爷给孙辈的起名上便可见一斑。爷爷给大孙子起名多寿,二孙子起名永寿,大孙女起名如柳;长姐是爷爷的二孙女,却得了个名儿叫如民。我长大成人后,就对长姐如民这个名字颇有微词,总觉着男不男女不女,不该是漂亮姐姐应该的名儿,所以在写姐姐名字时,就作茹敏。

1

童年的长姐,虽非掌上明珠,又赶上家道败落,可还是享受到了大家庭那份人多势众的欢乐。

那时候,我们家上下三代二十余口,舅家上下四代也二十多口,大姨家人口更多,是当地有名的茹家,竟有四五十口之众。这样的大家庭,共处一院,同吃同住,分工协作,自是热闹非凡。童年的长姐每年轮流穿梭于三个大家庭,享受到的快乐自然非我们所能比。长姐回忆说,那时候我们家道艰难,多半时日,她就生活在位于川道河滩的娘舅家。舅舅们最大的只比她长十来岁,最小的不过大她几岁,所以她就成为舅家老少眼里的"碎耍货",好吃好喝好玩的,都尽着她。

长姐说,那时她很馋肉,总也吃不够。每到舅家,问她最想吃啥,她都会说:"肉!"老舅爷爷一反常态,眯眼笑看着他的这个第四代血脉,疼道:"我娃可怜,肚里老缺油水。"牵起长姐小手,拉她去到院子,要她双手撑地小屁股撅高,吰头肥猪哼儿哼儿地朝她走来,还高声道:"老爷给我娃肚子吰头猪,省得我娃顿顿馋!"吓得长姐锐声尖叫着爬起来,边哭边跳边跑,惹起一院的哄笑。

母亲说,做了一辈子行脚兽医的爷爷,外号人称"王麻子",性子火暴无比,孙子辈们都没见过他的好脸色。但唯独对我的长姐却慈眉善目,百般疼爱。而我的那些舅舅们,滩里摘桃,河中摸鱼,上山打枣,下地摘瓜,都要背着他们的小外甥女,哄得长姐每每家人去接,都哭着闹着不愿回家。

这可能是长姐生命里最为快乐幸福的一段日子。虽然这段岁月里,她目睹了几个大家庭的解体。先是仓里的粮食被征收一空;再是成顷的土地和成群的牛马驴骡都入了社。舅家姨家开创基业的元老,几乎同一时间离开了人世;曾经不分你我的家族成员,个个另立炉灶,从此生分得寸土必争,粒米必较。

2

长姐八岁进的学堂,与她同龄的大多数农家女孩,那时是无此幸运的。

远在兰州工作的父亲专修一封家书，叮嘱母亲一定要把长姐送进学堂。家风历重"耕读"，母亲也不愿自己的孩子成为"睁眼瞎"，加之新政倡导男女平等并大兴教育，长姐便成为那个偏僻小村自古以来头几个走进学堂的女娃娃。

以长姐的聪慧，学业自然是最优秀的。邻村那个教她们的豆先生，曾多次跟我们的爷爷赞叹："你张家门风就是好，个个女娃娃都很出色。"不苟言笑的爷爷摸着长姐的毛头，眨巴着眼睛说："如今，兴许家里能出个女秀才？"

然而姐姐的学堂生涯，在她读到四年级就被中断了。长姐读书到四年级，遭遇了全国性的大饥荒。那年，春夏大旱，麦受重创；粮食征购任务层层虚夸逐级摊派，让勤耕苦作的庄稼人食不果腹，极大挫伤了他们的集体积极性，所以收麦时大而化之，故意遗撒。歇工时，田里遗撒的麦穗，就成为各自捡拾的私有。长姐见大人每日歇工后都会抱些带秆的麦穗各自回家，便与小伙伴们合计，于一日晚间，去打麦场上偷拿公家摞好的麦子。后来，被发现了，麦穗自被没收，还告到了先生那儿。

教姐姐的那个豆先生却把长姐的这点芝麻小事，掂了又掂，想了又想。其时，豆先生的日子并不好过，作为旧人员，他被当作思想上有瑕疵和精神上有污点者，随时都有成为异己的可能，便想以长姐他们的这点小过失来自证清白，自求认同。他将长姐他们几个偷拿集体财物的小人儿，学堂门口列成一队，要每个孩子个个朝他们脸上吐口唾沫。每吐一口唾沫，豆先生都要扯着他的破锣嗓子高声唱道：

"爱护公家财物，光荣！损毁公家财物，可耻！"

"热爱新社会，光荣！想念旧生活，可耻！"

长姐袖管一抹脸上的唾沫，掉头回家。自此再不踏入学堂，劝说打骂都不屈从。

母亲无计可施，自觉无法向父亲交代，便携长姐前往兰州，一面想让长姐能在兰州继续学业,一面也想投奔父亲,结束两地生活。可那时的兰州灾情更甚,一派凋敝,万状萧索,各行各业,人心惶惶,哪里可能容身?更谈不上就学了!母亲她们没待多少日子,就被迫返回了。

<h1 align="center">3</h1>

回到家乡后,长姐和母亲相依为命,跌进了长达三年的大饥荒。

三年困难时期的头一年,我们的奶奶便熬不住了。时年六十五岁的奶奶,其实在她生命的最后四五年里,遭受了最为悲情的打击。青年时既已遭受过三儿子以二十六岁华年骤离人世;老年更罹逢四儿子于三十又七之壮岁,不堪凌辱含愤自尽;又兼长媳与次媳相继都以未立之年染疾作别。白发人送黑发人,那种断肠,岂常人之可承受!

奶奶最心疼最器重的四儿子辞世于异乡西安后,家人一直是瞒着她的。是爷爷不忍四叔葬于异地成孤魂野鬼,执意要将灵柩运回。顾念风俗,奶奶长姊的儿子自请去接他的姨表弟,一面为了体恤姨娘,一面缘于兄弟情深,往返七百多里,于隆冬寒风中和我的大伯拖一架板车,终于将已殁半年的姨表弟棺木拉回了故园。全家人对其甚为感念,挪借着做了一顿上饭,并于饭间用盘子给他端上来银圆、票子,以酬谢他的眷顾与劳顿。未料他言辞坚定,拒不接受,声泪俱下地说,他与亡弟从小玩大,情如手足,今其抛家舍口而去,岂能袖手?惹得一家老少恸声不止。哪知两年之后,他却差人来家,索要百元酬金、五斗劳资。那时家家钱粮两缺,两家便起了口角,从此交恶。奶奶于争争吵吵中终于得知噩耗,她日夜悲号,几度气绝,从此一病不起,苦熬了两度春秋,于一九六〇年正月含悲辞世,死不瞑目。

奶奶去世的这一年,发生了许多惊天动地的大事:苏联的太空船开始环绕地球;美国的企业号航空母舰完工下水;我国自行设计制造的试验型液体燃料探空火箭以及仿制的第一枚近程导弹发射成功……

十三岁的姐姐并不知晓这些世界大事。可家中的那些悲惨变故,我的长姐却桩桩亲历。

奶奶去世时,已豆蔻之年的长姐以她少女特有的那份细腻和善感,体察着世态炎凉。姐姐说,按乡俗,孝子是不抬棺木的,必须由村坊邻家的成年男子抬棺下葬,孝子们只需扶枢大恸,以尽哀思,以表不舍。可那时家中困顿至无粮无钱,连顿粗茶淡饭都备不起,到下葬那日竟无一人前来抬棺。无奈,老少孝子们便只好亲自抬棺,悲声徐行,草草将奶奶葬入祖茔。

这些经历让长姐一下子长大许多,她不再是过去那个爱说爱笑任性又倔强的少女了,变得寡言、敏感、多愁,除过风雨无阻、每日不落地去挣工分,歇工的日子,便春剜野菜,夏斫柴火,秋拾地软,冬挖药材。母亲说,长姐斫的柴火,她分软柴和硬柴,分别摞了两个大摞,好些年才烧完。一次,长姐斫了许多柴火,一个人要分好几次才能从深沟陡坡背回家来,小脚的母亲要去帮她,她心疼母亲,跳着喊着不让母亲去。夜深沟陡,母亲站在崖畔一句句大声唤,给长姐壮胆;长姐在深沟里一声声应,给自己鼓劲。

长姐之后,母亲又生了一女一男两个孩子,皆因生活困难,加上医疗水平极差,一个只活了一岁多,一个仅活了大半岁。看重子嗣的母亲心情本就不好,又兼父亲在外工作,家计重负都需母亲独担,加之连年歉收,食不果腹,其间苦况,难于细述,这些都让母亲的脾气变得格外火暴。

我的长姐便没少挨母亲的打骂。多少年后母亲还常常后悔,说她那时年轻,生活多不如意,有苦有难有气有怨了,长姐稍不顺意便非打即骂,且下手没轻没重。所以,长姐最乐意的事情就是独自去野外劳作,无论多苦多累,她都觉着开心。春花秋月,夏雨冬雪,并不会因为世道艰辛与人情凉薄而怠慢长姐,她以一个少女的柔情和细腻,享受着大自然的眷顾,并在这种眷顾里,度过了她多愁善感的少女时代。

4

长姐出嫁时我还不到三岁,我的二姐彩玲也才刚刚八岁。那是一九六五年的八月。那一年,长姐满打满算还不到十九。

"养儿防老,养女济困",这曾是家乡上辈人挂在口头的子嗣观念。父亲于三年困难时期之末的城镇人口大减员中返家务农,家境寒荒,温饱难继,兼之小他十二岁的小弟由工作单位被逼致疯,正漂泊乡间,姐姐的婚事就被早早提上了议程。

家道败落了,加之那个年代,人们看重的多半是家庭成分,我家成分不好,长姐最后嫁给的,只能是五里路外成分为地主的一户人家,讲定的财礼是一百个银圆,七十块票子,两匹家织粗布(每匹四丈四寸)。姐夫是家中长子,其祖父曾是方圆有名的乡绅,接济过刘志丹,数度接待过于右任;其父亲也是闻名当地的中医,家道一度相当辉煌。姐夫小时候是掌上明珠,后一路求学到高中毕业。高中毕业后的姐夫既遭遇与大学擦肩而过的失落,又遇家道天翻地覆的变故,正是万念俱灰的时候,姐姐嫁了过去。

长姐嫁去之后次年,便遭遇了影响她一生的两件大事,一件是夫家爷爷被当着全家老少的面捆绑在屋梁上活活吊死,一件是母家她从小带大的九岁的妹妹因病早夭。这两件大变故,在十九岁的长姐心上会留下怎样的伤痛、惊恐、悲楚、忧虑? 除此之外,还有一事也成为长姐心中一难,夫家在她婚后,讲定了的彩礼尚欠母家七十块票子和一匹老织布,长姐疼惜父母,自然心有不甘;又得顾念夫家落难,只能隐忍不发。

自此,家计负累且观念陈旧的父亲便心生嫌隙,好一段岁月里都不待见我的长姐及他们家人,每次长姐回到娘家,他只淡淡打个招呼,就匆匆去做自己的活路。

而我却在稍稍知事后，就非常喜欢长姐。在我的眼里，长姐生得十分好看，性子柔柔的，说话慢慢的，声音细细的。她一来，就会一个又一个地给我讲故事，狐仙树精、牛郎织女、孟姜女哭倒长城、画中人眷顾穷青年、神笔马良智取财主性命……让我小小的心沉醉在奇幻的世界，做着一个又一个神奇的梦。这些，都是母亲所不能给予我的。

　　长姐不来的日子，我就常常会跑到五里路外的长姐家去。至今想起，我既伤感，又内疚。那时候长姐已经分家单过，借住在门前一道深沟、屋左一面颓墙的窑洞里。姐夫不善经营，那孔又大又深又破又烂的窑洞，山墙透风，炕面塌陷，烟囱不利，每每做饭烧炕就会浓烟滚滚，呛得人泪流不止无法容身，我的长姐就在这样的环境里给我烧火做饭。长姐家里一年四季吃不上像样的饭，多半的日子他们都以瓜菜代饭，囫囵果腹。添我一张小口，会让长姐他们忍多少饥饿？而那时我怎么就想不到这些呢？只要我去，长姐就会给我借好多的小人书，欢喜得我别提有多高兴了。

　　长姐在这孔破窑洞里先后生了四个孩子，这四个孩子，没一个能活下来。母子连心，每一个孩子的离去，都令长姐悲泪洗面，痛不欲生。后来，长姐甚至绝望到自认命里不该生育，抱养了一个女孩。长姐把全部母爱都倾注在了她的这个女儿身上。

　　这一年是一九七一年。

　　这一年，长姐其实才二十四岁。现在想来，二十四岁的长姐，那时已经满脸的横秋老气了。生命的各种不幸和生活的各种压力，让我那个漂亮而温婉的长姐，不仅过早衰老，而且整个人性情都有所改变。

5

　　做了舅舅的我去长姐家的次数就更多了，亲眼看着长姐把她那个如鞋底大小的女儿一天天养大。长姐的这个女儿是在她第四个孩子夭折后抱养的,抱来时才四十天,头发稀疏,又瘦又小,哭起来声音细细小小的,令人心疼。姐姐的奶水已经回去了,就自己挤,就让那时只有两岁的我家小妹咂,最后连血都挤咂出来了。母亲心疼长姐,要她干脆买个奶羊喂养,但长姐不听,呛道:"哪有娃不吃她妈奶的?"咬牙流泪,最终硬是把奶催了下来。

然而生活紧张,食不果腹,长姐的奶水就很有限,只好一半人奶一半羊奶轮流喂。我这个小外甥女瘦小羸弱,食量却大,长姐他们就于母乳羊乳之外,辅以米油油、面糊糊,终于将她养得头发密密的了,眼睛黑黑的了,笑声咯咯的了。长姐贫病交加的日子因了这个小人儿,多了许多欢乐。

长姐非常疼爱我这个唯一的弟弟,而我对长姐,也因为年龄的悬殊,有半姐半母的感情。但自她有了这个女儿,对我就大不如前了。而我这个八九岁的舅舅,又十分喜欢我那个小外甥女,一见就想抱,抱着就想亲,长姐每次都要呵斥:"去!别给我摔了!"嘁!

一次,母亲生病去县城住院,长姐抱着她已经快两岁的女儿来照顾我和两个妹妹。家里没水吃了,需要到深沟的泉眼去挑。我那时尚不足十二,得和八岁的大妹下沟去抬。长姐却把一个水担往我面前一丢,睁大眼睛喊:"都这么大了,自己去挑!"我抗辩不过,赌气借来两个大水桶,呼哧呼哧两腿发软地从很深的沟里挑回了两大桶水。二娘见了尖声叫:"娘娘,个宝贝疙瘩,你敢这么给你爹妈糟蹋?!"长姐把嘴一撇:"别人宝贝是福,自己宝贝是害!从小惯着,长大能有出息?"我把水担往长姐脚下一掼,狠狠剜一眼胸前挂着两岁女儿喂奶的长姐,连饭也不吃,掉头去上学了。

许多年过去了,这一幕至今我还记忆如新。长姐如母,她这是另一种对我的爱护啊!

世间许多事就是这么奇异。长姐有了她的大女儿后的第三年,怀上了她的二女儿,后来,还生了她的小儿子。但我的记忆中,无论长姐还是姐夫,甚至所有的亲人,都更把爱与护给她的大女儿多匀一份,一面缘于我的这个大外甥女从小就乖巧、嘴甜、爱说爱笑，招人喜欢，另一面也出于心中那份别样的怜爱。

每年瓜果月里，我都要贩些桃、李、杏、瓜，或筐提或担挑或车拉，要么走村串巷，要么运到集市，去赚我下年的学杂费用。每到长姐家前的集市，我的大外甥女就会形影不离地跟着我，瓜果尽饱，亲近得推都推不远；可我的那两个小外甥却叫都叫不到跟前，拿个瓜啊果的塞都塞不进手里，生疏得拉都拉不近。甚至如今，我的这三个外甥，各自的孩子都长大了，仍然是我的大外甥女跟我来往频冗，想说什么说什么，想怎么说就怎么说，全无顾忌，也不客套；而我的两个小外甥在我面前，仍旧拘谨，仍旧寡言，好像我不是他们唯一的老舅。

长姐笑得很熨帖，说："她打小就活泛，跟你最亲！"

6

做了三个孩子母亲的长姐，与亲戚邻居、街坊村人，相处得非常融洽。人们眼中的她，贤惠、善良、勤劳、知书达理。那时姐夫做了村里的赤脚医生，我的长姐也看了不少医书，并且自己学会了打针配药，对那些头疼脑热找上门来的乡邻，无论闲忙，都有求必应，热心相助，口碑非常好。

但长姐与姐夫，却一直相处得不好。

姐夫不善农事，疏于家政，在农家日常之计上多不上心，每惰于行。旱厕无处下脚了，他垫把土；土炕塌陷了，他铺块板；庄稼被柴草秀实了，他才会在旁人的指拨下，东一锄西一锄地耪耪。这与长姐的心性多有忤悖，因此两人小吵不断，大闹时有。记得有好多次长姐跑来娘家，向母亲哭诉想要离婚，母亲每次都是劝骂交加，两人没少翻脸。

有一次，长姐于气头上绝望地喝了农药，消息传来，母亲惊惶得大哭不止，而父亲则铁青了脸，揣把老镰刀，一路小跑着向长姐家奔去。那是我记忆中父亲唯一的一次震怒，也是父亲唯一的一次着急。望着父亲的背影，我忽然明白了什么叫十指连心，也才知道了，父亲原也心疼爱护着他的大女儿的！

一九七八年年底，中共中央做出了关于地主、富农分子摘帽问题和地富子女成分问题的决定。这一决定，至少使两千万人结束了长期遭受歧视的生活。姐夫姐姐闻讯，抱着痛哭。

很快，姐夫当上了乡聘教师。

很快，家乡在对越自卫还击战的消息铺天盖地中，实现了土地联产责任承包。

姐姐的日子，这才终于好过一些了。

日子好过些了，长姐却百病缠身，浮肿、焦虑、失眠，一年到头大把大把地服药。即便这样，长姐心中的头等要务，仍然是"过日子"，务庄稼、种烤烟、栽果树、养兔、养鸡、养猪，姐姐在她自己的承包地上挥汗如雨。姐姐穷怕了，她不愿让她的孩子们再遭受她所亲历的苦难，她总想给他们创一份更好的家业。

一次我同姐夫有事外出，返回时已经入夜。屋里一片漆黑，拉开灯一看，长姐正伏在床上默默流泪。原来长姐养了大半年的一头猪死了。厨间去倒热水的姐夫折回来问："你这一天都没生火？"我们都劝长姐，猪既已死，伤心徒劳，于事无补，于人无益。长姐这才撑身起来，问我饭否，她去生火做饭。姐夫则打开柜子，将长姐一直珍存着舍不得吃的罐头和两包饼干拎出来，说："不做饭了，给谁俭省？来，吃！"我瞅瞅长姐，再看看姐夫，不禁想起了路遥小说《人生》中的刘巧珍和高加林。我就那样，瞅着敞院外的一片墨色，听着秋风的萧瑟和秋虫的悲唱，就着高加林与刘巧珍的生命苦涩和悲情，嚼着饼干，吃着罐头，喝着白开水。至今回想起来，我的唇齿间，还弥留着那份无法忘怀的凄楚。

7

我大学刚毕业那年寒假回乡省亲,巧遇友人有车到西安办事,便跟长姐商量,想趁便带我十四五岁的大外甥女,到省城的大学校园里去参观感受。长姐欣然同意:"带娃去看看,好让她也长点心气!"

凌晨五点我们就起来了,要去赶便车。长姐早已煮好了鸡蛋,烙好了锅盔,又是招呼我们垫点肚子,又是给我们打包以供路上食用。那外焦里嫩的锅盔,烫乎乎香喷喷的,不知长姐何时就起床烙好的。省城逛了两天,返回故乡时已经夜深人静,从车上下来,第一眼便看到长姐站在漆黑的公路边上张望。夜深风硬,寒气侵骨,长姐说她已经在路边等了两个时辰了。长姐的大女儿后来考上学进了城,多少年后长姐还说:"这都是你那次带娃进城的功劳,让娃有了心劲。"

可长姐自己,不知何故,却在日子一点点向好的岁月里,退了心劲,失了心气。她一个人在家时,就做一锅搅团,一天两顿,能吃好几日。不腻吗?她一笑:"剩熟(家乡方言:现成、方便的意思)!""人能懒成这样?!"母亲骂。长姐才幽幽地道:"别的胃都受不了。"原来长姐的胃早被那么多年的糠麸、饥饿、药物,以及惊惧、忧伤、愁虑,戕害得千疮百孔,一直靠胃舒平、吗叮啉之类的药物维系。

一年冬月,长姐忽然只身来省城找我,见面就抹眼泪,任我怎么安慰、怎么劝说,只是抽泣,只是沉默,只要我给她找个能容身的地方。至今想起,我仍备感心痛!那时,我工资微薄,拖家带口,自顾不暇,无力奉养或接济长姐,左思右想,终安排她去一位正愁帮佣的师长家做保姆。其时师母瘫痪在床多年,师长收入既低,又得请保姆、供医药,其捉襟见肘,自是可体可感。而长姐亦陷生存困境,需要安身立命。兼又不知长姐是否可心,能否胜任,便叮嘱长姐以我家表姐的身份,去试工应急。

不出一月,师长找了我两次。一次是说,"表姐"干活丢三落四,精神似乎有些恍惚;好在心地善良,腿勤脚快,端屎端尿,毫无怨嫌。二次来说,"表姐"常常夜半梦中大呼小喝,情形令人揪心! 是不是心灵上有何创伤? 是不是精神上受过打击? 恰在此时,姐夫从老家寻来,便把长姐接了回去。

送别长姐时,看着她浮肿的脸,瞅着她裂出许多口子的手,望着她在寒风里飞扬的乱发,我不由得万分心酸。这就是我那个曾经美丽而温婉的长姐吗? 她才四十出头,却已然成为一个病痛缠身、身心疲老的村妇。如民,爷爷给予长姐这个名字时,是否暗含着玄机? 是否昭示了她的命运? 是否也把爷爷对世事、对生活、对生命的参悟,寄寓其中?

我的心里生出许多刺痛! 这种刺痛由不得我不恨我的爷爷! 都说一个人的名字起不好,会影响那个人一生的命运,爷爷,你算哪门子精明人,竟赐给我长姐这么一个名字?

补笔

长姐如民今年已经七十三,是名副其实的老太太了。这些年来,长姐的日子也发生了巨大的变化,她长大成人的儿子,在家乡临街建起了一栋二层楼房,上下十二大间,都作商铺出租了;又在县城买了房子,把长姐他们接进城里生活。长姐摇身一变成了城里人! 成了房东! 而别扭了半辈子的长姐与姐夫,也老来相伴,夫唱妇随,乐享晚年了。

可长姐如民的生活习性却融入了血脉,无法更改。她依旧节俭,视一切都金贵,一日三餐,清汤寡水。周身是病,高血糖、高血压、气管炎、肺心病、关节炎,每一个零件,都被磨损侵蚀得咣里咣当响,散散忽忽摇。但却多半拖磨,实在熬不过去了才去诊疗救治。近两年,她又患上了慢性阻塞性肺病,胸闷气喘,坐卧不安,生不如死。起先只是就近看看,吃些药打点针,最后实在拖磨不过去了,才被儿子硬拉到咸阳住进医院。

由于多病,长姐近些年变得十分脆弱,每见亲人便泪流不止。我懂!好不容易过上人一般的日子了,她却百病缠身,成为拖累,怎能不自艾自怨?儿女们都成家立业,孙子们都长大成人,天伦之乐,她却风烛残年,让她情何以堪?半世短缺,含辛茹苦,遭受了诸多困顿磨难,终于挨到了吃穿不愁、用度不缺,她却自觉来日无多,自是心有不甘……天若有情,天亦垂泪!

欣慰的是,长姐晚年苦况中新得一孙,含饴之中,心情大好,身体也大好!每次电话问询,她都在守护着她的小孙子,话语脆亮,笑声灿烂,让我感到长姐的心中阳光普照,每个角落都敞亮、融暖,散发着绿叶的清香与花瓣的芬芳。这个小家伙,他是长姐生命中的天使呢!

忽就想起管仲之句:"王者以民为天,民以食为天,能知天之天者,斯可也。"长姐如民的生命遭际,让这句话里的卓识,以及这句穿越沧桑、流续千年之语中的那份深忧与远虑,当令世人永铭于心呢!

彩 玲

彩玲是我的姐姐。

然而她的存在,却是我十七岁那年才初次获知的。

十七岁那年的夏末秋初,我生平头一次踏入乡政府的大院。那其实是个不大不深的院落,但在此前,每次从它高耸的门前经过,我都只能怯怯地偷瞟它一眼。那里面,住的都是此方地方官,进进出出的,不是剔着牙缝打着饱嗝,就是踱着方步睨视前方,个个一副踌躇满志模样。这是当地最高行政官邸,扯结婚证、报户口、当兵啦,领救济粮、救济款、布票、粮票啦,都得躬着腰身前往朝拜。好几次家里断炊,小脚的母亲夹着粮袋,就是在这个院子里一把鼻涕一把泪地争取到救济的。人穷志短,身卑位贱的我家,多半是和这个院落无缘的。

而今踏入这个大院,我是来迁户口的。我要离开家园,到城里去上大学。我一间挨着一间怯怯地敲门,终于找到一间有声音的,半天,门才拉开,走出一个双眼惺忪的男子,示意我跟他去。我碎步跟在他身后,听着挂在他屁股后好大一串钥匙的脆响,觉得非常滑稽。这也许就是我总厌恶挂钥匙于裤腰的原因了。

进得一间大屋，男子半天从架板上翻出一本厚厚的册子，“啪”地摊到我面前。一页一页翻开，那泛黄的道林纸上墨书的名字，熟悉而又亲切。终于寻到了自家名册，却发现，除过父亲姐妹姓名外，竟多了一个我十分陌生的名字：彩玲。

她是谁？为什么父母从未提及？她如今身在何处？长什么模样？我的目光，再没从那个名字上移开过。

办完手续，我飞奔回家，人未进门，就追问母亲。

母亲的眼圈，一下子就红了。

原来，彩玲是长我七岁的姐姐。我出生后，尚无男丁的全家，人人都视作掌上明珠，那情形，真可谓含在口里怕化了，揣在怀里嫌焐着。父母和大姐要下田劳动，姐姐彩玲自然就成为我的贴身“保姆”了。

母亲说，彩玲疼我爱我，胜过家中的任何一个。别家的小孩子聚到一起，踢毽子，掏交交（一种两人或多人手上游戏。一个将彩线绷在十指上，另一个交叉接过，如此反复，彩线经过多次相交，会变化出无数几何图形），抓小鸡，咯咯笑着疯玩各种乡间女孩的游戏，可彩玲姐姐，却从不参与，只抱着我，在一旁观看。有相好的小姐妹想替换她，手都伸进怀里要抱我过去，她却死活不肯。“谁能把他吃了！”小姐妹噘起了嘴。“你来吃吃试试！”彩玲姐姐竖起了眉。直到小姐妹们围过来逗得她怀里的我咯咯咯笑了，她才会眉头舒展，不再计较。

那年月，家里一贫如洗，母亲的奶水不足，全家人便在嘴里抠，省出点儿白面给我吃。母亲说，每一顿吃饭时，全家都糠菜代饭；而喂我的，却是白馍细面。看着七岁的彩玲吞咽糙口的糠谷麸皮，她心中不忍，便偷掰半拉白馍塞给她，可姐姐多半就会端着饭碗，跑得远远的，说什么也不要。有时母亲会在大家下田前，将那半拉白馍塞进彩玲姐姐的口袋里，可姐姐却从来舍不得吃，要么一点一点掰着喂了我，要么完好地交还母亲，做我下顿的食粮。

七岁的姐姐，肯定馋嘴。母亲说，别人吃甜瓜摔在地上的瓜瓤，她会偷偷抓起来塞进嘴里，连泥带籽咽下肚去；别人吃过的西瓜皮，她会瞅四下无人时，捡起来啃到瓜皮见绿；别人扔掉的梨核桃核枣核，她也会拾过来，嘴里再过一遍。母亲为此没少打过她。人穷面皮更薄，母亲不想让别人笑话，令别家小看，可彩玲姐姐却屡教不改，于是每次挨打，母亲都下手很重。

　　母亲吧嗒吧嗒地掉着泪珠子，说："打谁我都没后悔过。可打你彩玲姐，妈能后悔一辈子！"

　　母亲说，彩玲姐姐生得大眼，小口，生性爱笑，总露一排细密白净的牙齿，模样很俊的。做人也伶俐，心地更善良，深得村坊邻居们的喜爱。有亲戚疼她不过，央着母亲要结成亲家，羞得姐姐再见那位亲戚，总躲得远远的。其实在姐姐心中，最大的愿望莫过于上学了，背起书包，带上课本，坐进学堂，那多神气。可是家里总是穷，总是穷，姐姐只给母亲提说过一次，就再没开过口。

　　彩玲姐姐整整带了我两年。母亲说，姐姐很疼我，我也很恋姐姐，以至于只要彩玲姐姐在，我谁也不让抱。姐姐教我唱童谣，给我讲故事，花心思找来花花绿绿的小人书儿翻给我看。她常挂嘴上的一句话是："弟弟快长大，长大上学堂；骑上大红马，进城住洋房。"

　　我两岁那年，两料庄稼大获丰收，三年困难时期宣告结束，家家有了余粮，日子就不再那么恓惶。那年冬天，全员大修水利，父母清早出门，到夜幕四合才能回家。母亲说，有一天晚上她回到家里，看到彩玲姐姐只穿一件单衣，冻得瑟瑟发抖，而她的小棉袄，却穿在我的身上。母亲惊叫着打开门锁，把姐姐和我拉进屋里，晚上，彩玲姐姐就病倒了。

　　姐姐这一病，就再也没有好。

　　母亲说，彩玲姐姐先是发烧，发烧退去之后，就老喊腹痛。那时家穷国贫，农村的医疗水平和条件，可想而知。土方洋法，换着个儿使，就是不见好转。父亲带着姐姐去几十里路外的镇上,医生说肚子里有虫,得打,就开了一包药。父亲背着姐姐回到家中,依嘱服了药,果然,当天晚上,彩玲姐姐就拉下好多虫来。父母见状,心里还都暗自宽慰:到底是镇上的医生,把病瞧清了。谁知第二天,姐姐不但没有见好,反倒加重了,奄奄地缩在炕头,气息微弱。母亲慌了,父亲也慌了,惊惊乍乍唤来住村卫生所的乡医,听诊,号脉,头摇得拨浪鼓一般。

彩玲姐姐,就这样离开了人世,这一年,她才九岁。

我听得泪水涟涟。

泪水涟涟的我,恨自己为什么没有彩玲姐姐的一丁点儿印象,她是那样疼我,那样爱我,我在她的怀抱和脊背上,整整长了两岁,却怎的没能将她的影像,记住哪怕一丁点儿?于是,我想知道姐姐的葬身之处,可母亲却抹着泪摇头。

家乡的习俗,小孩儿夭折是没有葬礼葬仪的,多半一张破席片卷了,埋到少有人去的山旮旯拐角。母亲说,原本做这些,要请村上的老辈男子的,但父亲却含着眼泪,自己去处理。母亲说,父亲是想省下请人的那顿饭。想一想,母亲又幽幽地说,父亲也是想亲自去送他女儿最后一程。之后,父亲并未告诉母亲彩玲姐姐的归宿,母亲也不忍心更不愿去问。

我去问父亲,父亲看我一眼,埋下头只管吸烟,末了说一句:"过去的事了,别再提说。你要有心,就该好好努力。"

于是这么多年来,我一直在努力,努力做好人,努力做善事,努力让全家过上宽裕一些的日子。因为,彩玲姐姐在我的心中,一直是隐隐的痛;彩玲姐姐的短暂人生,让我深深感觉到家穷国贫的不幸。

我知道,我的姐姐彩玲,她的归宿,就在我的心里!

七　哥

七哥是我的堂兄。他长我六岁，儿时无缘成为玩伴，成年后也聚少离多。然有血脉之亲，兼皆从职教育，故虽交集无多，却每每能心意相通，心气相投。

少时对七哥的零星记忆里，常常萦怀的，是他困顿求学生涯中的几个难忘情景。

我读乡小的时候，七哥已经长成了大小伙儿，在读高中，是当时我们堂兄弟十个里学历最高的。那个年月，国贫家困，户户日子过得恓惶。二伯英年早逝，撑持七哥一家老少八口的，是才二十多岁的三哥，捉襟见肘是寻常的，停火断炊不得不沿门乞讨也时有发生。

然而七哥求学的脚步，却并未因此而停止过。现今想来，一面缘于七哥的执着坚守，一面也因了三哥的担当。

七哥就学的高中，叫北极中学，距家少说也有十余里路。背上一周的干粮，住校，干馍就着白开水，一日两餐，学业三晌。冬天尚好，虽然馍馍冷硬如铁，一咬一个白茬，好不容易小刀切开泡进碗里，开水也就冰凉了，吃下肚去，浑身哆嗦；但起码馍馍不会发馊。夏天就难熬了，即便一周背两趟干粮,也常常吃的是发霉长毛的。

青黄不接时节,每周回家背馍,是七哥最大的煎熬。

有很多次,我看到七哥为没有干粮可背,而躲在角落里偷偷饮泣。有很多次,我看到伯母因为七哥的干粮,而独自垂泪。伯母本是非常坚强达观的人,我记忆里很少有她伤心的画面。多半的时候,七哥的眼泪是没有变成干粮的。那么,这样的日子,七哥是怎么去的学校?到学校后又是怎么对付的肚子?我那时太小,没有探究;后来长大了,也忘记过问。

最遭罪的,是七哥的学杂费。其实那时的学费真的很少,总计不过几元钱。可那时候,一家劳力在生产队苦做一年,到头结算时,扣除分得的那点糊口口粮,大都会或多或少欠队上的粮款,又不让经营副业,家家户户都缺钱。点灯的煤油、缝补的针线、吃饭的食盐、点火的火柴,这些不能自产又日常必需的微小,都常常无钱购买。所以每临开学,就成为七哥最大的揪心。经常的情况是,七哥得空着手去学校报名,遭受白眼和奚落。而欠着的学费,一面常常被学校催要,一面是家里凑不齐或拿不出。无粮吃可以自忍,没钱交却是要遭受羞辱的。因此,一个学期里,七哥经常会因为学费的事情,抹眼泪,闹别扭,和家人争竞,和自己置气。

这样的日子,一直延续到一九七四年他高中毕业。

高中毕业的七哥返乡做了五六年农民后,当了民办教师。我上大学后,已为人父的七哥又考入泾阳,进修深造了两年,转正成为公办教师,后来还当上了乡小的副校长、校长。

我大学毕业留校任教后,最初的几年,还一年两次地回家探亲,常能和家亲乡邻见面。其时七哥已育两女一男三个孩子;七哥出名的节俭,七嫂有名的肯干,日子过得红红火火。母亲多次笑着说:"那两口子,个个是过日子的好手,真太难得。"后来父母随我进城后,就绝少再回故乡,所以和七哥他们,也就很少谋面了。

一年深冬,三哥和七哥辗转到西安家中找我,说七哥身体不适,在家乡大小医院就诊年余，总不见大好，想在西安最好的医院看看。我托了熟人，安排七哥去西京医院，经查，是扩张性心肌病。这一年，七哥才四十七岁。

七哥住院期间，翻阅了不少有关扩张性心肌病的资料，并且每天都会趁医生办公室无人，去偷偷查阅自己的病历。他心情很差，气色也很差。曾多次无助地念叨："好赖让我活到娃上大学，也能心甘一点！"其时，七哥最疼爱的儿子，才上初一。我见七哥思想包袱很重，每次都劝他振作，要相信医学，要相信好人自有好报，要相信老天不会如此薄情，偏把苦难向一个人身上抛撒。

可一年多后的那个秋天，我还是得到了噩耗。

那是一个秋雨迷蒙的日子，我午休刚起，就接到了三哥打来的电话。他强忍悲声，断断续续告诉我，七哥走了。

我的七哥，就这么无声无息地走了，离开了这个他无限牵挂的人世。而我对他更深一层的了解，却是在送别他的那几天里。

七嫂一边断肠痛哭，一边亲自整理七哥的所有遗物，不让任何人插手。几个红漆木箱里，有的全是七哥平时舍不得穿的新衣，有的是相关方面奖励七哥的毛毯、被面，其中一个木箱里，竟然全是一本本大大小小、红红绿绿的各种获奖证书，什么教学能手，什么先进个人，什么优秀校长，什么育人标兵……林林总总，有几十本之多。

七哥生前，只是一个贫困偏远山村的小学校长。

七哥勤俭出名，性格内向，不善交游，无背景可恃，无权势可依，他的那些诸多荣誉里，到底浸透了多少汗水、心血、责任、使命和爱心？

我在七哥的葬礼上，找到了答案。

在七哥的葬礼上，最令人动容的，是他的那些一个个放声痛哭、情难自禁的学生。他们有的年龄很大，一看便知早就走出了校园；有的年龄很小，哭得鼻涕一把泪一把上气不接下气。他们有的闻讯从外地赶回，有的结伴徒步沿着弯弯山道，来用他们最朴素无华、最纯洁无邪的眼泪和痛哭，给七哥献上他们的爱戴和尊敬。

七嫂说，七哥临终前的那段日子，变得非常焦躁，常常莫名地发脾气，生闷气。有一天，竟趁她出外时，挣扎起来，推上自行车要出门。她匆忙赶回时，见七哥连同自行车，都倒在院子里。缓过气来的七哥，长流着眼泪对她说，他想去趟学校，看看他的校园，看看他的学生，摸摸他在校园里栽下的那一棵棵树木。

我的七哥，他这是把自己求学途中的那份艰难，以及那份艰难里的苦楚和酸痛，都化成了一片慈爱，都当作了一种推力，转化成了自觉的使命和责任。

"这么多年了，他对他那个学校，比对这个家都亲。他对他的学生，比对我们母子更亲！"七嫂泪水涟涟。

我不知道为什么要写下这段文字，七哥已经离开这个人世十年有余了。十多年来，时序更迭，人事变迁，每见七嫂，她都要感叹："教师的待遇更好了，你哥他没命享受！"然而于我，却在待遇越来越好的当下，有感浮生唯利、功名当先的现状，愈来愈感念七哥于困顿之中的那份不懈坚守、于贫病之中的那份恪职善待。

我眼里的红柯

1

我是眼见着红柯那头稀疏卷曲的头发一点点变白了,白得刺眼刺心。在师大校园里常见红柯的人,都有这样一种深刻印象:手提两大袋书籍资料踽踽独行,满脸思虑,眼里装满很多心事似的,迎面而来的熟人要不打招呼,那一定是要失之交臂的,他置身人群,其实许多时候深陷于自己的内心。

朱鸿先生私下问我:"有没有感到红柯苍老得很快?"我说:"是啊!"我们同一个教研室,人亲行亲,自是非常担忧。

一次我去资料室,恰巧红柯也在妻子蔡玲娟办公室,一打招呼,红柯满嘴黑洞——他把站岗的牙齿拔了,据说受了不少苦。红柯跟我是同龄人,头发稀疏而白,牙齿脱落,这让我顿生苍凉。

蔡玲娟怜惜地说:"红柯看着就像一个老头!"

我趁机劝红柯:"悠着点,文学之路还很漫长!"

话题自然转到了文学上。红柯要谈起文学，那定是眉飞色舞的，比美食家谈名菜还要口水四溅，比情圣论美女还要眼睛放电，比奶奶议自家乖孙儿要惬意不知多少倍，听着是一种醋畅的享受。他能把一点无趣的小事情，绘声绘色讲到你如临其境。记得我第一次读红柯小说，是他的成名作《美丽奴羊》，读一段，便咂着舌叹一句："冷哥，小说竟然可以这么写！"再读一段，又吧嗒着唇叹："这是啥脑袋瓜啊，亏他能想得出来！"难怪李敬泽先生在不遗余力地赞叹红柯，他是慧眼识珠啊，红柯的语言像塞北的风，是能摧枯拉朽的。

红柯用他手中那支神奇的笔，赋予世事以特殊的诗意和神性，让我们在功利时代感受到了一份暖心的温情。他不动声色地解构着当代人建立在物欲基础上的虚妄的幸福感，召唤人们向人之所以为人的精神高地靠拢。物境和情境、人性和神性、现实世界和诗性世界，在他的作品中完美地共构出一种极具内在张力的审美向心，抚慰人的浮躁，缓释人的焦虑，细雨一般滋润人们糙硬得几近板结的心田。

红柯说，人心太硬了！

红柯还说，当世事唯功利是图，人就会快速堕落！

红柯又说，中国当代作家大多只注重故事情节、人物形象，忽视了结构对小说内蕴的特殊价值。

红柯的痛苦很少来自呕心沥血的拼命创作。创作带给他的更多的是快乐。他的痛苦源于文学书写和文学接受的浮躁。他无奈而苦闷地说："现在还有多少人能静下心来阅读文学？该是我儿挣钱的社会咯，有快餐能吃饱，谁肯花工夫品你的细菜？"

蔡玲娟说她曾无数次劝红柯去聚会，去聊天、去旅游，去过寻常日子，嘻嘻哈哈轻松轻松，但红柯说："那是浪费时间！"他苦行僧一般，在他那张陈旧不堪的三斗桌上终年跋涉，四周是堆积如山的书。那样的桌子，现在乡村都不容易见到了！

2

我总觉着红柯是一瓶度数很高的烧酒,平时装在瓶子里,冷冰冰的,要不贴标签,看不出有多么珍罕。红柯多数的时候,给人的印象是孤僻的、沉默的、不大合群的,甚至有人会觉着他很傲气。但熟悉的人或者朋友,都了解他其实是一瓶能让人热血沸腾的烈酒,盖子一开,就已经酒香四溢;两杯下肚,马上能让你闭合的毛孔迅速张开;倘见着一点儿火星子,会立刻燃起蓝汪汪的火焰——那是奔放的诗心啊!

面冷的红柯,骨子里有着一份热心肠。这大约正是生长于农耕文明的他,何以会与游牧文化心契神合的本源。游走在游牧文明与农耕文明双重文化语境中的红柯,在以厚重的秦文化视野,感知和审视轻灵旷达的塞外文化与文明时,内心某些沉睡的灵性被充分激活了,释放出巨大的诗性光芒和生命能量。

从一九九七年的成名作《美丽奴羊》,到二〇一七年的长篇力作《太阳深处的火焰》,红柯共推出中短篇小说集十多部,散文集四部,长篇小说十三部。三次获全国十佳小说奖,四次入围茅盾文学奖提名,先后获得过冯牧文学奖、鲁迅文学奖、庄重文文学奖、中国小说学会长篇小说奖、陕西省文艺大奖等。二十年,八百多万字,平均每年四十多万字,他这是在与时间赛跑,用生命写作!

五十岁以前,红柯的两大爱好一是酒,二是冷水浴。他绘声绘色地给我讲述过雪浴时的那份冷彻心肺和热透骨缝。赤条条一丝不挂地投入雪野,尖叫着和大自然融为一体,塞外寒风让肌肉绷得跟铁一样硬,浑身米粒大的鸡皮疙瘩。捧着雪在全身搓,直到搓热搓烫,最后连骨头缝里都冒着热气了。他为此还感叹西安的冬天连雪都难见踪影了。红柯对酒的痴迷,我感觉,那是一种发自内心地对激情、对诗性、对热血沸腾和生命奔放的钟情。他曾感叹腾格尔的歌声是"以最大的力量发出最小的声音",能穿透人的心灵。他更赞叹俄罗斯歌唱家夏里亚宾歌声落地,"观众忘记了欢呼,忘记了鼓掌,沉默十几分钟后默默地离开剧场"的情形,认为这才是艺术的最高境界,是生命的"高峰体验"。红柯就是这样,在冷和热的两重生命境界中,完成着他的现实感知和诗性寻觅,将冷峻的思考,以飘逸、灵动、炽热的形态呈现出来,使写实因为诗性而获得丰盈的艺术魅力。

红柯是一个内心丰富、敏感、多情的男子汉,诗人气质十分浓重。他不好与人争辩,常常微眯着眼睛,一副忧郁的沉思状。他曾说过:四十岁以前他没掉过眼泪,可四十岁以后,他经常会为这个世界的许多事情而潸然泪下。他说:"文学源于生活,生活是文学的土壤。土壤里长的庄稼,打的粮食,做的饭,都不是文学,是纪实,是新闻报道。用粮食酿出了酒,真正的化学反应,产生新物质,也就是康德所说的强有力地从真的自然里吸取材料创造出的第二自然,也叫第二生活,这才是文学世界。"诗人气质浓厚的红柯,放弃了人生那么多的享乐,一头扎在他的文学世界里,苦心经营,如达摩面壁般蘸血书写,表达着他对这个世界的痴情热爱、忧思痛悟。他感慨地说:"文学是需要压力的,处于一种紧张状态,感觉就会灵敏,思维就会活跃,即使遍体鳞伤也乐在其中。"

3

当红柯得知我也重拾旧梦写起了小说,一反同事之间的那种客气,握住我的手高兴地说:"太好了呀!有什么需要帮忙的,你随时说!"他详细问了我的情况,听说在《小说月报》等刊物已经发了几篇后,很兴奋,马上鼓动我出个集子,他来作序,也不管我的反应,自顾自策划让谁谁谁题写书名,推荐哪家出版社出版,约哪些人开研讨会……一句接着一句,滔滔不绝,全是我没有想过的。他知道我和小说评论家仵埂是同学,提议说:"哪天约一下仵埂,咱们具体谈谈!"

我的心被他说得热热的,着实为这份古道热肠感动了!朱鸿曾经说:"文学是个毒药,沾一下就会上瘾!"红柯文学瘾很大,以至于凡跟文学有关,他就爱,就视为亲近,就当成盟友,可以交心倾情的!

然而天妒英才!

二〇一八年二月二十四日,本来是一个十分寻常的日子。正值寒假,一大清早我懒散地起床,懒散地洗漱,潦潦草草吃罢早饭,懒散地打开电脑,这时候电话响了,我的同事、陕西师范大学文学院书记孙清潮的声音十分清晰地传过来:"赶快下楼,红柯去世了!"

我一下子跳了起来:"不可能!"

但眼泪已经流了下来。

放下电话,我在书房里像无头苍蝇一般乱撞,不知怎么就拨通了仵埂的电话。仵埂在电话里叫了起来,接着就哭了。

"红柯是累死的!红柯是累死的!"

电话两头唏嘘声一片。

先一天,过完年从未出过门的红柯,同儿子杨扬上了一趟街,买回来了两大包书。那两大包书就码在他书房的地上,高高一摞。吃罢晚饭,红柯照例钻进书房去看书写作。妻子蔡玲娟还埋怨他,要他看看电视,说说闲话,不要把弦绷得那么紧。晚上十点准时上床休息,一切都如同往常,没有任何异样。可到了凌晨,他在睡中心脏病猝发,再也没有醒过来!

红柯,你才五十六岁啊,正年富力强,正创造力旺盛,正在向巅峰迈进!

放假前,我驾车载他一同由新校区返回时,他还和我讨论儿子杨扬的婚事呢,那时他正在装修新校区的房子!他儿子杨扬与我儿子高中和大学都是同学,自然谈了很多,也谈得很细。他说:"孩子一结婚,咱们心里就轻松了!"之后我们还谈到了他的新作《太阳深处的火焰》,他对未来有许多期许,也充满希望!

怎奈天不假年!

悲恸之余,我想:其实人是有两个寿命的,一个生物寿命,一个社会寿命。有人生物寿命长,可社会寿命不过三代;而有人生物寿命虽短,但其社会寿命却会穿越历史、跨越国界。

红柯注定要成为一棵兀立荒原的树,生命有限,但奇崛不倒! 他重要的文学成果和可贵的文学精神,必将傲岸于生生不息的人世,成为久远的生命风景!

一盒阿胶糕

收发室电话通知，有包裹到达。近无网购，亦无人预告邮寄，故再三确认，才下楼前往，一路疑惑与猜想。

是远方好友寄来了他们的著述？纸张清脆，油墨飘香，流连其间，在那些或清灵或凝重，或激越或慰藉的文字里，激浊扬清，叩响心弦，放飞情思，岂非人生快事？

是国外的女儿，邮来了贴心的冬装抑或保健的药品？晚情尤贪儿孙欢，岁暮最念游子苦。每每收到女儿寄来的暖心，亦堪慰老怀！

种种猜想，却无一坐实！取到手的，是一方小纸盒！由盒上信息知，寄件人是宁夏银川的杨桂芳，寄来的东西是阿胶糕。

不由摇头笑了。

大约一个月前，在职教育硕士刘文国自银川返校答辩论文，临别来家小坐。闲谈之间，说有一师姐现为同事，叫杨桂芳，索要我的通联地址，想给我寄点家乡特产。

依稀想起十多年前一个朴朴素素的农家女孩儿来。她常常坐教室第一排靠讲桌处，忽闪着一对大眼睛，很专注地听讲。课间偶有交流，羞羞涩涩的,安静得近乎内向,也认真得超乎寻常。老师总偏爱认真的学生,我便记住了这个孩儿。

谁知那个内向又认真的女孩儿,居然真给我邮了东西来!山重水复,礼轻情重,倒叫我生出不妥之慨。

到家后,按快件留下的电话,给弟子杨桂芳发了一条短信:

> 韵达通知,去收发部取快递。一路纳闷。收到一看,原来是你寄的阿胶糕。谢谢!很好吃!知你一切都好,家庭事业双赢,心里很是高兴。有机会来西安,定要来做客啊!

不一会儿,就收到了电话那头长长的回复:

> 一直感念着张老师,但一直没有您的电话。喜闻师弟刘文国也是您的弟子,得到联系电话后,心里很忐忑,就没敢联系。先送上我亲手熬制的阿胶糕,礼物微薄,聊表对老师的感念之情。
>
> 永远也不会忘记,那年我和王亚丽提着几根香蕉,穿过杨家村到明德门您家里的不安:您能否帮我们做助学贷款的担保人? 您二话不说就签了字!
>
> 岁月倥偬,转眼已十数载了,但那一刻的感念心情永远不会忘怀。
>
> 我现在在银川外国语实验学校工作,小日子过得虽然简朴,但却充实,有两个可爱的儿子。老公是上大学时认识的,也是穷苦人家的孩子,虽无大能,胜在爱家。
>
> 请老师勿念!
>
> 您的学生:2000级文秘班杨桂芳

真心说,我不记得有过这样的一节了。从教三十余载,带过的学生一拨又一拨,不经意间帮助过的学生,也不在少数。帮了就帮了,了无心痕,从未当作个事儿。却不料,弟子杨桂芳却当作了个事,竟挂怀这么多年。

正感慨着,手机信息又响,翻开一看,是杨桂芳发来的又一段话:

> 就如我给师弟所说,老师早已忘却自己眼中顺手的善举小事。但这在我的心中却是大事,犹如大人眼中的小事,在孩子眼中却是大事一样!
>
> 老师可能更不会想到,给您回短信时,我一人在办公室已泪流满面……

心就这么被触动了,响起久久难平的和鸣。

我在想,杨桂芳的这盒阿胶糕,与其看作感念,倒不如当成鞭策,是在呼吁并鼓动我们这些自诩为灵魂工程师的人,在授业的同时,更多一些人文关怀和精神呵护,更多一些爱的传承与义的浸染,更多一些情操的言传和情怀的身教,以使我们这个世界不再这么功利,不再那样冷硬。

忽然悟得:原来古之所谓传道、授业、解惑,其深刻内蕴,非只于三尺课台,而止乎课本、讲义抑或学术积累与研究心得。授业之职责,古之贤者,是将其建立在传道解惑的使命上,以传承大道,以流续人文,以导养正性而澄莹心神。功名心日盛、利禄风蔚然的当下,弟子杨桂芳寄来的这盒阿胶糕,能养心,能补气,能增强免疫力!

而不争的现状却是,芸芸众生,同我一样需要养心、补气、提高免疫力的,还少?

沉甸甸的感动

那天,是临时决定游览黄龙的。

同行四人中,他们三个,都曾游过黄龙了。前程有那么多未曾领略的美丽景点,何必因我一个,而致大家不能尽兴? 故之前的行程规划中,是不打算去黄龙的,就径直向东奔往松蟠古城了。

没想到,游完松蟠古城的次日一早,他们三人一致通告我:去黄龙! 我知道,这是他们对我的眷顾,心里多了一份歉疚,也生出一份感动。

驾车一路前行,沿途风光别致而又美丽。碧天如洗、青山含翠、岚烟轻笼,盘山公路犹如一条游动的仙径,引领我们驰往以奇、绝、秀、幽而著名的黄龙国家级风景名胜区。

雪山梁上的五色经幡映入眼中了。那随风飘动的蓝、黄、绿、红、白,分别象征天、地、水、火、云,是虔诚的藏族同胞,又在把对大自然的崇拜借风传播了。

就在这时,我们的引擎盖腾起一片白茫茫的雾气——车子开锅了。驻车半山腰,前不见村,后不着店,几个人只好分别电话长途咨询,千里之遥的连线下,朋友告知,眼下只能待车凉下来后,往水箱里加足水应急,凑合着往能修理车的地方开了。

可是我们正处海拔将近四千米的山腰，哪里去找水呢？我们的车子上，只剩了两半瓶矿泉水，实在是杯水车薪！情急之下，只好先打开引擎盖凉车，再伸手去拦沿途疾驰的车子，看哪位车上有足够的水，付费救急，即便高价也行。

然而，一辆辆或大或小，或新或旧，或豪华或普通的汽车，在我们四人一字散开的招手中，一个个呼啸驰过，有的还闪着灯，长长地鸣着喇叭。是哩，驾车出游，哪个的行程不是排得满满的？哪个不是掐着指头盘算着，想在规定的行期内，多游一个地方，多看一处美景？望着一辆辆飞驰而去的车子，四人只好摇着头相视苦笑。

大家说，我们的车子是陕A牌照，"乡党见乡党，指定会帮忙。"我们一路凡见陕A牌照的车，不就感觉很是亲切、很是亲近吗？可是没人停车，没有人停，一辆又一辆的陕A车从我们挥舞着的手臂前，急驰而过，只隔着车窗玻璃，给我们留下惊鸿一瞥。

日近正午，骄阳如火，山上山下的空气，涌起了波浪一般的动荡。此时我已有意徒步上山或下山，去寻找卖水的店铺。可望望蜿蜒上下的盘山路，瞅瞅被炎夏炽白日头烤得似乎哧啦作响的水泥路面，不由得心里发怵。恰在此时，一辆崭新的越野车飞速驶来，我下意识地扬起手臂，在燥热的阳光下使劲摇摆。那位年轻的司机发现后，脚下连忙制动，车子减慢将停时，已越过我们有百十米远。我狂喜着追了过去，可是，不等我追到，那辆宝马X6犹豫了一下，又轰一声驶离了，留我弯腰撑膝张着大嘴喘粗气。

虽然宝马X6远去了，但我心里，还是生出些许感动。如此酷热的天气，在匆匆的征途中，肯为遭遇困难的路人踩这一脚刹车，停步这一刹那，这份善念，就已经让身处他乡的我感受到了一份温情。

就在我要直身回返时，一辆轿车在同伴们的招手中，缓缓停在我们面前。我们连忙奔上前去，冲摇下的车窗说明情况，那辆车里的人，几乎异口同声地用蜀地方言道："有水！有水！"这是一辆半新不旧的轿车，开车的是位四十岁上下的中年男子，旁边坐着位头发花白的老人，后排三个人中，有半大的孩子和一老一少两个妇女，一看就是一家三代。这一家三代将他们车里所有的矿泉水瓶隔窗递到我怀里，半大的那个女孩，甚至要把她打开正喝的一瓶也塞进我的手中。我连声感谢着，并随手掏出一张大票子递给他们，但他们说什么也不接受，反倒一再问："就剩了这么十来瓶，你们够不够？"一边起动车子，要继续前行。这么酷热的天气，他们一车老的老、少的少，再说这矿泉水，本就是他们掏钱买的，能如此热情、慷慨地眷顾，就已经令我们万分感激了，岂有白要白拿的道理？于是，在他们车子驶离之际，我将那张纸币隔窗投进了车内。然而，一只小小的手，在汽车驶去时，又将那张钱币从车窗里抛给了我们，并冲我们莞尔一笑。

就那样，我和我的同伴们，目送着那辆半新不旧的轿车向山巅疾驰而去，我们看到，那是一辆川 A 牌照的小车。那辆小车里，坐着老老少少一家三代。

他们继续他们的旅途去了。这一去，他们肯定不会再记起我们，他们更不会再忆及这曾经的一幕。或许，在他们的心目中，这种小事，这点因缘，只不过是他们人生中的一次擦肩。然而对我，对我们，却终将成为一份沉甸甸的感动，它会与那些曾经感动过我们的无数生命琐屑和细微，化为一颗又一颗的种子，在我们的心底萌芽，开花，装点我们这个生生不息的人世。

原来，生活中一个小小的善念，路途上一个小小的善举，是足能成为他人心中一份沉甸甸的感动啊！

珍藏心底的感恩

二十多年前,刚过而立之年的我正遭受着生存的诸多困窘:乡下父母体弱多病需要鼎力赡养,生计维难的婚姻已然解体,我独自拉扯着儿子,终年入不敷出,捉襟见肘。正喊天不应、叫地不灵的时候,陕西人民出版社的同乡同学朱小平先生,嘱我选编一套十卷本的《中国当代小说精品》,言明社里专门附加了两个"必须",一是必须请著名作家贾平凹担任主编,二是必须请著名评论家阎纲先生撰写序言。

这无异一根救命稻草,我得紧紧抓住。

可是经历使然,让我打小羞怯、自卑,未执教之前,莫说众人面前,便就三五个生人,我都会口讷得难成句子的。大学时代,有一回我写了篇小小的习作,鼓足勇气跑去莲湖公园敲《长安》杂志社的门,其时贾平凹先生他们办了一个文学讲习班,我常去听课,知道他是《长安》编辑,进门见一人正伏案书写,怯怯地问:"请问贾老师在吗?"头一抬,正是他,较常人大了岂止一圈的眼睛迎向我,问:"啥事?"我本就忐忑的心差不多要把胸腔擂出鼓声,撒腿跑了,头也不敢回,感觉贾老师那双如炬的眼睛照得我原形毕露,自卑不堪。

就我这点出息，声名如雷贯耳的阎先生、贾先生，哪一个我能够结识？我同他们的联系，只限于一本本拜读他们的作品，虽有无限仰望，也只能为之敬仰！

可是穷壮怂人胆，我竟然满口答应了，还郑重其事地签了出版合同！而今我想，朱小平若知我这么不靠谱，打死都不敢签合同的；他可是公职行为，半点不能含糊。而我，也在返回那间不足十二平方米却属两家共用的宿舍内，心里开始七上八下；眼瞅着挂泪入睡的幼子，忐忑得一夜无眠。

一大清早，我先去找刘路老师，我知道他和贾平凹先生很熟。刘老师天生一副热心肠，求上门的事情他一概不拂来意，其侠骨柔肠在圈内是出了名的。曾在同一个教研室共事的刘老师果然慨然应诺，说："你放心，应该没问题！"不出几日，便回复说："平凹已经答应，你放手去做！"

接下来得找阎庆生老师了。阎老师和阎纲先生是亲亲的堂兄弟，上大学时我就认真拜读过他的专著《鲁迅杂文的艺术特质》，十分敬仰。可他长我近二十岁，虽有师生情，也同在一个单位，但我天性羞怯，不善交往，兼又家计失陷，严严实实封闭起来独自舔伤，跟阎老师的来往也只限于路上相遇时的微笑和招呼，猛不丁便求这么大的人情，起念一刻心里便打着退堂鼓。而且圈内都很清楚，阎纲先生治学严谨，文品至纯，仗义执言，绝不虚与，著书立说的首要原则便是不说假话、空话、套话、无情无义无良心话，所以绝少给人题序。可情势所迫，我只得硬着头皮去找阎庆生老师，此外没辙！你猜怎么着？阎老师居然半点都未迟疑，痛快答应："刚好我暑假要去北京，一定想法促成此事！"

心怀感动地回到我那间十二平方米的斗室，草草给懵懂无知的儿子做好粗茶淡饭，他呼噜呼噜吃着，我却半点胃口也没有，感念着诸位先生的好，在日记中一笔一画写道："谁说天无绝人之路？那是骗人的鬼话！天实无眼，看不到人间的疾苦，天只高高在上。是人世间的这些至纯至善、大德大爱，铺出了一条仁慈之路，才使布满荆棘的人生路途变得充满温暖与希望！"

　　阎老师北京归来后，一脸认真地告诉我，阎纲先生爽快答应了，说故乡人，故乡事，就特事特办。他给了我阎纲先生夫人首都师大的地址，嘱我写信沟通一下。那是我截至目前写得最为搜肠刮肚的一封信，殷殷情和拳拳心，感激里交织着景仰，肯定啰里八唆。恭恭敬敬把信寄出去，便一边拉扯幼子，一边上课，一边没黑没白地选编，一篇小说有时候要看好几遍，横竖比较。我明白我得用心，要对得起阎纲和贾平凹二位先生的英名。

　　做梦都不会想到我居然能收到阎纲先生的回信。他是如日中天的评论大家、著名作家，其忙碌是可想而知的。可他竟亲笔给我这个无名小卒回了封热情洋溢的短信：

　　宗涛：

　　顷接先生九月十日函。

　　拙序若有不当之处，先生斧正。如巨书出版前需要发表序言作为宣传时，不妨于文后加上主编人和出版者。

　　结识先生十分高兴。

　　先生之才必有大用。

　　问候庆生及师大其他友人。

撰安

阎纲 96.10.10

　　这封连标点带日期刚好整百字的来信我到底读了多少遍呢？掐指也数不清了。我只知道每一次捧读，我的心底都会涌荡起一股热流。那是能暖和一切冷凉、能融化一切坚硬的热流，会让嫩苗不致被坚冰冻枯，会使花苞不致被寒流摧萎。"虚心竹有低头叶，傲骨梅无仰面花。"唯有真正的大家，才能这么谦和、平易，才能如此垂顾、提携！我把这封信视为珍藏，此后虽五度搬家,甚至连一套记录着家族命运、凝结着家族愿景的清版《康熙字典》都弄丢了,可这封信却一直伴我至今。

不几日,我便拿到了阎庆生老师转来的《序》。一口气连读三遍,真令人满口生津、荡气回肠。大家阎纲不愧为"中国文坛上最具诗心的评论大腕",洋洋洒洒六千余言,是深中肯綮的评论,是神思飞扬的散文,是激情澎湃的诗——

…………

上帝死了,人还活着。"高大全"死了,英雄活着。经济搞活了,文学不可能不搞活。

钱能通神,能建设一切,也能颠覆一切(包括人格)。

神的文学死了,人的文学活着!

文学命定写人,人人有权写文学。

社会开放,世界开放,人性人格的觉醒,多层次的社会心态,多选择的审美情趣,奇异诡谲的市场交易,多层次的经济结构,贫富分化,利害争斗,人心不古,形成二十世纪九十年代小说创作的多元化格局。

"小说难道能这样写?"

"小说为什么不能这样写!"

文学多变,小说多变。

小说"失去轰动效应"(王蒙)而且"缺钙"(公刘)。

小说"缺钙"非常遗憾,但却有血有肉,多元竞争,花样翻新。

疾风暴雨变成细雨霏霏滋润心田,深深的海洋化作无数小溪缓缓流淌。

…………

激情、热情、深情,字字走心;温度、力度、深度,句句给力。

阎庆生老师告诉我,为了给《中国当代小说精品》这套涉及近百位作家的选本写好序,花甲已过的阎纲先生于盛夏酷暑,一头扎进中国国家图书馆通读作品,查阅资料,挥汗书写。这篇睿智、诗性、中肯、深刻的序言,后来分别在《文艺报》《咸阳日报》等报刊全文刊发。

二十多年弹指一挥。二十多年来,世事发生了许多变化,人心出现了很多沉浮。所幸有这份珍藏心底的感恩,总给我一股勉励,总给我一份长情,教我固守本心,莫随波逐流、辱没岁月,并鞭策我踽踽前行!

一套《康熙字典》

新识一友,好藏书,几次约去相一套清版《康熙字典》,却回说一直在奔忙,先是为孩子上学事焦虑劳顿;接着说亲人大病,正真真切切遭遇着医院门庭若市、病房一床难求的尴尬。惹得我心急如焚。

我曾经拥有过一套《康熙字典》,石印线装版的,据说是被清廷例授孝义友士的太祖,于曾祖考中秀才的那一年送给曾祖的。加订封皮的朱标上"百忍堂"三个字,正楷,笔力遒劲,有颜柳法度,是太祖的墨迹;封左"大清康熙字典×集"则是曾祖的欧楷,虽历百年,墨迹如新。而加订的扉页和封底上,留有四伯和六叔父的笔迹。四伯在扉页题的是苏轼的《题西林壁》,颇得王羲之圣教序"刚健含婀娜"的韵致;六叔父于封底抄录了宋帝赵恒的诗句:"富家不用买良田,书中自有千钟粟;安居不用架高堂,书中自有黄金屋;出门莫恨无人随,书中车马多如簇;娶妻莫恨无良媒,书中自有颜如玉;男儿若遂平生志,六经勤向窗前读。"其蝇头小楷端庄秀丽,一看就是扎实的童子功。

透过这套历百年而如新的《康熙字典》,我窥见了先辈苦求功名的殷殷心迹。

可先辈们的命运却都悲惨。曾祖躲避匪患时染疾早亡，终年二十一岁；四伯早年入职国民党邠县县府，再做了中共宝鸡军分区书记员，最后自请去当小学教员也未逃脱厄运，三十七岁那年含冤自尽；六叔父遭受迫害后一生疯癫，病死在了咸阳市社会福利院，享年五十一岁。

这套《康熙字典》，常能让我回望历史，回顾命运，期许未来。

陪伴过家族四代的这套《康熙字典》，原本一直被三哥偷藏在窑洞里的高窑内，十层九裹地埋于一堆零碎。高窑是窑洞内绝高处加修的窑中窑，一般可容几人藏身，多是用来躲土匪的。

我大学毕业留校后，阖族都为之喜悦，他们觉着能在大学当老师，那是家门的荣耀！做赤脚医生的三哥巡诊归来，得知我回家省亲，拔腿赶来了，远远便冲我喊："九弟，你算给咱家争气了！"三哥是二娘的长子，二伯病逝时他才十七，硬生生把弟弟妹妹从饥寒交困中拉扯到了土地责任承包，不用再为吃穿煎熬。他聪明、风趣、多才多艺、能说会道，是族中主持公道、调解纠纷、化解矛盾的新生力量。记忆中的三哥，无师自通地拉得一手好二胡，曾让我们那个住了几十口人的破窑院响彻了乐曲，给我贫寒的少年时代带来过无限诗意的遐想。他只上到初中就遭生活所迫娶妻生子，此后再穷困，都要将弟弟妹妹们的学业进行到底。在缺吃少穿一分钱也会难倒英雄汉的年代，他为弟弟妹妹上学没少吃苦受罪。

迎三哥进屋后，他顾不得别的，立马从怀里掏出一个包裹，一层一层拆封，说："哥日子过得穷，没啥祝贺你，就送你一套书！"那是我头一次知道家里有这套石印的《康熙字典》，头一回瞻仰祖辈的墨迹。

三哥得意地笑着说，这是他冒了很大风险偷偷藏下来的唯一家典，其他都被一把火烧了个精光。三哥还说，家里谁都不配拥有这套祖传的典籍，现在你配！三哥那天醉酒一般，从头到尾哈哈笑，唠唠叨叨说了不少话，直到夜深人静才意犹未尽地离去。

我非常珍视这套家族藏书。它不单能让我跨越时空触摸到祖辈几代悬梁刺股的勤奋,更让我触摸到了历史,感知到了家国命运的沧桑。我把这套书带回学校,郑重地供到宿舍镶于墙体的小书架上。那时候,许多大学教工宿舍里的墙壁上都镶有一个小小的书架。那套《康熙字典》便每天盯着我,提醒我不能懈怠,鞭策我奋力前行。

那时候日子十分艰难,其他莫提,单单住房就足令人无视身份、斯文扫地。

刚毕业,我们四人一间宿舍,两年后减至三人,再一年后,我与同级同学张毅合分了一间十二平方米的斗室。其时张毅已经结婚,妻子远在杨凌,每次远来探亲时,就是我们最尴尬的时刻。新婚宴尔,七夕一会,我总不至无情到棒打鸳鸯吧?天气不冷的日子自然好说,好些个夜晚我是在田径场周遭的水泥台阶度过的,目光穿过梧桐枝叶,一眼一眼看天上孤独的月牙;不自禁了,便轻轻哼唱:"月儿弯弯照九州,几家欢乐几家愁。几家夫妇同罗帐,几个飘零在外头?"唱着唱着不由得笑:这倒很应景呢!天寒地冻的日子可就惨了,孤魂野鬼一般游荡在空无一人的校园,感觉到活得真不如一条狗。有好几个晚上,实在忍不了风割寒衣,便硬生生敲开刘明琪老师的宿舍,赖到他的单人沙发上蜷缩一宿。如今想来,真得感谢刘老师这个晚婚标兵呢,他要早早结婚了,我还能去敲谁的屋门?

同学张毅最后立誓要调去政府部门,他在学校后勤处是得力的笔杆子,工作干得正风生水起,很受重用。可他说:容身的地方都混不上,还待个鬼!

张毅真帮了我的大忙!他一调离,我倒捡了便宜,十二平方米尽归于我,那两年我便滋润得满面红光,乐滋滋在这间斗室里娶了妻子,生了儿子,包着饺子,改着本子。同学同事都艳羡地笑我:"你娃命好!"——相当一部分同龄人在校外租民房住,微薄的工资要被蚕食好几十租金,日子便难上加难!

可是好日子总那么短暂,真像咬着了一口肥肉还没有慢嚼细品,就

"咕"地一下咽进了肚子！儿子刚长到两岁多点，我的那间斗室又被分来一位姓周的老师，扛了张单人床硬往屋里塞。十二平方米，中间横张大床，靠墙一面书桌，加上过日子的零零碎碎，你得容我腾地方吧？我有妻有子，要居家过日子，你进来怎么住？可周老师不管，床头床板往里咣咣一摞："学校分给我的，我就得住！"找学校陈情，尽遇冷脸，尽说官话；同周老师商量，说一不成，说二还是不成，各种提案皆被断然否决，就只剩一条道了，得自力更生，安顿妻子！

我这才真正明白了"安居乐业"四个字的分量。

一直熬到孩子要上小学，我才从校外搬回来，终于有了一间可以容身的屋子。那是一间紧靠厕所的房子，整一面墙上霉迹斑斑，散发着一股熏人的腐味。我顿时明白了，这其实是一间没人愿住的房间，多半可能是空置资源；可我的孩子开学在即，能给一份顺水人情便是造化了，只好先安顿进去。

人一安顿好，我立马找周老师去搬自己的书！一趟一趟跑，房门紧锁着，单位也找不到，说好久不来上班了，只好天天找房管科，想办法把我的书搬出来。那些遭遇，只能用"热脸去贴冷屁股"描述。有一天忽然开窍了，备了钳子，备了榔头，决定第二天直接"私闯民宅"，用最简单的方法解决这个被绕得格外复杂的事情。可是次日，当一路被驯化得十分温顺的我终于激发出了一点儿生命野性，斗志昂扬地赶到地儿，却只剩下瞠目结舌了——眼前一片废墟，那栋被叫作"教单二楼"的建筑，一夜成了瓦砾！

我孤零零站在那堆庞大的废墟前，感觉渺小得随时能够顺风而飏。我想到了太祖、曾祖、四伯、六叔，我还想到了我的三哥。我感觉自己抖得像寒风中孤零零的梧桐果，干涩着双眼遥望家乡的方向：三哥啊，我这个不孝子孙，无能鼠辈，把咱们那套记录着家族命运、凝结着家族愿景的《康熙字典》，弄丢了！……

二十多年过去了，如今，我住着一百五十多平方米的大居室，书房里摆着一溜儿核桃木的阔大书柜，吃得肠肥脑满，心里却有个隐隐的空缺儿。我把书橱最中间一架总留了一排空位子，那里什么都没摆，可我总依稀看得见我的那套《康熙字典》，它赫然竖在那里，老一眼一眼盯我，让我恍惚，让我难以释怀！我总记得我有一套《康熙字典》，是太祖传给曾祖，曾祖传给祖父，祖父传给四伯和六叔，最后三哥又传给了我的。

午夜梦醒，我常常问自己：日后，我拿什么传给我的孩子呢？

我急切地盼望那位藏家朋友赶快渡过难关，好让我把心中的这道空缺马马虎虎填上！

不知可否？

体物篇

哦,玉兰!

在北方,在西安,最招眼的报春,似乎非玉兰莫属了!蜡梅总觉有点儿艳,它的热烈倒和皑皑的白雪很相称呢;迎春和连翘似乎也黄得有些腻,很像没化开的油彩攒了团儿,太过浓烈,让人无端地想起卧了一枚蛋便要满世界聒噪的矫情母鸡。其他有名字没名字的花儿都细碎、星零,散在料峭中各自招摇,不着意便会忽视了。

玉兰却素净、清纯、雅致,云一般渲染成了风景,不单招眼,逗得行人纷纷驻足仰望;还充分透心,惹起一片声的赞叹:好美啊!

真是美呢!天然丽质,不事矫饰,是天生的美人面,容不下浓艳的脂粉呢!

春寒尚在料峭,冬衣还未褪去,掠着弧线上翘的那些枝条上,便毛茸茸钻出了尖尖的苞,灯烛一般,只待春风点燃呢。就在你没有留意的当儿,苞上钻出了蕾,鼓鼓的,尖尖的,白蕾像未开毫的画笔,红蕾则像蘸饱了紫红的颜料,只待着挥毫泼墨呢!

倘天气晴好,不消一天两天,满树就擎出了玉一般温润而质感的花朵了。初开时花瓣儿嗫成喇叭状,朝天的,像号角,微风拂来,花枝摇动,仿佛一群号手在摇头晃脑憋着劲儿吹奏迎春曲。吹着吹着，喇叭儿翻开了，裂成九瓣，俏俏地挨着、挤着，抱成团儿朝上，满枝头插上了精巧的灯似的，发出玉白或胭脂色的耀眼。那样质地致密、卉形硕大、花瓣儿迷人的玉兰花，在这正月的艳阳下，难道不是造物恩赐的神奇？

是哩！你瞧，那花蒂儿佛指拈莲般，托出了一树的玉簪锦团；微风漾来，摇一地沁脾的香气。迷人的味道风情万种哟，蜂蝶要是有知，该会断肠的吧？玉雕一般的花瓣，其流线和弧线，其纹理与釉色，再高明的设计师也无法精妙地复制吧？即便高超的工业克隆技术，这样温润如玉、气质若兰、高洁似莲的神韵，它真能毫无二致地再现？

那可是瘦了一季的梦呢！在风扫落叶后，把根深扎进大地，把枯枝长伸向苍穹，在寒冷与寂寥中哆哆嗦嗦承日月光华、吮寒露冰雪，积攒下的一股力量、一种信念、一份执着！雪魄、风魂、地气、天光，都融在其中了的！

白玉兰的每一花瓣，都由背脊线底端，往上洇了一抹儿俏俏的红，像少女脸上轻轻点上的胭脂，增一分嫌艳，减一分觉淡，恰恰的自到妙处呢，由不得你不叹造化的神奇！而紫玉兰则于整瓣的胭脂红里，就透那么半点儿玉色，像美人面，被一周遭的目光羞红了的，绰约的风姿让风儿都不能自持，软软地带了些糯。花瓣里包着的，是嫩松塔形带穗儿的花蕊，有雄雌之分，那是花儿们演绎爱情和孕育果实的神圣所在。忽然觉悟到：自然造物，何其公平，人花同理，我们何来高此一等的优越感呢？这种优等物种的自许，生出了多少罪孽啊！人性原比物性丑陋呢！玉兰和同玉兰一样的物，固守着它们的本分，在春萌夏发秋实冬凋中装点着大地；而人，却永远寻求着生存的逾越，并为此不懈地贪婪掠夺、明争暗斗、挖空心思、用尽心计！

弯腰拾一捧玉兰花落英，掌心一握，竟感受到了处子肌肤一般的温润、滑腻，柔柔软软地有股弹性。像握着了一颗春天的心，觉着了一股激荡的律动!

哦,玉兰,质若玉,气如兰!你是春天里的一支号角呢,固守本真,不争颜色,用最大的力气,吟出最朴素纯真的歌!

荷塘秋色

　　深秋季的北中国,穿越雪域的西北风像只长满倒刺的糙巴掌,擦过脸颊,刺啦刺啦磣。这样的巴掌,便是情缱意绻的爱抚,也会让心儿一搐的,更堪那脾气暴躁的抡圆?枝梢上的花儿、叶儿纷纷凋零,像死去的彩蝶,翩跹出一派斑驳的萧索。

　　那池曾经碧叶擎空的荷塘,便在这样的糙粝中一点点瘦着、萎着,憔悴着。

　　塘里的池水一天凉似一天。躲在落叶下的青蛙不再发出谈情说爱的欢唱,大睁着溜圆的眼睛猎食,在为冬眠积蓄能量。轻悄的蝴蝶和多情的蜜蜂早销声匿迹;墨客骚人,也只在怅然若失时偶或盘桓,浅吟几句零零碎碎感时伤世的落寞。铺满落叶的小径,不再游人似织,交错着满目寂寥。偶有几颗熟透的浆果从枝头纵身跃下,在池塘里砸出几响沉闷的咕咚。水波四漾,惊起几只灰扑扑的水鸭,不明就里地扑棱棱一通乱飞。

　　荷塘就凌乱出一片枯涩的摇撞。

　　"好丑的荷塘啊!"粉嫩的姑娘忽闪着眼睛,兜起一脸闲愁。

　　"有三秋桂子,十里荷花。羌管弄晴,菱歌泛夜,嬉嬉钓叟莲娃。"有少年朗声吟诵着柳永的佳句,触景抒怀。

"秋阴不散霜飞晚,留得残荷听雨声。"活络筋骨的老叟,睹物而叹,满怀悲秋之慨。

而满塘残荷却兀自在寒风中倔强地挺耸着。肥大阔叶上那犹如绸缎的翠绿,可是被塘泥吸干了汁儿?或是被风掠走了魂儿?就那么萎了,枯干了,被风揉皱了。巨大的阔掌不复擎天伸展——那是它生命中最具承当的岁月,天鹅绒般质感、处子肌肤样脂腻的叶片儿,高高地擎向天空,遮着阴,挡着雨,与炎阳深情对视,和风雨热烈交谈,张扬着生命的蓬勃与葳蕤。——而今它低眉垂眼地耷下来,敛起那些喧哗的张扬,弯着腰身,安安静静地守护着绚烂之后的这份寂寥。

叶下枝干奇崛交错,在冰冷的泥水中瘦硬着,却不朽不腐,无畏无惧,矗起一道别样的生命风景。

莲蓬此时是荷塘里最招眼的!荷花含苞吐蕊绽欢颜,招蜂引蝶惹蜻蜓,不就为了孕育这颗毛茸茸鼓突突的莲蓬吗?莲房里的莲籽儿,是最懂得这份深情的,它可劲儿吮吸日月精华,努着力灌浆,鼓着气儿长胖,圆滚滚地,挣开莲房的包膜,滴溜着眼睛神气地张望。这池荷塘里,它们没有听到采莲女的曼歌,没有看到采莲小舟的踪影。它们招来了各种叫得上名儿叫不上名儿的长喙小鸟的啄食。这一刻,它忽然就羞答答地柔了软了温顺了,心甘情愿地任由那尖嘴儿款款一嗑,轻轻一撬,就整粒儿委身到小鸟温热得有些潮湿的吻里。莲籽儿笑得那么柔情蜜意,它知道自己能润小鸟的肺儿,能滋小鸟的心儿,能养小鸟的肾儿。明天,在小鸟们那清丽婉转的歌声里,就会满融着莲籽那青青涩涩、爽爽甜甜的滋味了。莲籽笑咯咯地滚进了小鸟的喉腔。它想,与其被戕作雅士案头的摆设,当作一件儿玩物,不如许给小鸟,去延展自己的生命。

荷塘里高耸着的密密麻麻的莲蓬,集会似的,好生热闹。昂着头张望的,在寻着趣儿?仰起脸偷笑的,在解着闷儿?勾着头摇晃的,在养着神儿?

欹着身斜倚着的，在打着盹儿吗？簇拥抱团儿的，是在凑着热闹？独枝蔓出的，是在躲着清闲？……它们会笑你呢，笑你的自作聪明！人哪，往往就这么喜欢以己度人，失了许多明智，误了许多正事，走弯了许多直路。荷有禅性，莲有清心。从不因物喜，更不以己悲！它们绽得出华丽，更守得住寂寞。而作为灵长的我们，哪个不以绽放明艳穷尽毕生，谁人又能够真正守得住生命的寂寥？

　　一队人马奔放地迤逦而来，人未下塘，喷声即起："嗬，瞧这一塘阵仗！又是一料好收成了！"

　　荷塘里顿时一片喧哗。年轻妇女们采收莲子；老年人采集品相完好形状别致的莲蓬；身强力壮的精干，使出浑身的气力，喘着粗气儿挖藕。那样又胖又长的莲藕，入口，会滋出怎样的一种甘甜呢？

　　面对这满塘残秋，忽然明白何以要将这种生于污泥，春萌夏发秋奉的植物命之为荷！荷者，阳平则名，去声则动，一字两音，指称丰富，既能让人感受到荷花的清丽姣好，更能让人触摸到它身上的那份担负傲怀啊！

　　寒风飒飒，夜幕降临，安静下来的荷塘，枝欹叶垂，内敛着的，是一种从容的华贵。

　　不是吗？

美丽松果

有关长白山的记忆，多半已在岁月之流的冲刷中变成了一幅水洇的图画，连绵群山及挺耸大树，倒映在心上，唯余一片绿，前不见头，后不见尾，终而凝结成一个大大的惊叹，结结实实刻进心底。

而唯独挺秀在这一片绿海中的，是那成片成片的长白红松。

红松是长白奇景之一。长白林海中，物产丰富，树木多样，杉、樟、柏、桦、椴、枫、楸、槭、槐、梨、柳、苕条……蔚为林木大观。流连其中，氤氲着滴绿岚气，吞吐着清肺润心的山风，自会醉在一股独特的香味中。那是浓得化不开的松香，它浸润在长白林海的每一寸肌肤中。

向导说，那是松果散发出的味道！

于是捡起一枚松果。这大抵是我所见过的最丑的果实了，果鳞斑斑，糙粝异常，掂在手里沉甸甸的。用随身的瑞士军刀撬啊斫的半晌，也没有获得所要的松子，倒累出了一头的臭汗。挥手抹着脸上的汗珠子，心里就有了一个疑惑：这样坚硬的松果，落地不碎，入土难腐，何以能萌芽、发苗，繁衍出成片成片的松林来？

向导朗声笑了，布满厚茧的大手，把玩着一枚大大的松果，眼里，现出一种只有好男人看标致女人才有的那股迷醉。

在向导的讲述中,眼前依稀景象历历:

松果萌发枝头,滋露润雨,追日望月,见天长成,终而鼓鼓地从空脱落。落地后的松果,从厚厚的果鳞缝隙,散发出一股醉人的松香,招惹着松鼠、野猪、獐子、马鹿、棕熊。这些大大小小的动物用它们锋利的牙齿,撬开坚硬如铁的松果果鳞,嗑开圆鼓鼓的松子外壳,陶醉地咂食着味道奇妙的松仁。就在它们撬嗑之际,有腆着肚子的松子,会从它们的口中滑脱,骨碌碌滚落进腐叶层层的泥土之中。一棵松树下,躺着那么多松果;每一颗松果上,都会滑落下几粒儿松子。它们躺在厚厚的、松松软软的、散发着独特腐香味的落叶之中,好奇地瞅着密林梢头的蓝天白云,那么舒心,那么自在。可是,不知什么时候,野猪啊棕熊啊,在终于嚼食完眼见的松果之后,禁不住美味的诱惑,耐不住腹内的焦灼,便凭着它们敏锐的嗅觉向导,开始拱食落入腐叶中的松子了。三三两两的,那些躺在厚厚的腐叶上的松子,便一个打滚,被掀翻埋入拱松了的黑土中。

那些个融入沃土的松子,便呼呼地沉睡过去。睡中美梦几许?梦中呓语几多? 一声春雷,待它们睁开惺忪睡眼,已是绿苗一芽,左牵右掣地,努力向上……

长白林海中,红松便成为望不到边际的风景。

胸中不禁怦然:生命的链接,原来这样神奇。红松得以茂盛繁衍,在于它先将自己的种子作为佳肴,款待林中伙伴。而林中伙伴看似唯我的猎食,却意外地派生出莫大的功劳。“物竞天择,适者生存”哲人的这番话语,原来所含所蕴,竟是书房笔墨所不能穷指的啊!

于是,长白林海中关于红松的生命亲历,最终凝结成一个大大的惊叹,结结实实地刻进心底,令我幡然。

神奇的岚皋

　　到了岚皋,才晓得这里有多神奇。四望秀山叠嶂,岚烟绕翠;境内河流盘曲,清澈见底。山傍水依,天高气清,放眼一派明净,侧耳鸟声欢悦,真真一处世外桃源! 岚是绕山烟云,皋为水边高地——岚皋的芳名,恰恰地透着神奇呢!

　　岚皋之神奇,奇在地势。岚皋处巴山腹地,地势东南高西北低,清清的流水向西向北,直教人错把夕阳恍惚为旭日,环顾着暮色愣怔。而天下衙门朝南开的建筑风习,独在这里异常,大门北向,奇怪得令人纳闷。打听才知,原来境内一对儿蜡烛山矗在县北,点亮了人们向往美好的祈愿,建房造屋面北,便能披承光明,迎来福祉,何管他天下衙门朝南的成规呢? 巴人不墨陈泥古,善变通创新,即此可窥!

　　岚皋之神奇,奇在山水。巴山异于秦岭。秦岭有北方的厚重,巴山有南方的灵秀。若秦岭是条苍龙,见首难见尾,迤逦的是雄浑苍茫;则巴山可比作一头头奔鹿,昂扬着头呦呦腾跃。秦岭分割了黄河长江两条水系,巴山则是汉江和嘉陵江的分岭。秦岭是一个伟岸的汉子,巴山就是它柔媚的娇妻。

岚皋的山们四季都披着花衣，便是严冬也要大秀娇颜。——怕他怎的？有秦岭顶天立地呵护，风雪也要垂怜的，只柔情蜜意扑点儿粉，权作打扮。岚皋的冬天是温存的！设想一下，北依秦岭背，南偎巴山胸，又被环起来搂在山的怀里，这算不算一处做好梦的妙境？呷口茶吧，温壶酒啊，听风弹竹丝，看雪弄舞影，谁心里不是一腔温存？即就赤日似火的盛夏，岚皋也是不急不躁的，满山的浓绿把脾气暴躁的炎阳摩挲柔顺了，软软地笑；密密交织的流水让山风牵扯着，泛着粼粼波光唱小曲儿，把清凉张扬得比比皆是。

山是岚皋骨，错落挺秀，成就着倔强不屈；水是岚皋魂，九曲回环，演绎出一腔柔情。在岚皋，人心是恬静的，步态是从容的，脸上永绽着惬适的笑。

岚皋之神奇，奇在物源。有青山，有碧水，会没有风景？会没有美食？岚皋有风景，有美食！

南宫山是巴山深处罕见的古冰川和火山遗址，奇、险、野、秀、幽，奇峰怪石，茂林修竹，云山雾海，千姿百态。有坐化不朽的高僧肉身，有死而复活的千年古树。春来花满山，盛夏绿遍野，金秋红叶似火，隆冬素裹银装，四季之景，各呈异彩，直教人心醉忘返。

有"陕南九寨沟"美誉的千层河风景区，三步一幽潭，五步一飞瀑，岚烟蒸腾，山色乱眼，潭碧水绿，波光勾魂，流连其间，吞吐着湿漉漉不染纤尘的空气，红尘纷扰会被抛到九霄云外呢，你只剩下了满心欢悦，人融化在自然中，焦躁的灵魂一下子便归位了。

神河源风景区山、水、林、泉、洞交织，雄、奇、秀、阔、幽共构。在这里，你不登武当可观金顶雄姿，不到西双版纳可见原始密林，不去新疆可以欣赏起伏不平的高山草原，不出国门可以领略西欧自然风光。山和水呼应，林与泉融通，草原与天光相映，置身其中，你醉得只剩下了惊呼！

当然了，那神奇的蜡烛山，那激情四溅的岚河漂流，还有那一系列独富巴文化特色的历史遗存遗迹，如肖家坝、关家坝、李家坝、相子坝、松林寨、白崖寨、乌龙寨、太平寨遗址，这些，都能充分地让你感受到大自然的鬼斧神工和沧海桑田的流续变迁。

美食自是不用多说的，岚皋多的是山珍。野味遍地是，蕨菜、薇菜、山笋、天蒜，是再寻常不过的；更有魔芋、山菇、神仙树、野蜂蜜，唯此一方得天独厚。野板栗满山是，勤快的山民背篓一背进趟山，百十斤就回来了，他们不炒，更不用加糖，咯巴咯巴生吃，那份沙甜，山外人是绝对品尝不到的！稍一留意便会发现，几乎家家屋后的崖壁上都有几箱蜂，根本不用费心打理的，他们过一段日子便去开箱摇蜜，那可是一等一的百花蜜，装罐马上结晶。这样的蜂蜜，空腹绝不敢吃，太纯太甜，肠胃承受不起！茶是不可少的，岚皋老老少少嗜茶。不用买！不是怕花钱，实在是不放心。山林里有的是茶树，摘一些嫩茶尖回来，瓦罐里现焙，焙出香味后现泡现喝，城里人，你能享到这份口福？你能拥有这份闲适？难怪山中八十多岁的老人身板还那么硬朗，竹背篓背满大山的馈赠，脸上一片慈祥，脚步稳健得像走他漫长的一生，不紧不慢，不急不躁。山里湿气重，随便扯一片云过来就能拧出一摊水。山一年四季汗渍渍的，大口大口呵雾气；人家屋后的山崖上，水滴答滴答往外渗。酒便是少不得的，祛湿、暖骨、活血、健身，山里人一年四季烫酒喝。在岚皋，在深山，家家都会酿酒，一酿几百斤。米酒的软糯，苞谷酒的刚烈，木瓜酒拐枣酒独有的风情，入肠润骨，点点滴滴滋养出岚皋人心怀慈善、百折不挠、满面淡定的风骨，山和水和人，便亲和成一方人文，代代传承！

在岚皋，你能吃到真正的土鸡蛋、土猪肉和真正未受污染的新鲜菜蔬。这里的柴火吊罐肉、巴人辣子鸡、蛋皮炒腊肉、酸辣魔芋丝、炒洋芋粑粑、岚河辣子鱼、渣辣子炒粉皮、酸辣神仙豆腐、酸菜小豆汤、魔芋豆腐、神仙豆腐、浆粑馍、苦荞饼……一反华夏名菜，重奢靡、炫富贵、求精致、显摆排场铺张天物的陋习，朴素、天然、不事张扬而滋味绵长，能醉唇齿，更润心灵！便是一道极寻常的酸辣土豆丝，都会令你赞不绝口的。岚皋人说："三天不吃酸，两腿打蹿蹿。"可岚皋人炒酸辣土豆丝却决不用醋，管你白醋红醋、香醋陈醋、米醋果醋，他们只用山野菜腌的酸菜，那种爽口，唇齿难忘！

岚皋之神奇，奇在民风。岚皋人用"忠、勇、刚、烈"四字概括他们的巴人性格，这自然是有渊源和依据的。"积善之家，必有余庆；积不善之家，必有余殃。"被中纪委监察部大力宣传的"岚皋杜氏家规"，越百年而不衰，其"亲九族、振三纲、张四维、重五常""业儒、业渔、业耕""为工、为商、为贾"，反对"不忠不孝、不和不友、不信不睦、不仁不义"的信条，历沧桑而弥新。在岚皋，人心是朴素的，人情是浓郁的。新酒出炉，必要大宴乡友，把盏言欢，滚烫的话语会消弭不快，会形成向心，会凝聚力量；过年杀猪，定要把最好的肉拿来同亲朋分享，济济一堂，大快朵颐的多半不是"泡汤肉"的肥美鲜香，而是四邻友善、亲朋和美的其乐融融。在山区，平坦的地方是奇缺资源，多用来耕作；人们大都依崖造屋，形成了分散的居住格局。两家隔崖相呼："过来吃茶！"对答："好嘞！"不急不忙焙好茶，冲上，杯凉透了还未见人，出门叫："干啥子？"绿荫里声音飞出："脚没得闲！再拐两道弯儿！"可能是独处日久了吧，山里人格外热情好客，有宾朋至，恨不得把心掏出来给人，山间的人情就要比山外稠密、热闹、红火，一个人的生老病死，牵动着一片人的心；一家人的喜怒哀乐，关涉到无数座山头的动静。

山是静的，人在动着。水会流远，暖温人心的倾情长驻。这得让那些老死不相往来、被钢筋水泥禁锢得满腔防范的城里人，眼里眨出多少艳羡。

岚皋之神奇，奇在可塑。真得感谢层层叠嶂的巴山呢！它挡住了工业文明对这一方山水的侵蚀，阻止了物欲膨胀对青山绿水的伤害，使巴山人虽然在相对贫困中羡慕了几十年山外世事的花花绿绿，但也吸引相当一部分年轻人流向城市，踏入红尘。可这却给岚皋、给像岚皋一样贫困落后的地区带来了不可估量的福祉。我坚信，这份福祉，将在往后的岁月里日渐明艳地释放出它的光华。在环保已成共识,在污染成为顽疾,在我们不得不为快速攫取和掠夺付出沉重代价的当下以及未来,岚皋人是大可以从容的,他们将满怀欣慰地享受到生态福报!

这福报,得天赐之缘,得人事之便,更得智者之识!

一点不假,"绿水青山,就是金山银山!"

现如今,岚皋就像一个花枝招展的小姑娘,正在吸引着各路人青睐。大家集心合力,都想将岚皋打扮得更美,让她出落成一个绝色美人!正因为有那么多年的苦守,岚皋今天才有这么大的可塑空间,像一张洁白的纸,能绘出更美的画!

是的,岚皋仍然是国家级贫困县,有脱贫攻坚的硬仗要打。莫急哟,岚皋,留得青山在,不怕没柴烧,你满目的青山,迷人的绿水,透明的空气,正是你最大的财富,无人可比。眼下,你富硒的食品,绿色的山货,纯天然的禽畜肉蛋,不已经成了山外人眼里的香饽饽?你纯朴的风情,秀美的景致,无公害的美食,不已经在吸引着人们向往世外桃源的心?也许有一天,你纯净的空气、澄碧的河水,都能罐装成商品,去救赎那些满怀功利肆意掠夺的灵魂和肉体呢!

高速路已经在山间架设了,用不了一两年,岚皋很快就要搭上这趟飞驰的时代列车了。只祈愿,神奇的岚皋哟,你得守住自己的家底,勿让那些光怪陆离乱了你的眼,迷了你的心,唯愿你是一个天生丽质的待嫁姑娘,别艳羡豪门,只坚守本真,出落得惊艳四方,莫负初心,莫负天缘!

心随彩云飞

迎面扑来的若尔盖大草原,浓墨重彩地渲染着她迷人的绿。那一望无际的绿色,绵延在碧天下,像随风舞动的绸缎,铺展于平畴上,起伏在山峁间,飘扬向目不能及的四周天际。飘动的碧缎上,羊群散缀,牦牛成群,各色有名无名的野花错杂撒落,可是天女也把垂青,专注于此方迷人的仙境?

"哇!"你在狂喜!

"哇!"他在惊呼!

语言在这梦中难觅的胜景面前,一如离散的稚子忽然找到了娘亲,哽住了,唯余百感交集的零碎音符。而肢体却格外活泛起来,个个奔向草原,把心儿交付给那草那花,那沁人的芬芳和透明的空气。

游人的魂儿,都醉了!

抬眼看天,纤尘不染,一无杂色,仿佛深不可测的碧潭,直教人担心会一头掉进去。好在有朵朵云彩,在一天蔚蓝中变幻着奇异的飘浮,让人恍惚着的心,有了凭依,有了着落。

多么洁净的云彩啊!像剔尽杂质的棉垛,中间密实得淤积出一团乌青,边缘稀薄得泛着一圈耀眼银亮,丝丝缕缕的,令人不禁产生伸手摩挲之想。远处一只雪白的奔兔,后边追逐着的,是一只振翅的老鹰。近处一头巨狮,头大脑圆,鬃毛猎猎,似在奋身疾驰。有天女长袖飘舞,御风而来;有观音端坐莲台,拈花含笑……正辨形指认,却纷纷幻化成别样形态,奔兔与老鹰相接,巨狮碎散成缕缕白絮,天女和观音交缠在一起,拉扯成一匹天马。果然"有轻虚之艳象,无实体之真形"(陆机《浮云赋》)。

无论男女,不分长幼,人们忽然褪尽了原子化生存形态里的那份矜持,卸下了被钢筋水泥挤压变形的满脸冷漠,眉眼生动了,心灵活泛起来。草原上,天、地、人,交汇出一片欢腾。

天际涌来的那道雪白,可是蔚蓝海洋中卷起的一排浪花?你追着我,我涌着他,翻卷着,涌动着,隐隐听得到涛声一片。却转眼个个分离,涌荡成一群洁白的天鹅,在澄碧的天幕上引颈高歌。一团擦着夕阳飘过的彩云,随风幻形,变成长角的水牛,牛背上驮一牧童,笛声悠扬。田园牧歌的遥远记忆,在天幕上演绎着牵魂的变幻,依稀间,每一个游人的眼里,都飘过梦幻般的迷离。

那是消逝在物欲横流中一道难再修复、不可重温的风景!

这样的满目翠色,一天彩云,曾经不正是我们的生存常态?可短短的几十年间,锦衣玉食的我们,却只能在广袤版图的一隅,才能奢享到这样的蓝天白云和如此的清新空气!

旅伴将一张张彩云飘动的照片,上传到微信朋友圈,瞬间点赞群涌。被水泥钢筋禁锢的心灵,在那一张张梦幻般的美图上,期许里,是否也感受到了一份沧桑,沉浸出了一种伤逝?今天的这些旖旎照片,会不会成为消逝的记忆,以供我们的后代遥望?

心随彩云飞,升腾到这蓝天白云的深处,依稀看到,崛起的高楼大厦间,正炽风蒸人,埋没视线,普天之下,正奔波在这样那样的复兴之路上,挥泪如雨。忽念及"天下熙熙,皆为利来;天下攘攘,皆为利往"句,想:利者,何谓? 当有一天,我们用满袋金银,却难买蓝天、白云、清新空气,会如何回视当今的发展? 会怎样评价眼下的崛起?

青山夕阳静无语,白云悠悠天欲暮。

故乡印象记

一、过往

故乡南堡村,位于渭北高原泾河北岸的北极(古称白吉)塬上,是个"半塬半坡洼、靠天端饭碗"的小村庄。这里塬面破碎,坡陡沟深,自然条件艰苦,物产相对贫匮,人居环境比较恶劣。

大约美国《独立宣言》发表,英国亚当·斯密《国富论》出版的那个年代,我们的先祖,在乾隆大帝的诏令下,由中原移民至前周古豳,生息繁衍。一世祖兄弟二人,其兄孔武,其弟文弱。口传一年冬月,其兄于亭口市易归途,遭遇一队响马,道劫经邠赴川的官员(家谱载为"出巡的皇妃",当悖史实),恃于胆力,拔起路边一株带刺枣树,横扫而去,令猝不及防的响马们,马惊人伤,落荒而逃。被解围困的官员,嘉赏其过人胆力,即邀随从,入衙领俸。顾念家眷异乡之苦,体恤胞弟腹有诗书,便苦荐其弟,终而得允。怎料其弟性情耿介,不谙趋附,书生意气,拒斥阿谀,食俸数年,便遭陷归田。返乡时,除家眷一行十数人等,并两家随户,一户木匠,一户铁匠。长途跋涉至邠，自觉有负兄长厚望，无颜相对；又感随行庞多，不愿分享兄长苦心经营的田资，便经中人，于南玉寺左买地十数亩并土城一座，安顿下来。南堡村百忍堂张姓一族，由此间，据此城，繁衍生息，至今，凡二百五十余年，历一十四世矣。

不得不佩服先祖择居的远见卓识。其时所谓的土城，当是一座三面悬壁，唯南边与塬面以一崾岘相接的山包。先祖入居后，经几代努力，因地制宜，在山包顶上修了碉楼，筑起矮墙与垛口；其下分南北两侧，各凿上下两排数十窑洞，并建木楼一座，分设老屋（长者住所）、书房、屋里（厨房）、碾窑（磨房）等；由南北院落向外穿洞各一，供人畜出入；洞中各安铁钉巨门两扇，出则打开，入则关闭，既可防御，亦可固守。故能在兵荒马乱与匪盗横行的岁月，人丁兴旺，家业昌盛。

同治年间，家乡城堡遭叛乱人马围攻，长达月余，却久攻不下，最后兵困马乏，悻悻离去。史载此间战乱中，陕西损失人口达 622 万之众，家乡一带其他村寨，亦多有伤亡，甚而竟有全族被灭者。而我家却无一人受伤，一畜受损。清末民初，有悍匪前来逼攻，扬言无百石之麦、千两之银呈交，就要灭族绝户。火烧，水淹，种种伎俩，全然施遍，均不能得逞。后来，族中一胆大心细力气惊人的前辈，于一风高月黑之夜，扛一扁担，潜入匪营，伺机一扁担结果了匪首老命，并缴得马刀一柄。匪众群龙无首，四散而去。现存我家的那台老柜，柜面被烧出几个深深大坑，就是此战遗物。斗转星移，数度迁居，家用具，代有更新，但唯独这台破旧的老柜，却被代代珍视，流传至今。而那柄锋利的马刀，我小时候还见过的，老沉，拿都拿不动。

原本，南堡村是乔、冯两家属地，百年流续，至清末民初，阖村尽归张氏一族。人丁多了，老城难以容纳，便先后于老城外之坡洼或塬面的各自土地上，修了庄子，分户而居。所谓庄子，有明暗两种。明庄子，是先依山崖开挖出院子，再朝裸露于外的崖面上，间隔向里掘出一孔孔窑洞，以供住人养畜；暗庄子，则是从塬面平地上，先朝下掘一方形大坑，然后在四面崖壁分别挖上窑洞。两种庄子，各有利弊。明庄子省工省力，便于排水，但难御风寒，且窑洞孔数受限，故属小家贫户所为；暗庄子四面均可开挖窑洞，能敌风寒，冬暖夏凉，可工程量巨大，排水不便，遇到极端暴雨，若排水系统不够完善，往往会遭灌水，故许多暗庄子，不仅挖有渗井，还会修一排水洞渠，通至临近的沟里。故乡的明庄子，多集中于老城外的沟崖畔；而暗庄子，则分散于塬面各自的坳地里。庄子四周，都会杨柳依依，老柏挺直，桃、杏、梨、李子、核桃错落分布；且崖畔必种萱草和苜蓿，院落必植草儿花儿或葡萄、丝瓜。

这便是我的故乡源流，也是超越了我生命视域的故乡印象。

二、曾经

到我辈为止，族亲已近两千之众，并以故乡为轴心，分布在全国各地。这两千人口，被以先祖原居老城之屋名，分为老屋家、书房家、屋里家、碾窑家、木匠家和铁匠家等几大分支，让迁转的历史与流续的生命，贯通成一种体系。

儿时的故乡，生活虽不富裕，日子颇为困苦，但阖村伦常有序，亲情无间，其乐融融，反令清苦的岁月，有了别样的温馨。

谁家喜添人丁，阖族为之喜庆。当新生儿屋门系上红布条后，家家主妇，或手帕里提几颗鸡蛋，或衣襟里撩半升小米，或拿几块儿精制的烙饼，或提一只经年的母鸡，纷纷前往探慰道贺，那份情感，那种和乐，能不令人心生暖情？

哪家有长者辞世，全村都前往丧吊。女人们进门，就抹泪吊唁，哀号声声，感同身受，情如自家；哭吊之后，就劝慰生者，共缅前事，嘘问之状，暖肠热心。男人们前往，则上香、化纸、叩头，之后就同主家共商后事，领差之后，各司其事。在故乡，长者过世，家人报丧或同辈长者，常用"歇下了"表述,概取亡者劳顿一生,勤苦半世,终可置身红尘之外,不再扰心费力;而其他人等,则多说"殁了""老去了",忌讳言"死"言"亡"。长者的丧事,多停枢七日或九日,其间每餐每饭,五服以内,家家户户都要去焚香化纸,以祭亡灵。下葬之日,不用招呼,户户都会出成年男丁,扛柄铁锨,赶往坟地,前给亡人送行,去撒一锨黄土。这种顾念,这份体恤,能不让人感动衷肠?

家来远客,其他人家,会商量按序招待。饭食简单,无非馍面,但那份古道热肠,足慰老怀。最有趣的,是过门的新媳妇带着姑爷首次回门,随礼得拉一车;转家儿去认亲,进门下跪作揖磕头完毕,主家会将提前备好的食盘端上炕头,一边寒暄,一边吃菜喝酒,说是酒,其实那时大多家庭,只是糖精水。酒菜动过之后,新人急着要赶去下一家,便留两个白面蒸馍,主家长辈家底好的会给新人几元纸币、家庭贫的会给新人两双鞋垫作为见面礼,才出门送别。等把那一车的随礼送完,一对新人,早筋疲力尽,人困马乏,浑身散架一般。

最为热闹的,还是每年过年。真不知道,我那缺少油水、生活困顿的父兄们,怎么会有那么大的心劲和热情。每年入冬,农事渐闲,他们就开始夜夜排戏,锣鼓铙钹共鸣,板胡二胡齐奏。我记事起,已经不许唱传统老戏了,便排《红灯记》《沙家浜》《智取威虎山》。扭扭嘴献忠爷,早年受风,嘴扭到腮帮能与耳朵齐线,一只眼睛长年烂红,见风流泪,但声若老钟,字正腔圆,大字不识,却能将长段的戏文,只听数遍,就倒背如流。他年轻时就以唱黑脸包公、红脸周仁而名闻四乡八村。乡小教员忠正爹、更民爹(家乡把出了五服的族亲父辈称"爹"),一个能把二胡拉得如泣如诉,一个能把人物演得活灵活现。细木匠七叔父,善司鼓,一人操持干鼓、暴鼓和牙子,疾徐轻重,拿捏到位,真不知他是怎么无师自通地熟记那样烦琐的鼓谱的。同子家永兴堂叔,善男扮女装,饰演的老妇形象,举手投足,惟妙惟肖。其他如三哥永民饰演的座山雕、贼鸠山,忠民老爷装扮的李玉和、杨子荣,秋霞姑姑扮演的李铁梅、阿庆嫂等,都让故乡贫苦的岁月,充满了节庆的欢乐。

一入腊月,故乡的戏台就早早被搭好了。望着那高高大大的戏台,最高兴莫过的,是我们那帮小孩,眨巴着眼睛数日子,直盼着把腊八面吃过,大年二十三把灶爷祭过,就见爷父们天天不落地赶集采办;娘亲们打扫清除完毕,就蒸年馍、擀年面、备年菜、洗御面、煮肥肉、炸油饼、炸果子、做镂食(一种甜点),忙得不亦乐乎。直盼到大年三十,日斜西山,家人皆归,大红对联把门一封,年夜饭就端上炕头了。

故乡习俗,年三十晚,要坐夜守岁。

先是自己一家,围坐在热炕头,温酒吃菜,闲话常家;约摸十点来钟,晚辈就要离席下炕,去向长者捱个磕头作揖,嘴里叫着"给大磕头了!""给妈磕头了!"一个头磕毕,长者就把早已备好的压岁钱摸出来,交到磕头的晚辈手中。此番一过,阖村就动起来了!族有最长者,每户都会有晚辈,端几碟拿手或稀罕的菜食,个个前往,大家聚到一起,围坐在长者四周,摆出满炕的碗碟,喝酒、猜拳、吃菜、吸烟,忆昔年往事,话当下趣闻,往往直至鸡叫三遍,东方微明,方才散去。若族无长辈,则去同辈年长者家中。

大年初一,各家早早把煎汤面一吃,只留主妇在家准备招待拜年人马的酒菜,其他老少,会倾巢出动,成群结队转家儿去拜年。

那是相当壮观的一道风景!

阖村老幼,先去拜"影"。所谓"影",其实就是先祖的牌位,檀木质地,上有先祖姓名及生卒年月,下有奉祀子孙具名,平素被珍存在老檀木做的专用盒匣,只在大年初一时开启敬拜。拜过"影"后,会分支前往各家各户拜年。先拜长尊者。一队人马,进入长者窑院,先将长者扶坐在一定位置,次按辈分长幼依序罗列,满院子嗣,听令而拜,揖、跪、叩、起;再揖、跪、叩、起;三揖、跪、叩、起。三拜完毕,主家立即端上七碟八碗,招呼大家吃菜喝酒;男主人要一一给大人们散烟,女主人会一个个给小孩们手中兜里塞糖果核桃干枣花生瓜子柿饼或自制的糕点。这样一家家拜完,大都天色近晚。吃了百家饭,喝了百家酒,大人都打着饱嗝,呼着酒气;小孩们叽叽喳喳比着谁收的糖果多,谁捡的炮仗大,才各自回家。夜里,梦中还在咯咯笑呢!

盼着吃过"五穷"搅团和"人七"拉魂面,故乡的大戏就开锣了。十里八乡的亲戚,外婆妗子七姑八姨三姐四妹,都被接来了;家家亲情融融,户户热闹异常。持续到正月十五,所有外戚都回家过节了,于是就耍社火。早饭未毕,村里的社火就闹起来了,先在麦场上耍,之后转家儿闹,然后到邻村去狂。不同村子的社火乡道上相逢了。先叫阵,要盛气凌人;再比试,比身比手比力比巧,比架势比扮相,鼓点敲得震耳欲聋,花式耍得眼花缭乱。个个把式,脸滚汗珠,身冒热气,那个红火,让料峭的正月,犹如流火的盛夏。

这就是我曾经的故乡人文,它深深烙入我的记忆,并成为历久弥新的故乡印记!

三、时下

虽离乡客居三十余年,但远方的故乡,永远是情感的归宿和灵魂的牵绊。那里有至亲的坟茔,那里有族人的守候。每次回乡,就成为不变的规律,一如候鸟南迁。

故乡的老城,已在岁月之流中,坍塌得辨不出曾经的傲岸,委顿成眼下的千疮百孔。那些或明或暗的庄子,均被填埋成平地,寻不见痕迹。家家户户,非青砖瓦屋,即二层洋楼。昔日的乡间小路,也变成水泥马路;汽车摩托,早已寻常得不再稀罕。

一切都商品化了。只要你有钱,没有买不来的东西。可但凡你没钱,什么样的需求都难以获得。常回乡参加婚丧嫁娶,每每都感叹家乡的巨变。城里有的,故乡都有;城里没有的,故乡也能有。婚丧办得越来越奢华,吃的是鸡鸭鱼肉,喝的是五粮西凤,抽的是大中华芙蓉王,唱的是大戏,演的是电影,雇的是帮佣,租的是用具……但表面的风光和热闹,却难掩人情的疏离和寡薄。闲话之中,不是东家和西家因庄基终致反目,最后对簿公堂,至今见面话都不说;就是这户与那户,因为婚丧之事的帮工上,争竞你多我少,你勤他懒,最后至于互不往来。

何时起,故乡不再温情脉脉,于吃穿不愁、用度不缺中,变得冰冷了,生硬了?

养了四儿两女的振蕃大(家乡将族亲五服以内的父辈称"大"),八十多岁高龄了,却独自一人过活,每餐每饭,自行打理。他是村上少数识文断字的老辈,作得一手好文,写得一笔好字,至今谁家婚丧嫁娶,仍请他做先生,撰文写字,一应妥帖。早年老养少时,一家和和睦睦,是全村全族的羡慕;如今该小养老了,却争竞不断,矛盾百出,吵吵闹闹,不可开交。令人哭笑不得的是,竟闹到宁肯让老人的地撂荒,也不容谁多种多得了。唉!

农事相帮,比如采果实、摘花椒、收麦子,要帮工,就得付费;建房造屋,工匠而外,得用小工,那就先讲价钱。逢年过节,不再热闹,家家户户,自成一统。无聊了,就看电视,就上网络,就打麻将,就推牌九。青壮劳力,常年四季进城务工,有的甚至在城里买了房,安了家,剩下年迈体弱的,四季留守。儿童相见,不再以族亲相称,而直呼其名。

七十已过的二哥永寿,依旧古道热肠,依旧乐天知命,依旧三更即起半夜方睡。但却每天都在愤愤难平:"这帮倒财头!这帮倒财头!人心会变得这么瞎?真想一个个剖开了,看看是不是黑的!"

六十有余的三哥永民,多年已经不拉他的二胡了。他与三嫂,照管着三个孙子,守护着儿子及田土和家园。他很知足:"上边政策好得很!如今不纳粮不交税,六十岁以上国家还每月给几十块养老钱,日子幸福得很!"

八十岁的六娘笑眉笑眼地对我说:"共产党比儿都好!每个月要给我百十块钱呢!咱凭啥?赶上好时候咧!"

望着满眼的村树,以及村树掩映着的高大屋舍,听着族亲熟悉的声音,我的心里,忽然间五味杂陈!我的故乡,眼下所给我的印象,为何那样稔熟,又如此陌生?

端午记忆

1

小时候,端午节是乡间漫长日子里一份长情的热闹。

六叔把秋千架一搭好,母亲就照例要在那片黄花菜地边点几窝指甲花种子。我们还没在秋千架上疯够,指甲花早绿汪汪蹿了出来,冲我们摇头晃脑笑。姐姐妹妹们打秋千的兴致显然寡淡了,她们的心思早跑到端午去了。

天雨不能出工的日子,母亲她们便扎了堆儿绣裹肚、做香囊——彬州话叫作"香草包"。姐姐妹妹们都去凑热闹,帮着编带儿、扎穗儿,看一只只黑的蜈蚣、绿的蟾蜍、青的壁虎、灰的蝎子、蜿蜒的花蛇在红裹肚布上活灵活现,笑声让清苦的岁月漾满了幸福。

一到五月,都不用母亲们催,姐姐妹妹早叽叽喳喳把粽叶采回来。粽叶是苇子壕里的芦苇叶,手巴掌阔,也绿汪汪的,上面一个旱虫不带。母亲们把苇叶一张张洗净,入锅煮熟,投进大盆里凉水泡着。我们一帮只记挂着吃的小馋虫早流涎水了，可母亲们却不急，把先年藏好的黏糜子或酒谷米翻出来，摊在簸箕上晾。旱塬上红枣是缺物，河滩坡洼的亲戚这几天便格外忙，马不停蹄地给塬面的亲戚家送干枣——彬州地界，这样的牵挂构成了乡间最纯美的风景，再苦焦的日子都透着一股温情！

家家户户的门上窗都插上艾草了。父亲们抽空儿赶趟集，最不济也得称一块儿豆腐买三两样时鲜回来，过节呢，咬咬牙也不能让娃们的嘴短着味儿。鸡儿狗儿都走出了秧歌步，滴溜儿着眼睛盼美餐呢！

端午的前一天，回娘家来"躲端午"的姐姐就帮着母亲把粽子蒸好。但凡有一点儿可能，母亲是绝不会让娃们的端午缺少这份甜嘴的。缺吃少穿的年代，哪个人的童年不是母亲用馋嘴的饭菜给装点得七彩斑斓呢？姐姐妹妹不像我们，光贪着这道甜蜜，她们忙着捻七色彩线，忙着掐指甲花，忙着摘最大的核桃树叶呢。她们心急火燎地盼着天黑呢！

好不容易等到天黑，母亲把指甲花投进小臼里，加入白矾捣成烂烂的花泥，姐姐把一帮小的手指脚趾细细洗净。炕头上并排伸出来一只只小手，母亲小匙舀点儿花泥敷到指甲上，搅搅匀，压压实，扯一片核桃叶儿一卷一折包扎好，指头就凉飕飕胖成一个绿卷儿。姐姐妹妹们学着母亲给自己卷，不是松松垮垮的，就是紧绷绷像扎伤口，歪脑袋塌脊背的难看。父亲一旁咂巴着旱烟锅，乐呵呵笑。一个一个把手指脚趾包好，母亲叮嘱："不能捂进被窝！屁一熏，会变成屁红！"屁红是怎样的一种颜色，我们并没见识过，可谁愿意指甲被染成屁红色呢？姐姐妹妹们把手脚僵僵地支棱在被窝外，一夜不敢踏实睡。我才不管呢，我倒要看看屁红是一种怎样的红！美美睡了一夜，第二天一睁眼，把姐姐妹妹笑死了，手上脚上的核桃叶卷儿半个不剩，全落到被窝了！手指甲脚趾甲上，斑驳的红色深的深，浅的浅，残缺不全。凑到鼻下一闻，嗯，果真像有一股臭烘烘的屁味儿！姐姐妹妹们的指甲却红艳艳鲜，得意得不成，恨不能满世界去炫耀呢！

戴上裹肚，穿好烫洗干净的衣服，分了香包，母亲便给我们的手腕脚腕上扎七彩的花线。姐姐妹妹们自然高兴了,那可是女儿家最喜欢的玩意儿。我当然不乐意,窝起手不扎。母亲说:"避邪的! 戴上鬼祟就不敢近身了!"我赶紧伸出了手,喊:"妈给我多扎!"

吃罢早晨那顿雪白细长的煎汤面,姐姐妹妹们争相跑出去炫耀自己的红指甲、花裹肚、香草包和手指手腕上的"花花绳"了,我便要背上兜兜,去给亲戚送粽子和香草包。在彬州,这一天走亲串友的人熙熙攘攘的,每个人身上都散发着粽香和扑鼻的艾香,脸上张扬着过节的洋洋喜气。

人问:"做啥去?"

我答:"给外婆送粽子!"

人说:"乖娃!"

我笑得比兜里的粽子还要甜蜜,比胸前的裹肚还要艳鲜。

2

长大后,端午变成了散发着墨油香味的民族历史记忆。流连在字里行间,方知端午源远流长,其节日内涵的流变,承载着如此丰富的历史文化信息。

端午节在我国,由于地域文化的不同,其称谓竟然有二十多种,计有端五节、端阳节、重五节、重午节、菖节、蒲节、龙舟节、浴兰节、午日节、女儿节、地腊节、诗人节、屈原日、龙日、午日等。

闻一多先生在他的《端午考》和《端午的历史教育》中认为,五月初五是古代吴越地区"龙"的部落以龙舟竞渡举行图腾祭祀的日子,莫非这就是龙舟节的源头?

据汉文帝时礼学名家戴德选编的《大戴礼记》记载,古人有盛行五月以兰草汤沐浴除毒的习俗。《大戴礼记·夏小正》曰:"五月……煮梅为豆实也蓄兰为沐浴也。"屈原《九歌·云中君》云:"浴兰汤兮沐芳华采衣兮若英。"南朝梁人宗懔《荆楚岁时记》载:"五月五日谓之浴兰节。"端午被称为浴兰节,其历史居然这么悠远。

据《后汉书》等典籍记载,汉代人认为五月五日为恶月、恶日,且有"不举五月子"之俗(即五月五日所生的婴儿都不能抚养成人),甚至有"五月到官,至免不迁""五月盖屋,令人头秃"等说法。插菖蒲和艾叶以驱鬼,熏苍术、白芷和喝雄黄酒以避邪,竟有如此久远的历史。出嫁女儿回娘家"躲端午"的风习,就是这么来的吗?

而爱国诗人屈原汨罗江边的奋身一跳,则让这个节日具有了悲壮色彩。千百年来,忠君爱国的情感让人们对他感佩于心,长铭不忘,甚至把五月五日称为诗人节和屈原日。最喜唐人文秀的《端午》诗:"节分端午自谁言,万古传闻为屈原;堪笑楚江空渺渺,不能洗得直臣冤。"

江浙一带则有以端午节纪念伍子胥的说法。伍子胥忠于吴王,吴王却听信谗言赐其一死;他誓死保卫吴国,却只能眼睁睁看着吴国走向灭亡。人们用端午节纪念伍子胥,既表现了对忠臣的崇敬,又反映出对昏君的蔑视。

在绍兴,端午节则为纪念东汉孝女曹娥。传说东汉上虞女儿曹娥,父溺江中,数日不见尸体,年仅十四岁的曹娥昼夜沿江号哭寻找无果,便于五月五日这天投江搜寻,"三日后抱父尸出"。人们为颂扬她的美德、纪念她的孝行,给她立了"曹娥碑"。

…………

一个节日,有这么悠远的历史,被赋予了这么多的文化内涵,这难道不是奇迹吗?源远流长的忠、孝、仁、义思想,以及人们对真、善、美的渴求和期盼,就是这样沉淀到生命日常并代代留传。不正是这样的民族记忆,一代又一代浸染着国民品格,沉淀成了国民精神吗?

3

现如今，端午节这一承载着鲜明符号色彩和深刻文化隐喻的传统节日，正遭遇着前所未有的危机。

节日是在共同的文化和心理基础上建构起来的值得纪念的重要日子，是人类为适应生产和生活的需要而共同创造的一种民俗文化，是人际结构和交往方式的典型表征，它以固定的时间和固定的方式，在周而复始、不断重复中建构出文化体系，强化着民族认同，形塑出精神归属，沉淀成国民敬畏和崇尚，更流续成为一种民间文化风习。

可不争的事实则是，随着商品文明的不断渗透和传统文化的逐渐消解，端午节正在悄悄演化成了拜金时代的消费载体。

当"文化搭台，经济唱戏"成为时代共识，当把生命中的一切都可以拿来娱乐和消费，端午节承载着历史、文化、民俗、风习甚至优良传统和美好期许的节庆，也充分被商业化和功利化。城里乡下，原生态的节日风习正在被功利文化吞食，节日的文化表征正在被消费主义解构。在城里，在乡下，除了老一辈还坚守着这份记忆和风习，朝气蓬勃的年轻人，还有多少去在乎端午节里那些滋养心灵的敬畏、崇尚、人情和风习呢？

传统节日是集体文化记忆的重要载体，是一个国家和民族文化传统的重要表征。节日意义与文化记忆的接续，是文化发展中不可逾越的重要一环，其困局的破解，则有赖于文化自觉的培育和文化自信的重塑。

在未来，有着悠久历史渊源和深厚文化沉淀的端午节，会不会只变成记忆深处的一个空洞符号呢？龙舟竞渡欢乐天，万水千山"粽"是情。端午在即，商家蠢蠢，唯愿铺天盖地的端午消费，能在我们的心灵中留下可供品咂和咀嚼的深长滋味，以导养正性，澄莹心神！

夏至忆趣

渭北高原西北边缘的北极塬上，每年夏至来临时正值麦收季，"紧收麦子慢收秋""黄熟收，干熟丢"哪个胆敢掉以轻心？大人和娃们都顶着烈日，汗把蒙尘的脸上身上冲出一道道白印子，连呵出的气都毒辣辣的，有一股焦煳的味道。

麦穗儿在烈焰一般的毒日头下，发出哔哔剥剥的炸响。狗躲在树荫里伸长舌头喘；鸡夹紧了翅膀，迈着醉步往背阴处挤；几只泥母猪刚从涝池浸凉出来，拖着两排红红的奶头，一摇三晃招呼它身后圆滚滚的猪崽。抬眼四望，麦田里明晃晃荡漾着一层暑气，贴紧焦黄的麦浪闪闪跳跃；俯身蹲下，活像掀了蒸笼盖儿，热浪烘地扑人一头一脸，汗珠子便从每一个毛孔往外蹦跶。

"冬至响雷三伏冷，夏至无雨晒死人。"可谁敢盼夏至落场浇头雨呢？都一眼一眼瞅天，祈求晌晌晴晌，好顺顺当当把这一季收成运回场、碾进仓，分到自家的麦囤里。给瓦渣磨得亮晃晃耀眼的麦镰好牙口，逮住脆脆的麦秆儿咔嚓咔嚓咬，听上去活像在嚼水萝卜。我们一帮放了假的娃，正排了队在麦茬地里捡麦穗，交给生产队一斤要得两分钱呢！

老实巴交的沿着麦茬行儿挨个捡，凡麦穗都拾进篮子，"粒粒皆辛苦"的古训和娘亲对细麦面的仔细检查，让他们不敢有半点马虎。可多的是精灵人，只拾带麦秆儿的，且越长越好，按斤计价的，带了麦秆的搬秤！更有心眼活的，干脆一边捡拾，一边瞅人不留意拔几撮没割倒的麦子，根上还带着土呢，夹进拾来的麦把儿里回去过秤，他们便老是最多的。当然了，敢这么做的，不是拥有一身蛮横，就是家里有点权势，谁都不敢得罪的，我们一帮小屁孩只敢偷偷撇嘴，连家长都不敢告诉的，省得惹祸。

不单要收割麦子，"夏至棉田草，胜似毒蛇咬"，还得抽身去拔草呢。大人们都忙着龙口夺食，拔草的事儿多半落到我们头上，一斤棉田草能挣一分钱呢，谁管它旱虫会糊一头一脸，黏黏的让人腻歪。争着抢着扎进棉田里，抱一捆儿跑出来，再一头钻进去，又抱一捆儿跑出来，比狗撵的兔子还要欢实。纠纷自是免不了的，谁谁谁越过划分好的垄沟坏了规矩啦，谁谁谁拔了路边的荒草充数啦，谁谁谁偷了谁的草捆子啦，吹胡子瞪眼睛地叽叽喳喳吵，甚而会动了拳脚几天不理。大人们却不管，任由吵闹；谁要告状，反会遭一番训斥："撒泡尿先照照自己！"如此，隔两天便就和好了，倒比此前更亲，你让我、我让你地刻意消释着前嫌。

交完草，手指头盯着会计记好了账，便扎堆儿约："要水去？"

要水，就是去涝池扎猛子、学狗刨、爬上歪脖儿柳树咕咚往里跳。夏至之前，这是大人们不允的，说水凉，要闹病的。夏至一过要进伏天了，"三伏水，暖骨髓"，去涝池要水就成了娃们家最爽的事情。女娃娃是要被群起赶跑的；其实不赶，她们也会很知趣地躲开。一个个精溜溜的光身子，丝毫不挂，腰里翘只小茶壶嘴儿，没羞没臊地乱扑腾！可是挡不住婶婶阿姨们，挎一篮儿的衣服到涝池来洗。大一点的双手捂裆嚷："婶！姨！人家正要水哩！"婶婶阿姨们乐了，咯咯笑弯了腰："指头蛋大一点儿的，刚断几天奶就想装大？"

有胆小谨慎的家长寻来了，独苗儿呢，他们放心不下，站在涝池岸边一声声吆喝："上来不上来？不上来我下来了！"都知道在干打雷不下雨，涝池里便扑腾得水花四溅。蹲在岸边洗衣服的婶婶阿姨中，有不乱辈分且爱开玩笑的，就扯起嗓子叫："你下去啊！我们等着看热闹呢！"若周遭没有亲近的晚辈女眷，男人们便会很放肆："我怕吓着了你！"浣衣的妇女边捣棒槌边撇着嘴笑："谁没见过！长大的，又不是吓大的！"

一池的青蛙笑得呱呱呱响。

"收麦有五忙，割拉晒碾藏。"麦子一上场，就该碾打了。相对于收割，这是既轻松又热闹的农忙。

一大清早把麦捆儿解开，摊满一场晒；到晌午，便套上牲口，拉起碌碡转圈儿碾。社队劳动最大的好处就是人多势众。一般情况下，男人们手握长长的缰绳，吆喝着牲口碾场；妇女们则每人一柄木杈，等麦秸碾实后，转圈儿抖松抖散让碾第二遍。而我们这些娃伙，则一人拿一把竹笊篱，专等着接牛屎马粪。这是个眼尖手快的闲活儿，只要见牛翘尾巴马摆尾，就要箭一般飞奔过去笊篱一伸接住；稍晚一步，卖个眼儿，就全拉到麦草里去了，要弯腰去捡。成形的倒不大作难，笊篱抵到屎蛋蛋下面，麦秸一抖就拾进去了；最怕吃多了青草拉稀，那你就等着既挨呵斥又遭脏污吧，吃了豌豆的高脚牲口粪，臭得能让你闭气！

当然了，有时大人们在毒日头下站久了，也会临时吆喝我们去替。这可是我们求之不得的，受了奖赏一般，握着缰绳赶碌碡，学大人一样扯着嗓子吆喝，一下子觉着自己长高了不少，是个真正的男子汉了。被替换下来的汉子们，一只鞋脱下来垫到屁股下坐进树荫，另一只鞋则捧在手里，把旱烟锅塞在里面一锅一锅过瘾。光脚布鞋，臭得能熏死狗，可他们却吧儿吧儿吸得香，烟锅嘴儿上滴溜着一挂涎水，一团团青烟从鼻里口里冒出来，满脸的惬意。一锅抽完，灰末子磕在鞋膛内，烟荷包里再挖一锅烟末子，倒扣在灰末子上借火点。谁的灰末子要熄了，点不着，便转向旁边，把烟锅头倒对在他人的烟锅头上，这边吸，那边吹，只消三两口，嘴里便冒出袅袅的青烟了。

男人们坐一排吸旱烟，也是一大景致呢。烟荷包一扬招呼说："三年陈烟，尝尝！"有人便探过去，各挖一锅点着，边吸边赞："软硬合适，过瘾！"有忘带烟锅的，正吸者会把自己的拔出嘴，烟嘴儿手掌心一擦递过去，接过去叼上嘴便吧吧吸。单凭着每人手里的烟锅，就能看出一个人的家境、趣味、性情。长过两三尺的，湘妃烟管、全铜烟锅头、闪闪发光的玛瑙嘴儿，平时插在脖后的衣领里或斜穿在身后的腰带上，一般是劳力富余的一家之长，除过生产队里出出工，家务大都鲜做，家族大，威望便高，举手投足有气定神闲之态；手巴掌大小的，进进出出总揣在衣兜里，大都是主要劳力，一人得做几人的活，日子紧巴，随便一根竹管安了玻璃嘴儿应付，也有几个年轻新潮点的，用的是烟斗，微型萨克斯似的含在嘴里，可是只能冒烟，吹不出曲子来。

男人们这边正过瘾，女人们那边赶紧抽空儿回家去擀面。"冬至饺子夏至面"，这一口讲究是必须照例的，不然日子还有什么乐趣？紧赶慢赶把面和好、揉光，老核桃树上的那口钟就敲响了，该起场了。慌忙把面饧到瓦盆下，头上扎条帕帕，扛杆木杈赶到麦场。

所谓起场，就是把碾碎的麦秸用木杈翻起，抖净麦粒，集中到一起用菅杈运送到场边，摞成麦秸垛；再把碾下来的麦粒堆成堆，扬净待晒。菅杈是一种带有轮子的大木杈，一般有八九个杈刺，每根杈刺长有丈余，是麦场上常用的农具，需一两个硬劳力才能使得。这时，妇女们多半要么持木杈翻场抖麦，要么握推脖儿拢麦粒，要么握扫帚扫麦颗。扫麦颗可是个仔细活儿，要使巧劲，扫帚贴地扫过去，收着劲儿轻轻抖落麦颗，再倒回来扫；稍微用力不匀或耐不住性子，就会扬得满场麦颗乱滚，要遭骂的。所以扫麦颗的，大都是稳重细心的妇女。汉子们这时不是推着菅杈卖力，就是站在麦秸垛下往垛上撂麦秸。这是个要有臂力还得有准头的活，钢杈叉一捆麦秸，几十斤重，咳一声要抛上越摞越高的垛上，还得不偏不斜刚好抛到站在垛顶的人手边,让他能牢牢接住。站在垛顶摞麦秸的,非把式不可,要靠多年的经验才可以把麦秸摞得瓷实、周正、稳当、牢固,雨淋不透,风吹不倒,远看美观。他们把打捆的麦秸解散、撒匀、拍实、踩牢,头上身上挂满了麦草,汗珠子不断线地淌。

我们一帮娃伙的任务,大多便是卸碌碡——就是把牲口身上的笼嘴、拥脖、套颈、枷担、绳索一一卸掉,牵回圈去。有点经验的,进圈之前都不会摘掉它们的笼嘴,轻轻松松牵上就走了。新手则不管三七二十一,一卸到底,吆回圈时,便会被梗起脖子咬青的骡马拖上疯跑,风筝似的一忽飘向东,一忽飘向西,直笑得人肚子疼。

等我们回到场上,家家户户的夏至面已经摆出来了,麦场上一片呼噜呼噜的吸面喝汤声。日头早落下西山了,天边一大片火烧云。"天爷爷怜念,明又是一个大日头!"爷父们吃饱喝足,又要挑灯夜战了,几大堆带糠皮的麦子等着他们扬净呢,扬净了明天好晒干。我们一帮娃伙也有得要忙,照了手电筒在杨柳树下去逮知了。

半个月亮升起来了,斜斜地挂在天边,翘着弯嘴瞅着这北极塬上的热闹,它也乐得在笑吗?

秦人的"吃喝"

秦人所谓的吃喝,有两重意思。

其一是指吃和喝,吃的是干饭,喝的是稀汤;干饭用来饱腹,稀汤则用来填缝,秦人称其为"弥缝子",就是把吃进胃里那些干饭之间的缝隙填满,受用,耐实!

其二是指吃和喝的东西。民间有谚:"吃喝不如应和。"意思是往来应酬,提供吃喝的东西再精细可口,也比不上热情周到的招呼和嘘寒问暖。可见,秦人的交往观,素尚精神层面的关切,而不重物质层面的授受。

亲戚串门,饭中客套时,会说:"吃喝简单,你吃饱喝好!"

乡间逢集赶会,迎面碰上了,相互招呼时,也会说"买些吃喝去""买了些吃喝"!

赞叹一个人好饭量,会说谁谁"好吃喝",笑话某人好吃懒做,会说他"光好吃喝,不想其余"。

民以食为天。食以吃与喝为基本。

"人是铁,饭是钢,一顿不吃心慌慌。"这是流行秦地的谚语。

秦人的吃喝,源其农耕文明,多以面食为主。吃则馍面,喝则豆谷。

单就馍而言，秦人就创造了许多花样品类，较著名的有曾被列为贡品的蒲城"椽头馍"，以"色、香、味"三绝闻名；被称为"舌尖上的艺术"的合阳"花馍"；具有明显的石器时代"石烹"遗风的"石子馍"；诞生于古代行军打仗、出外行旅的"锅盔馍"；源远流长的白吉馍、坨坨馍，等等，花样繁多，不一而足。

　　而面食，就更堪称大观了。有岐山的臊子面、扶风的涎水面、麟游的血条面、武功的旗花面、彬州的御面、乾县的浇汤面、礼泉的烙面、户县的软面、三原的疙瘩面、合阳的踅面、大荔的炉齿面、韩城的大刀面、澄城的手撕面、耀州的窝窝面、陕北的羊肉面、定边的剁荞面、汉中的梆梆面、安康的浆水面……宽的细的，长的短的，干的汤的，凉的热的，素的荤的，形状各异，味道不一，每一种面食，都体现着不同的地域风情，都蕴含着沧桑的历史文化。

　　说到"喝"，品类也不在少数。什么豆面糊糊、苞谷糁子、豆子拌汤、菜疙瘩汤，什么胡辣汤、酸辣汤、羊肉汤、羊杂汤、肚丝汤、粉丝汤……汤汤入口香，碗碗是浓情。

　　吃和喝在秦人这里，被紧密相连。吃，必定要喝。吃干面必喝面汤，还铿铿有词，曰："原汤化原食。"吃汤面、汤饭，要吃个把蒸馍，称为压汤。再如羊肉泡馍、葫芦头泡馍、羊血泡馍、码子泡馍等等，则是把吃的馍与喝的汤汇在一起，海碗海口海吃海喝，呼呼噜噜地，头上冒一层细碎的汗，嘴里打几个响亮的嗝，那份豪爽与快意，你在其他地方还见过吗？

　　秦人的吃喝，惯把自然与人文、地域和风情、实用和艺术融合，粗中见细，俗中含雅，穿越了周秦汉唐，联结起过往今朝，一方水土，一种饮食，造就了一种文化，一种性情。

　　秦人日常把吃喝化雅为俗呼为"咥"，老瓷碗，大食量，粗眉大眼糙棱角，加上那高喉咙大嗓门，哪里是吃喝啊，分明是一种张扬的享受，一份霸气的惬意。

秦人的吃饭情致

过去,世代重农耕的秦人,素以面食为主,形成了其独特的饮食习俗。

乡间,天气晴热的日子,家家户户的男人,会人人端只粗瓷大老碗,圪蹴在院门口的石碾子碌碡上,一边呼呼噜噜吃喝,一边闲话农事耕作、节令墒情。而天气阴冷的时候,小炕桌要么炕头一支,要么地上一摆,一家老少围在一起,吃的吃喝的喝,呼呼噜噜响成一片;其间自然少不了娃儿们的顽皮和大人们的呵斥。故为清静,男人还是喜欢端上饭碗,去门外吃喝,不用费心家长里短,还能互相交流信息。这大概也是演绎成"板凳不坐圪蹴下"的秦地怪象缘由之一了。

从前,秦人的吃喝,不外乎馍、面。

秦人吃馍,其动态可以用七个"一"来概括,曰:"一掰""一蘸""一夹""一嚼咽""一冲""一屧""一弥"。

热馍凉菜(过去秦地,不逢年节,人们多不炒菜)一端上来,伸手抓过一个热蒸馍,掰一小块儿,菜碟子里一蘸,先尝一口,大约是品一品菜的咸淡。此即所谓的"一掰""一蘸"。菜品淡咸可口了,再把蒸馍从中掰成两半,凉菜往里一夹,两手捧着,张开大嘴,连馍带菜咬一口,美滋滋地嚼上几嚼，咕噜一咽，这就是"一夹"和"一嚼咽"。狼吞虎咽连吃几口，多半要噎住的，或者是为了防止被噎住，这时会端起汤碗来，呼噜呼噜喝上几口"一冲"。将吃毕时，留一口馍，将菜碟汤碗里的残余"一羼"，再喝口汤水，把肚子里的缝隙"一弥"，呵出一口长气，吸吸鼻子抹抹嘴，大功告成！

秦人吃面，亦可以概括为七个"一"，即："一拌""一挑""一吸""一咽""一涮""一羼""一压"。

一碗面上桌，端过来先把酱醋辣子盐的调料放进去，认认真真、仔仔细细地"一拌"，然后用筷子"一挑"，放进嘴里呼噜"一吸"，进嘴后舌头搅着轻嚼几下，咕噜"一咽"。两碗面下肚后，盛点汤把面碗"一涮"，喝掉后，仍觉饭碗里还有调料和面汤的残留，掰半个馍头，沿着碗的内壁把碗"一羼"，羼得跟洗过一般干净，再把羼过碗的馍吃下肚去，称为"一压"，让腹中的那些汤汤水水，有了或大或小的半拉馍，而压瓷实了，既耐饥，又不会咣里咣当。

秦人的这些吃饭情致，既充满情趣，又富有智慧，还体现着品性。他们节俭，视一滴一粒都金贵，是上苍恩赐，不敢暴殄；他们坚忍，在贫乏中享受快意，于困顿里固守天然；他们能把琐屑的平淡日子，以若愚智慧，过得有滋有味，有板有眼。

如此看来，自古很少大饥馑、大灾难的三秦之地，除得天时、地利之宜，更得人和之利啊！

放眼沧桑话搅团

搅团,据说是诸葛亮屯兵西祁首创的。若传说当真,这种吃食,源头距今已千八百年了。

搅团作为一种粗食,在耕作方式落后、作物产量不高的岁月,丰富了秦人饮食,调节了秦人生活,滋润了秦人口舌,还助秦人节约了食粮,保证有限的口粮,能让青黄相接。

所谓搅团,在关中,是把玉米或高粱精粉,细细均匀地撒进滚水中,边撒边搅边加热至熟、黏、稠、软、筋、光的糊状,兑上调料,以饱口福,以裹饥肠的吃食。陕北多用荞面,陕南多用洋芋。

"搅团要好,七十二搅。"

打搅团,是个费时费力磨性子的活。面不能撒得急,急了不匀,容易结块儿,既不美观,又影响口感;火不能太旺,旺了焦锅,会有煳味。所以过去打搅团,讲究的是软柴火。软柴,是作物秸秆;硬柴,是劈来烧火的树枝树根树干。用来入锅搅动的,多是一根长擀面杖,要顺一个方向,在糊稠的面浆里,面面外外不停搅动,一防煳锅,二求细腻,三为上劲。一边搅,聪明的主妇会不时把面浆用擀杖挑起来,悬在半空溜,以观稀稠,以判筋道,以定

165

生熟。上好的搅团，要挂得住擀杖，垂而不漓，流而不断，下扯如纸。这功夫，既要不惜力，又得使巧劲儿，不是熟手，不得要领，没有经验，一锅搅团打下来，你试试，不膀酸臂疼才怪！

所以这种吃食，才叫搅团，只有努力"搅"到了，那面浆才能"团"到一处。

故，旧时乡下新媳妇进门，下厨后要用擀一案面、蒸一屉馍、打一锅搅团，来让公婆评估"茶饭"的好赖。

搅团出锅，有三种吃法可供选择。热吃直接捞进碗里，浇上臊子或调上盐醋辣子，筷头夹了一口一口吃，这叫"热碗"。还可用漏勺漏成小鱼苗儿状，此地人叫作"鱼鱼"；也可摊在案板上晾凉切成小方丁，盛进碗里浇上浆水或臊子，或只用盐醋辣子一调，一个成人，呼噜呼噜能吃几大碗，这是凉吃。

慢火快搅做出的搅团，软、筋、光，被各种调料充分包裹着、浸润着、滋养着，入口柔滑软嫩，把粗粮的那份糙口，变作了酸辣香滑，不独在苦难的岁月，让秦人享有了别样的口福，更成为秦地当下的一道名吃。

可由于"吃两碗胀哄哄，撂过碗饥哄哄"，不顶饱，曾被戏称为"哄上坡"，意思是吃完上道坡，就消化光了，后边下苦出力，肚子会闹饥荒，以致"干起活气哄哄"，因此也被笑谑为"三哄哄"。怎如那"裤带面"，寸把宽，半筷厚，吃在口中有嚼头，下到胃里有撑头，东山日头背到西山，也消化不完，耐实！故此穷苦人家，农活忙时，不到万不得已，是绝不会打搅团吃的；只在寒冬腊月或连阴雨天，出不了屋下不得地，才用它来哄肚子，两碗吃完嘴一抹，躺在炕头不动弹，小半晌后肚子就会咕咕叫，穷汉又谑称它为"两泡尿"。

"吃不穷，穿不穷，打量不到一世穷。"秦人把搅团，作为适时吃喝，节俭了口粮，犒劳了口舌，这份精打细算，这份卓远智识，这份困苦中的诗意和寡淡里的自足，堪当穿越沧桑，让我们在今天的调口换味中，品尝到文化，体味到气度，滋养成性情。

救命的麦饭

秦人所说的麦饭，是把少量的面粉，拌入较多切碎的菜蔬里，搅匀搓到，上屉蒸熟或干散或结团的一种吃食。可调可炒，亦菜亦饭。

何以把这种吃食称作"麦饭"？我寻思，大约有两重意思。一、虽然菜多面少，可也是用麦子面粉拌的；二、这种吃食，在春种到夏收麦子拔苗、吐穗、扬花、开镰这段时间最为经常。无论用料和时序，都与麦相关，故叫麦饭。

清明过后，麦子拔苗，正是青黄不接的时候。此时，田里的各种野菜，都探头探脑地疯长。荠荠菜、蒲公英、麻蒿、白蒿、地丁、苜蓿，田头畦畔，到处都是。精打细算的女人们，呼儿唤女的，挎上竹篮，拿着剜刀，满田野剜野菜。一篮一篮提回来，拌菜吃，蒸菜馍，做菜疙瘩，做下面条的擦锅菜，自然少不了也做麦饭。尝了鲜、果了腹、省了粮、清了肠、养了身，一举数得。

秦人的饮食智慧，可见一斑。

荠菜长苔了，地丁开花了，而榆钱成串了，槐花飘香了。榆钱麦饭绿莹莹，槐花麦饭甜丝丝，那可都是自然的馈赠，怎么舍得浪费？榆钱槐花吃完，若家里短粮少谷，还有榆叶呢，还有间苗掐顶带回来的豌豆苗儿油菜叶,马齿苋儿灰灰菜呢。

天天吃麦饭,不腻吗?这段日子里,家家的茅厕,都会绿汪汪的。不打紧,秦地的女人们,最会利用土地上的出产,她们会挖来野蒜野韭,摘来香椿黄花,用荠菜之微辣,蒲公英之微苦,苜蓿之青涩,榆钱之滑腻,槐花之微甜,同她们细密的心思相感应,为一家老少的口味和肚腹,作巧妙紧细的安排。

新麦下来了,你以为麦饭不会再上餐桌了吗?精细的秦人会笑你呢!

炎阳下的长豆角,一簇一簇的,摘来洗净,掐头去尾,或掰成寸段,或切成小丁,加入面粉、碱面、细盐拌匀抓匀,热锅蒸一刻来钟,油泼辣子农家醋,姜末蒜汁小香油,调得香喷喷的,可作菜品,可当主食,吃在嘴里,舌齿生香。而秋后的萝卜叶子芹菜根,白菜帮子葱韭叶,在农家主妇的眼中,都不是弃物,全都能做成麦饭,端上饭桌。

而正是这种巧妙紧细和精打细算,才让大多靠天吃饭的秦人,嘴里有了嚼的、腹中有了撑的、囤内有了存的,日子不会恓惶,岁月不闹饥荒。因此,在生产力水平低下、物产贫匮、自给自足的岁月里,麦饭这种吃食,实在是秦人的一种救命饭。

吃穿用度样样富足的当下,麦饭成了人们餐桌上的保健饭、尝鲜饭、稀罕饭,受到城乡人们的普遍热捧。我们在受用这种特色吃食时,如果能品尝到它背后那些困顿中的坚忍,那些贫寒中的自足,那些生存中的节俭,那些珍视世间万物、智慧经营生活的心性,其保健功能,就不单只在身体,更会关乎心灵!

豆渣馍

　　现今，白馍细面司空见惯，鸡鸭鱼肉腻了口舌，鱿鱼海参不再稀罕。天上飞的、水中游的、野生的、家养的，还有哪样你没吃过？饮食过精，致肌体疾患早发多发，已然成为肉身忧患。才舍口舌之快意，转向粗食求康健。此在多尚裘衣锦衣的时下，实乃不得已而为之。

　　曾几何时，粗粮，却只能是寻常百姓无可奈何的果腹选择。豆渣馍便属其一。

　　所谓豆渣馍，就是将做豆腐过滤而得的残渣，掺和进发面里，蒸出的碜牙、糙口、微苦、略涩的馍馍。

　　每年一入腊月，家家户户，都做豆腐。先一天傍晚鸡儿上架时分，将或黑或白的豆子入缸浸泡，至次日清晨，上石磨边兑水边磨成浆，盛入大缸，沉淀半晌。烧一锅开水，边往大缸浇，边撇泛起的浮沫，直至不再冒泡，便一勺一勺舀入滤笝，滤进锅中。文火加热至熟，用观音土或石膏粉或酸浆水制成的卤一点，叫点豆腐，不一会儿锅中的热浆，就结成絮块。竹筛里铺上老粗布或纱布，将絮块儿状豆花盛满打包，上铺木板或杆盖儿，放上砧石压出水分，就成了入口筋道、满嘴豆香的豆腐。那样干硬、纯正、久放不腐、百吃不厌的老豆腐,今天的市面上,难得一见!

节俭有余、视物天赐的农家,做豆腐时多舍不得舂去豆皮。故此,过滤而得的豆渣,多而糙,风调雨顺、物阜年丰之岁,属家畜家禽的上等饲料;而荒岁歉年,则专供人食。

视权变高于民生、将政治凌驾生产的岁月,食不饱腹,饥不择食,是底层生存的常态。糙口的豆渣,就成为填补短缺的必然选择。

倘有二斤纯麦面,蒸出来的豆渣馍,就是上品。豆渣的那份涩苦、粗糙,经与细白、筋道的麦面中和,暄乎里有些碜口,绵软里略带沙涩,细嚼慢咽间,麦香与豆香交织的特殊滋味,较之高粱面饼子玉米面碗坨,那份滋润,足可大快朵颐。不争的事实则是,多半只能同玉米、高粱面掺和,蒸出的豆渣馍,烙出的豆渣饼,热吃粘牙涩口,冷食糙得掉渣。有心灵手巧者,便先将豆渣加入五香调料和盐,用脂油炒熟炒香,再加入高粱或玉米面拌匀做馅,包进发好擀薄的麦面中,蒸出的豆面馍,外表细白如玉,馅儿香馫可口,成为粗粮细吃的又一妙想。

肠胃不好者,多食会腹胀胃疼,家乡人叫"心口疼"。每年春月青黄不接的日子,家乡一带,"心口疼"的人都会很多。常人吃多了,也会一走一个响屁,一走一个响屁,熏得他人直掩鼻蹙眉。同班有个女生,模样很俊俏,穿着却破旧,落座后总持一本薄书,隔一会儿就在桌下乱扇,一扇,前后临桌就捂鼻,就尖叫。她也捂鼻尖叫:"谁?这么臭!"周围就相互猜疑和指责,嗡声一片。同桌男生是个实诚人,憋了多日,终于忍不住了:"以后你就朝我扇,省得大家赌咒发誓胡乱骂。"惹得全班炸出一片哄笑。那个女生从此辍学,再无音信。

如今,市面出售着各种各样的豆腐,物阜年丰中,大量的豆渣被制成了优质饲料或肥料。随着人们对豆渣营养价值和保健功能的深化认识,其再度登上寻常百姓的餐桌,什么全麦豆渣面包、芝麻花生豆渣饼、可可豆渣蛋糕、爆炸芝士豆渣球、金条豆渣杏仁酥、黑芝麻豆渣小馒头、豆渣土司、豆渣丸子、豆渣春卷、豆渣锅巴、豆渣发糕、豆渣馅饼、豆渣包子、豆渣窝头，等等，不一而足，丰富了餐桌，调剂了生活，保健了身体，形成一种全新的饮食风尚。

这就是豆渣馍的过往与今朝。录以存念之际，忽然心生感慨：唯愿历经沧桑后，人能返璞而归真，承前以启后，让流续的生命在迁转的历史中，救赎原罪，清静灵魂，不喜物悲己，让初心回归，不独珍视肉身之康健，更重心灵之自清，则生生不息，代乐升平矣！

山中有独活

1

枣树村散落在陡峭的山坡上。山坡掩映在辉煌的油葵花海里。"之"字形村道蜿蜒而上,把七零八落的人家串起来,在车窗外颠簸成碧波里跳跃的浮标。下山务工者的摩托车迎面驶来,窄窄的山道上会车时,招得满车惊叫。

当巴山美景终于成为眼中习常,山居不易就成为我们这些山外来客的寻常话题。司机说:倒推十多年,每逢雨雪天,山上和山下就只能成为苦巴巴的守望。

车子盘旋到半山腰才泊下来。泊车的地方,是一个工程部,枣树村有个在外打拼多年的小伙子,要投资两个多亿开发家乡的全胜寨,以助力村民脱贫致富,这引起了我们这个"扶贫采风团"的极大好奇。我们一行五人——我和四个开学后大四的小姑娘,就是专门来采风的。

在向导的带领下,我们决定先登顶,去一睹全胜寨的雄姿。在岚皋,老一辈要数家珍,必会提及全胜寨。清末民初,那是此方村民躲避战祸匪患的壁垒,它曾保一方平安,亦曾惹兵燹烽烟。它记录着枣树村的荣耀,也见证了枣树村的凋敝和穷困。

峻嶒的山巅在缭绕的云雾上面峥嵘,陡峭的山坡在脚下一泄而去。我们沿一条小径向山上爬去,拐过一个弯坡,前面现出几座矮屋,院中一个老人见我们远远走去,扬起胳膊慌慌张张跑进门前的坡地里,钻入高高的黄瓜架中。山里这样陡峭的坡地是寻常的,我们见得很多,玉米、洋芋、红薯、辣椒、葫芦、茄子、西红柿,满满当当种的都是。而别一座屋院中的一个女人看见我们后,折身跑进屋子,把门一闭。

我们还在纳闷,老人已从山坡地爬了上来,怀抱着一捧菜黄瓜,冲着我们笑,那是由里而外洋溢出来的笑,每一道皱纹里都翻飞着慈祥、和善、喜悦,像见了他离家既久忽然而归的孩子。我们着实被这样的笑容感染了,竟然生出一种回家的感觉。不待我们走近,老人追上来便分他怀里的黄瓜,不容分说的,每人必须拿两个,不接,他就不抽手。由屋门口的贫困户挂牌得知,老人叫陈声扣,八十周岁,老伴去年离世后,现在一个人独居。

那个躲进屋内的女人呢?我们去叩门,她轻轻拉开,站在昏暗的屋子里,头半低着,一脸羞涩的笑,目光躲躲闪闪地不同我们对视。

我尽量让自己的声音亲切而又朴实,释放出满满的善意,好让她打消隔膜:

"家里几口人啊?"

"三口。"她用脚尖蹭着地。

"都谁呢?"

"我老公,还有他的哥哥。"

"他们人呢?"

"打工。"

"去哪里了呢？"

"就在那边的工地。"

"那边院子的老人是你什么人啊？"

"我们二叔。"

这个女人似乎十分内向，羞怯得像个怕生的小女孩儿。她一直躲在门后的昏暗里，眼睛一瞥一瞥偷瞧我身后几个青春靓丽的女孩儿，让我感到她的心里有道隐隐的缺口。

向导招呼我们赶紧上山，路远呢，得抢时间。我们穿过一片金黄的油葵，向全胜寨攀爬，一回首，那个老人和那个中年女人一前一后跟在我们身后相送，一直送过了那片油葵花海才站住，远远地目送我们离开。

我边走边嚼着青脆的黄瓜，那黄瓜，个大、汁多、味甜。可我却咬出了满口的苦滋味，竟一时难禁心头满满的苦涩，眼睛不由得泪湿了。回过头再向他们招手，他们还站在油葵花海边，像两枚孤零零的棋子儿，远远地望着他们寂寥索居中的几个匆匆过客。

2

我们蹚着没膝的草丛手脚并用地前行。大巴山有这么多平原客没有见过的异草奇卉、弯树虬藤，这让我们格外惊喜，一路追问不断。风姿绰约的野百合，一片彤云般的落新妇，含羞似嗔的柳兰，粉色绣球样的漏芦……让山行充满了野趣。

我指着一丛白色碎花在枝杈上簇拥成冠状的植物问向导：

"这是什么植物？"

"独活，也叫长生草，一种药材。山里很多的！"

这就是能散寒止疼的中药材独活？对它那奇特的名字早有耳闻，今天才得一见它的真容！禁不住停下攀缘，蹲下身来细细凝视。碧绿的叶丛中抽一杆高高的花茎,顶端分出数十个枝杈,每个枝杈又分出好多个花柄,每个花柄上开一簇白色的花,无数花朵挨挨挤挤地,像撑开的一把花伞,在山间潮湿闷热的风中轻轻摇曳。

它既叫长生草,怎么又叫独活呢?我很纳闷!

不知是记挂着山腰里那两个孤独的人,还是山道过于崎岖已经筋疲力尽,向导征询我们意见时,我打退堂鼓了。折身下山时,我拔了一株独活,嘱咐孩子们:"我们去采访那个老人和他的侄媳。"

原来陈声扣老人有两个儿子,大儿子智力残障,跟人去江苏的砖厂打工,十五年了没回过一次家。小儿子前些年妻子病逝,留下一双需要照料的儿女,山高沟深,坡陡地稀,哪个女人愿来这里苦挨日月?最后只好入赘到几十里路外的另一处山村,同一个死了丈夫的女人组成家庭,两人苦苦地拉扯着五个孩子。

"老人平时怎么生活呢?"我问旁边老人的侄媳。

"他小儿子很孝顺的,经常回来看他,送米送面送肉。"老人的侄媳说。

老人的侄媳还告诉我们,政府原本动员他住到县城的安置房或干脆进敬老院,可老人说什么也不愿意离开他的老屋。

"为什么呢?"我们问老人。

老人脸上堆满自嘲的笑,说住到了县城,什么都要买,什么都得花钱,他身子骨还好,还能种粮种菜,自己能养活自己,不给儿子再加负担。末了,他还指着旁边一座屋门紧锁的房子不屑地说:"我才不学他哟,一天到晚光知道玩,全靠政府养!"

老人的侄媳笑了,告诉我们,旁边的屋主人是老人的亲弟弟,五保户,整天游手好闲四处野逛,什么活儿他都不愿意做。老人的侄媳叫吴玉莲,才四十九岁,丈夫身体不好不能出门打工了,每天领着智障的哥哥在乡里四处找活干。好在丈夫的哥哥虽然智力残障,享受着低保,身体却很好,能吃得苦,给家里减轻了不少负担。

"有孩子吗？"我问她。

"有。"

"几个？"

"一个儿子。"

"在干什么呢？"

吴玉莲脸上挂着质朴的笑，淡淡的，好一会儿才说："上人家门了，在河北打工。"

"你就一个孩子，怎么舍得让倒插门呢？"我问。

"我们这里讨不到老婆啊！"她说。

我追问："你才四十九岁，怎么只生了一个孩子呢？"

吴玉莲尖着嗓门叫起来："计划生育啊，谁敢多生？拆你家房子抢你家猪呢！"

我沉默了。望着这个满脸风霜的女人，望着这个女人脸上那无奈的苦笑，我还能说什么呢？好久，我才说："那你们老了以后呢？"

叫吴玉莲的山村女人大约听出了我话语里的担忧，宽慰说："没得事！全胜寨开发了，我们就好了！他们说，我们光开农家乐就能赚到钱！"

3

如此看来，全胜寨我们必须要登顶的，它不单承载了历史沧桑，还关涉着当下和未来。

岚皋县旅游局原局长陈前平先生了解了我们的心愿后，自告奋勇给我们当向导。陈局长已经退居二线，却一直扎在全胜寨，竭尽全力在促进着全胜寨的旅游开发。他驱车前往正在开挖的旅游路，压着泥泞的路和砾石，直接载我们上到山顶。

这已经是他第三十多次登全胜寨了。他告诉我们，四个山头，全程需要四五个小时。

从后山爬上平安寨时，虽然攀缘的几乎是猿猱鸟道，一会儿行走在两面万丈深渊的山脊，一会儿翻爬在壁立万仞的绝壁上，姑娘们手抓藤蔓，贴着悬崖一脚一脚挪步，时不时发出惊心的尖叫声，难行处，蹲下身一点一点前挪，险峻时，几乎贴在地上往下蹭，但我们还是顺利地上到了寨子。寨子里全是石砌的城墙、石砌的屋壁、石砌的庙宇。那样硕大的石块儿，在这样艰险的环境中，人力是如何运上山顶的？又是怎样整齐牢固地砌到绝壁之上的？城墙最低处，足可容一个人跪射，把一颗颗子弹从里大外小的射击孔射向来犯的敌寇；最高处则平行排列着三排射击孔，足见设计之处心积虑，亦可见当时匪盗情势之险恶。

从平安寨翻越下去，再爬上一个山头，就是全胜寨四个寨子中的第二个寨子——巴王寨。沿途险恶，我劝姑娘们留步，她们一个个却毫不退缩，大有不到长城非好汉的豪迈。我知道，她们和我的心意一样，在巴望着这个曾保佑了一方平安的古山寨能够重焕生机，造福枣树村，造福岚皋县，给陈声扣和吴玉莲们带来希望，带来幸福！

我们冒险继续前行。

令我们惊讶的是，山寨里居然建有学校、操场、医院和集市。陈局长告诉我们，全胜寨原来叫前山寨，当年是当地居民躲避战乱匪祸的地方，世道昌平时人们下山耕种收获，一有风吹草动，就会全部进入山寨。人们亦农亦兵，生活得相对富庶安乐，招得土匪常来侵扰。当地有个叫陈定安的土匪，四打前山寨而落败，所以更名为全胜寨。

隔天，我们约访了投资开发全胜寨的葛贤存先生。葛先生说自己十六岁离开贫困的家乡外出打工，经过三十年艰苦打拼积累了一点儿资金。前几年清明节回乡给父母上坟时，坐在枣树村半山腰上，望着艰难度日的父老乡亲，忽然想起了曾经的苦难，忽然想起了母亲临死时拉着他的手说的那句话："这辈子，到啥时候，都别忘了乡亲对咱们的好！"于是决定暂缓企业的发展，回乡投资，让乡亲们切切实实享受到社会发展的红利，让家乡世世代代真正能靠山吃山，不再遭受穷困。葛先生说得很动情，也很诚恳。

这当是扶贫路上最令人欣慰的喜讯了！真想再上一次全胜山，把这一喜讯告诉陈声扣老人和他的侄媳吴玉莲，顺便也告诉那藏在深山人不识的长生草——独活。

迷人的神田草原

来到岚皋,已听好多人描述过神田草原的旖旎了,说那真是天宫撒给大巴山的一块儿巨大绿毯,在海拔两千多米的山巅上,铺展出绵延一万多亩迷人的绚丽。

曾醉情过瑞士绿树红郭、碧草连天的人间仙境,也流连过新疆喀拉峻草原和内蒙古呼伦贝尔草原惊人的广袤,还倾慕过甘南桑科草原和四川若尔盖草原的辽阔幽旷,更惊叹过关山牧场"六月犹凝霜,三春不见花"却绿茵似毯的神奇。"曾经沧海难为水,除却巫山不是云",还有什么样的草原,再能让我称奇?

可一脚登临,还是被深深震撼了。忽然好想插上翅膀变成一只苍鹰,在碧天彩云下盘旋,让翅尖掠过满含花草清香的山风,一遍遍亲昵这片水肥草美、一望无涯的高山草甸。

在群峦叠嶂的大巴山里,巴掌大一片土地都会被视为珍宝,乡道旁两指宽一溜儿荒地,在别处,人们睬都不睬的,大巴山人却会格外珍惜,或种几株玉米,或栽几树辣椒,或架一棚豆角。

试想一下,在群峰交错的大巴山里,海拔二千三百米以上的山巅,一围峻峭的山头环抱了一万多亩连绵起伏的草原，草原上九十九个乳峰状圆润的小丘间，散落了十几个倒映云天的"天池"，最大的池面超过三千多平方米，这是不是一处奇异的所在？叫它"神田"，是再恰当不过的，这当是上天赐给岚皋的风水福地！

踩着松软没踝的草地爬上一处圆丘，四下环望，周遭山势如削的顶峰一片苍翠，矗满了挺耸的密林。大巴山人烟稀少的地方，森林的原始风貌被保持得十分完好，古木参天，野藤盘曲，是野生动植物的天堂。唯独神田草原是一大片平缓温润的丘陵，像碧绿的绸缎，在四周巨笋般山头的守护下，飘飘展展铺排向目光尽头。不禁生出了好奇：为什么周遭尽是密林，独此一处碧草如茵，山包上偶尔点缀的黄山松和其他叫不上名儿的树木，也矮矮的不往空中争荣？为什么在峭石嶙峋沃土奇缺的大巴山里，唯此处山巅平缓辽阔、水丰草美？

造物如此神奇，丹青手一挥，给四周围浓墨重彩地大肆渲染出满目苍茫，到这里却蘸饱了水，淡淡雅雅地洇染出嫩嫩的翡翠色，纤尘不染的空气湿漉漉的，仿佛攥一把就能拧出水。

野花遍地是。金黄的忽地笑，六瓣儿，长长的蕊上顶着毛茸茸的花粉，在轻风里颤巍巍舞蹈。粉红的落新妇，一嘟噜一嘟噜，簇成团儿缀满了花茎，像采了来扎成把儿的狗尾巴花，格外招惹人。风姿绰约的柳兰花事正盛，仿佛一群蝴蝶扑进了绿丛里，躲在细细长长的枝叶间扇动着翅膀。一丛丛的绣线菊，密集的枝丫斜伸上翘，枝条间一簇一簇的花朵挨挨挤挤地热闹着，别名又叫珍珠梅，真是形神兼备。一片一片的长生草，又叫独活，白色的碎花数十朵团在一枝花茎上，无数花茎错落有序地旁逸斜出，一片雪白。此外还有大戟、瞿麦、漏芦、香青、火棘、老鹳草、黄花葱、覆盆子、紫苞雪莲……散在草丛里，把红、黄、紫、白各种颜色与草原的碧绿交织辉映，纵令丹青妙手，谁能描出这样美妙的构图？能配出这样丰富的色彩？能渲染出如此灵动的神韵？

翻过一座小山丘,人已经喘得上气难接下气了。明明就在眼前的另一个山丘,却怎么也走不到跟前,满目尽是起伏的绿,人如跌到了碧波里,只见无边的草地在汹涌激荡。正值盛夏,山下闷热得只剩下了蝉儿拼命地聒噪,人躲进阴凉儿里还一身身冒汗;这里却透心凉爽,就连直射的炎阳都收敛了它火辣辣的糙粝,被风搅软了,沁满润润的绿,洒到人身上,像深情的抚摸。云被拧干了水分,虚泡泡的,蓬松成富有弹性的棉团,轻飘飘浮上头顶了,似乎一伸手就能扯一片下来铺到地上躺上去。天地如此接近,仿佛屈膝一跳就能触碰到天空。

远处,几匹圆滚滚的枣红马甩着漆黑的长尾,一下子给草原增添了几分灵动。马是草原的魂,有了马,草原就像插上了翅膀,会飞的。真恨不能成为一名骑手,癫狂在马背上驰骋,体验一把"骏马骄行踏落花,垂鞭直拂五云车"的豪迈,感受一场"拂石坐来衣带冷,踏花归去马蹄香"的爽快。

终于看到了一汪"天池",在一围绿色丘陵的乳沟里,妆镜一般闪亮。碧天、白云、绿草、红花,一一倒映在上面,浑作一体,人便在这天地相融中醉了,唯余忘情的惊呼。

斜阳满山天欲暮。该挥手作别了,却人人都满目留恋。回看落霞掩映中的神田草原,恰如一个个浑身舒展、仰天长卧的迷人美女,袒胸露腹深情地凝视着深邃的天宇。一会儿星星点灯,四周围峻峭的巴山峰尖该是她的睡房了,那么,升腾而起的山岚,就会扯一床软软的薄被,一泓泓池水当是她们如梦似幻的睡眼。天地交融中,沐着夏夜凉爽的风,神田草原,她会做怎样甜美的悠长夏梦呢?

在岚皋,当我多次惊叹它的青山草木盛、绿水澄心神时,上了年纪的人都会告诉我,倒退十几年,大巴山凡有人烟的地方,也是石多草木稀、逢雨泥汤流。大炼钢铁毁掉了大片树木,农业学大寨时又伐去成片树林,土地责任承包后家家户户垦荒造田,好些山上不见树木,水土生态变得十分脆弱。只是退耕还林政策实行后,山们才又穿上了绿衣,水们才又恢复了清澈。尤其近些年大力提倡"绿水青山，就是金山银山"，岚皋才重新天蓝、云白、山青、水绿，空气透明得纤尘不染，成为名副其实的天然氧吧，吸引了大批山外来客休闲娱乐。

是啊，在寻求发展的道路上，岚皋也毫不例外地绕了许多弯路。可她终于回到了正轨！若她能守住这些天赐的家底，不破坏、不挥霍、不急躁、不冒进，不让老百姓再唱着"农民背时种烤烟，曹操背时遇蒋干；辣子背时怪大蒜，女人背时偷老汉"在揶揄中泄气，岚皋的未来，一定会让那些掏空了资源获得快速发展的地方，馋得心里痒，悔得肠子青！

返回的路上，当地朋友告诉我们：在神田草原，春可看香格里拉一般神秘的地平线，秋可观比香山更美的红叶满山，冬可赏比哈尔滨更婀娜多姿的巴山雪景。

禁不住期待起下一场的美丽相逢了！

邂逅花里

初与花里邂逅,当是奉命要赴岚皋采风前的资料查阅中。在岚皋,花里是人人艳羡的鱼米之乡,其稻花香米和龙安茶叶十分出名,三千多亩古梯田是距今四亿多年前火山喷发形成的岩台地,经亿万年风化雨蚀,积聚腐殖而成,成为岚皋连片面积最大的稻区。金秋时节,稻田灿若一袭披于山坡的巨大袈裟,又被称为"袈裟稻田"。

向往之心油然而生!

城客对青山绿水的眼馋,是蜷缩于灵魂深处之对田园牧歌的执念,更是迷情"熙熙""攘攘"之余,对市声喧嚣、红尘鼎沸的厌倦。人从山林走出,蹚过土地涌往都市,对山水的牵绊是无法消退的生命底色。当肉身搭上时代动车,争先恐后奔向城市谋求生存与发展蔚成潮涌,灵魂却掉队了,被甩到半路上,伴之而生的,注定了是前赴后继的心灵返乡。

肉身与灵魂的这种割裂,已然构成壮观的阵痛。

再与花里邂逅,是到达岚皋采风时。每与当地贤达座谈,花里杜家总是津津乐道的掌故。在岚皋,"杜八百"是绕不过去的昔时荣耀。为富当仁,忠孝树德,是训诫子孙、导养正性、流续两百余年的杜氏家规之根本,已被作为优秀家风文化向全国推广。据此根本，在花里拥有八百亩沃土的杜家，贤良代出，人才济济。被称为"大脚才女"的杜继燕出生于清道光三年（一八二三年），从小聪敏伶俐，有须眉志向，拒绝缠足，男装就学，才情卓尔。本县秀才王隆道慕其才学，不计天足之丑，欣然娶为妻室；杜家竟以花里良田三百余亩、风水宝地椅背山庄数十间做了嫁妆。单此一举，就足以令二十一世纪的我们顿生仰慕！在近代中国，重男轻女思想蔚然成风，杜家爷父彼时即有如此心襟，其识其见之现代，着实令人叹讶！王隆道进士赴官后，杜继燕吐哺饲子、敬奉翁姑，持家有道，教子有方，五个儿子四中秀才，一中举人。五十有六之年时，杜继燕返回花里用陪嫁的山庄大办塾学，黉门执鞭二十五载，所教弟子上千，十几个考中了秀才。花里巾帼，如此傲人！

岚皋人顶顶自豪地说，陕西美女在安康，安康美女在岚皋，岚皋美女在花里。花里美女有多招眼？他们说，中华人民共和国初年，安康地区派工作组入驻花里，有个已为人夫的工作人员迷上了花里一位美女，风流韵事众传，流言蜚语四起，这在那个时候是严重的作风问题，相当于自断前程！那个工作人员当下被召回等候调查处理。调查组迅即成立，个个政治素养和生活作风过硬。进入花里，有办案人员见到那个美女后，竟情不自禁地对人说："这个错误犯的，值了！"花里美女的杀伤力可窥一斑！

终是按捺不住急欲一往的冲动了，当即决定调整日程！岚皋县文联主席杜文涛先生亲自带队，率我们一行驰向花里。花里，掩映在花海之中的村庄，那里的美食、美景、美色，已令我们口舌生津，眼放异彩，蠢蠢地偷着乐了。

车直接开到一处椅子形半山台地，停泊在了凹进去的"椅座"处。这是一处地势奇特的山坳，山腰部的台地形如椅座，背后的高山峻岭恰似一面靠背，台地随山势绕了一个大大的弧弯，马蹄形的，中央一条深沟斜插下去伸往川道，两侧则是平平展展两道梁，像背似的，酷若椅子上的两道扶手。奇特之处还在于，"椅背"上的山水常年汩汩流淌，到"椅座"处分开两支，缓缓地漫入"扶手"。扶手似的两道小山梁肥沃得土质发黑，庄稼噌噌蹿，人似乎都能听到土豆拱土的响动，玉米灌浆的声音，花儿草儿哇哇啦啦的笑闹。杜文涛先生说："这儿的土地，收成超过其他地方两倍！"

这真真是一处福地啊！两道山梁悬空而矗，临谷一面峭壁百仞，而深沟险峻，易守难攻，能不保一家安居乐业？只是杜家曾经的山庄早不复存在，先前——划分给了贫农，后来——拆除了重建，如今的台地上尽是高门大户清一色水泥建筑，瓷砖装饰出一片耀眼，偶或能看到一两对儿古老的石狮子和风蚀的拴马柱，还有净粮食的手风车，舂米的石臼，饲马的石槽，斜斜地弃在角落，默默无声地向游人展示着时光的沧桑。杜文涛不无遗憾道："早几年还有几间雕梁画栋的木构房屋，现在一间不剩了。"

椅形山的对面，川道那边，赫然是一条条飘带似的梯田，层层叠叠地缠着平缓的山坡，那就是"袈裟梯田"了。梯田里稻苗正碧，绿汪汪绕山流动。人家掩映在村树里，这儿三栋，那儿五幢，红瓦白墙格外耀眼。山顶部密不透风的林木，浓绿稠得化不开，顺着山巅往下漫，淌着淌着流不动了，悬在了半山腰。道道梯田酷若五线谱，散落的屋舍就是描在上面的乐符。蛙声鸟唱，是有形的奏鸣；风抚林梢，是无声的舞蹈。白云点缀的碧天撑开了神奇的幕布，山们手拉手围拢来，搭起了巨大的舞台。风伸出长长的手指，把树、草、花、村妇的长发、农夫的衣衫、挂在屋檐下的风铃……都做了琴键轻弹。蝉声从枝叶间一股脑儿泼出来，将厚朴、梭椤、木莲、花楸、桑树、酸藤子、苦檀子、山胡椒、救命粮的枝叶，冲撞出一片掌声与喝彩。

不由得暗自惊叹：大自然鬼斧神工！上苍赐给花里的这把座椅，恰恰地迎着那面舞台，不正想让人细细地观赏世间的这部大戏吗？敬畏之心油然而生！

非常遗憾地告诉你，我们没有见到花里美女！户户房子修得很阔，家家屋里人头稀少。村庄只剩下了老弱病残留守，年轻人都跑去城市奔日月了。他们要么被培养成精英,离开故乡去创造锦绣前程,要么作为劳动大军去建设美丽的城市。花里最热闹的便只有一年复一年的春节,那短短的几天里,冷冷的山风都含满了笑。谁家有孩子考上了大学,阖村都要庆贺的,那表明村子里又会多出一个城里人,指不定日后能当上大官,干番大事,可以光宗耀祖,壮大门楣呢。

美丽花里的神奇山水,便一年到头巴巴地等候着山外来客观光。老人们把游客迎来,游客把孩子们的心带走。"好好学习,学好了就能做城里人!"爷爷奶奶一天天用这样的呵斥,来收拢孙儿们被搅散的心和被牵跑了的目光。

问:这么好的环境,这么美的风光,干吗不在家乡谋发展?

答:土里刨食一年到头光能混嘴,你给发工资啊?谁还能变出人民币不成?出门打工,最赖也有得零钱使!谁让咱就是农民的命呢?

你能,还能拽出服人的词儿来吗?进城务工,那可是岚皋人最硬扎可靠的收入!城客执念于乡村的天然,村民渴望城市里的繁华,城乡之间,在这个量子时代,距离变得那么近,又是那么遥远。

本是过客,终得折返。临别回顾,花里娇容如妆。这个美丽的大女子哟,天赋秀颜,地予物华,谁忍看她顾影自怜?此番邂逅,我还能忘记她吗?我会不会深深地把她牵挂?这份牵挂,何时才能变成实实在在的馈兑,令她莞尔一笑绽放满脸幸福,浑身上下闪射着都市的霓虹?

花里邂逅,我遭遇了一场美丽,也兜上了满怀的牵挂和期盼!

天斧沙宫记

　　雪霁,使闹市也静穆了几分,宛若酣睡乍醒的娃娃,一半在梦境流连,一半扑闪着眼睛瞧新奇。空气里氤氲着润润的凛冽。

　　车出兰州闹市区,驶过仁寿山,忽见夹道两岸,半山腰上,不时闪过城堡状的壁垒,依山而矗,如筑如雕,如一派时光的深邃。情有所触,问:"这些是哪个年代的城堡? "前排的叶海女士笑了:"那不是城堡,是丹霞地貌! "

　　兰州市区也有丹霞地貌? 心里顿生几分惊奇! 探头望去,造化竟如此神异,能在斜的山崖上,时不时猛地推出一道垂直,如人工夯砌般,雕了尖顶的城堡、平顶的神殿。我还在连连感叹,车子泊进了"天斧沙宫地质公园"里,眼前奇观,惹起了一片惊呼。

　　这是一处自东向西、转而朝北蜿蜒的窄窄川道,叫龙凤峡,当中一线瘦水,时断时续;两边的黄土峁梁高耸对峙。在黄土峁梁之腰、之巅,鬼斧神工般矗立着一处处丹霞奇观。此处不同于张掖丹霞的山峁勾连、沟壑相串、一派赤霞际无涯,亦有别于重庆老瀛山与古剑山丹霞的绿植遍布、交相辉映、红绿相间美如画。置身蜿蜒的川道里,踏着酥软的沙土地西行,两岸的黄土峁梁好比五线谱,一幢幢各自独立、形态互异的城、堡、殿、堂、仓、厩,恰恰像那谱上的音符,是风之迹,雨之痕,霜雪之吻,亿万年时光的凝眸。

这里像一座古希腊式神殿,浑圆的陶立克柱巍峨挺耸,柱上的雕刻壮美华丽,是大自然的鬼斧神工。其顶如砥如砺,可磨风刀霜剑,把时光雕成了具象的震撼。神殿里,可曾居住过希腊诸神?其天界的世俗精神,是否也温润过这片干涸的土地?

那里像一栋庄严静穆的庙宇,门楣俨然,斗拱交错,缥缈的梵音从屋脊的衰草间玎琤滑过,令人顿生禅心。当年佛家弟子经新疆、河西走廊,向中原传经布道途中,是否也凝视过这一幢幢令人大生敬畏的遗迹?这些矗立了亿万年之久的造化神奇,是不是也丰赡过佛法,领悟更上一层境界?

谷仓是不可或缺的。民以食为天,造化断不会遗忘苍生!瞧那圆形的坚壁,穹顶的庐盖,可盛多少谷米?可赈济多少百姓?大漠孤烟,长河落日,这才是最长情的慈悲,是由凡间向神界、肉身往精神、此岸向彼岸剃度的保障!

马是塞上魂。工业文明之前,马对人类文明产生过重大促进作用。希腊神话中的天马帕加索斯、阿瑞翁,吕布的赤兔,刘备的的卢、唐太宗的昭陵六骏,足以说明人类对马的钟情。巨大的马厩赫赫然矗在这塞外的崖壁上,那是岁月雕琢出来的图腾,是风对马速的膜拜,是雨对马嘶的敬畏!是不是传说中的天马,就在这里休养生息,就从这里奔跃腾飞?

更为震撼的,是一秃山半腰,间隔伸出的几个巨型矗立状,像破浪的舰头,又如巍峨大坝泄洪道上的巨擘,夹缝奔泻状沙土坡上荒草萋萋,如流似浪。站在其下仰首望去,那种乘风破浪的奇兀,可是塞上豪杰穿越历史驰往时光深处?那种中流砥柱的气概,可是巍然挺耸,手拉手守护着黄土精魂,不让它碎散流失?

此外如巨驼昂道,如碉楼危建,如石林挺立,如牌楼高矗,如神鸟回眸,如征人吻别……造化毓秀,岁月沧桑,在让人感叹造化神奇时,更慨叹风刀霜剑的凌厉和冷峻!

在这里,风是有形的圣手,雨是刁钻的精灵,时光是行吟的诗。过往不再无形,它沉淀成了可触可摸、可观可瞻的神奇!

甘肃日报文艺部主任叶海女士眼毒,瞅着溪沟里的一块卵石叫好。撺掇刘明琪先生捡拾上来,作家冯玉雷见了,说是一块儿黄玉籽料,手电光一照,果然透亮晶莹,令人惊叹不已。玉雷先生对玉情有独钟,于玉文化颇有沉浸,啧啧有声:"想不到这里也有玉石!"

资料介绍,龙凤峡蜿蜒五公里之长,沿途有连环营寨、女王宫、金凤湖、滚龙岭、卧龙驿馆、仙人洞山、诵经殿、落仙塔、开国女王墓、金洞沟、倒流洞、众蟾望海、飞燕塔、海马出海、宫女垂泪、擎山柱、公主望夫、白蛇探路等几十处奇异景观,可因考察日程紧迫,我们不能一一观瞻,只好恋恋不舍地离开了。

返程中,一车人热烈争论,两千五百万年的历史,由沧海到桑田,从洪荒到文明,这一处处峭然屹立的雄壮,在昭示着什么? 之于"腰间红绶系未稳,镜里朱颜看已失"的生命须臾,这份亘古,能不给人以灵魂的撼动和洗礼吗?

回望雪野中远去的天斧沙宫,心中顿时肃然静穆,生出无限敬畏!

冬日断想

　　天低垂下来,几近贴着你的楼顶。嘈杂的城市噪声把天和地剥开了一道缝隙,你才感到了头顶的是天,脚踏的是地。这样的阴霾天,是该飘一些细碎雪花的,你疑疑惑惑探出窗外,看到的却只是天地一色的迷茫。

　　在温带,分明的四季本是大自然奇妙的眷宠。春华秋实,夏暑冬寒,四时更迭成变幻的风景,富节奏感,有旋律美;不像热带终年炎热,也不似寒带那样老一派冰天雪地,单调得就像驶上一条无际无涯的笔直大道,很容易产生视觉疲劳。

　　可眼下这样的冬天,你不喜欢,并且厌嫌!

　　民谚有云:"春困秋乏夏打盹,睡不醒的冬三月。"一入冬,万物都会内敛,该冬眠的冬眠,该蛰居的蛰居,藏缩起来积蓄能量。"一九二九不出手,三九四九冰上走。五九和六九,河边看杨柳。七九河开,八九燕来。九九加一九,耕牛遍地走。"咱们的祖先精明着呢!

　　可是你有没有觉着,冬天原是头脑最能保持清醒的季节,只要你不那么刚愎自大。

　　打小你便觉得四季轮回神秘难测。春像烂漫的娃娃,夏如健壮的小伙子，秋好比一个揣满瓜儿果儿的慷慨大妈，而冬，则恰似一位满面风霜的垂垂老者了，喘喘的斑驳着。人老了，便会死，黄土一抔掩埋了，世间从此不再有你。可是冬去春又回，花仍明艳，果更飘香，周而复始，万世不竭，这难道不令你敬畏的同时，也深深自惭？

及至你明白了春夏秋冬，原是地球绕太阳公转与自转形成的气候现象，更觉着神奇到不可思议。请闭上眼睛想想，浩瀚无涯的宇宙中，有几千亿颗恒星天体，太阳系只不过是其中的几千亿分之一。这些悠远的天体悬浮于浩渺，各在特定的能量场中有序运动，无须指挥而互不相扰，亘古至今而不衰不竭，这该是多么邈远而又壮丽的景象？人寄居于小小的地球，生不过百年，目之所及唯日月星辰、四时更迭、红尘喧嚣而已，之于迄今一百三十八亿年的宇宙年龄，之于可达九百二十亿光年的宇宙直径，人的渺小，岂蚍蜉之可比？

人是自然之子，寄身不过须臾而已！

窗外正一派"无边落木萧萧下"。你最心心念念的，是来一场"北风吹雁雪纷纷""麦盖三重被，枕着馒头睡"，这是智慧！"大雪半溶加一冰，明年虫害一扫空"，这是经验！

你还记得吗？慢日子的岁月里，农人们是最顺乎天道的。秋收之后，进入冬藏，便给树木剪蔓枝儿，绑草帘儿，刷石灰粉。果木园里，枝枝杈杈上架满了土坷垃，远远望去，像落满了一树麻雀，那是拦枝蓄势的土法妙招，让它们在隆冬里别冒傻气蹿个儿，藏着收着，悄悄攒劲蓄力。麦田是要盖土的，让苗儿不显山露水，自己扎稳根，自己养肥苗。家家户户暗中比赛似的积肥。勤快的老人见天扛柄长把儿铁锨，锨把上挂只柳条粪篓，一大清早沿乡道拾粪。赶集走亲戚，一泡屎尿憋一整天，也要兜回家拉到自家茅厕，此虽被当作笑话传说，却也是乡间老一辈人都经历过的持家之道。"庄稼一枝花，全靠肥当家。"乡下人自有他们的精明，自己日子没过好，绝不会耍大方去充胖子。

城里人赶在大雪天之前，会一筐一筐往家里贮藏白菜萝卜。物资匮乏，可冬补是不能短缺的。大杂院里，东北大妈的蜂窝煤炉子上，炖了一锅猪肉粉条大烩菜，咕嘟咕嘟在冒蒸汽；贵州大爷不知从哪弄来几斤狗肉，正守在锅旁忙活，嘴里吸溜着又细又长的口水；爱好钓鱼的四川大哥，剖了两条胖大胖大的草鱼，切好酸菜、泡胡萝卜条儿，叼支烟卷在做一大锅酸菜鱼。河南大嫂身边围了大小两三个拖着鼻涕的小不点儿，扯着嗓子叫骂："一天到晚光知道东游西逛，奶奶的再不弄回来一点儿荤腥，大人受得了，娃们正长身子骨呢！"四川大哥锅铲敲着锅沿喊："端碗噻端碗噻，哪个少得了娃儿们打牙祭！"河南大嫂的男人端着两个老大的碗，嬉皮笑脸跑出屋。

　　是的呢！那时候，冬天要没落几场尺把厚的雪，屋檐上要没挂起几尺长的冰锥，日子就像缺少了点什么，人们会过得很焦躁。城里乡下，病菌肆意蔓延，不仅大人小孩爱生病，庄稼果木的，也会遭病虫害的肆虐。"大雪兆丰年，无雪要遭殃。""没有雪，不过年；没有雨，不莳田。"无雪，不独无趣，还会有害！只有皑皑白雪覆盖了原野，装点着城乡，庄稼、草木、屋舍、城楼、公园、街道，大人们裹得严严实实的行头、孩子们红萝卜一般耀眼的手指和脸蛋……那才是冬日最富诗意的景象！难怪诗人会乘兴吟哦："春有百花秋有月，夏有凉风冬有雪。莫将闲事挂心头，便是人间好时节。"

　　现如今，人们兴高采烈地踏入快生活的通道，四季成了徒有其名的岁月流转。反季节瓜果蔬菜，让抱着火炉吃西瓜、冒着严寒赏春兰不再是稀罕事。

　　你不由得怅然感叹：冬藏，已然成了正在消逝的风习。

　　然而冬季养生却蔚然流行。在城市，在乡村，温饱已不在话下，保健早成为时尚。觉醒了的乡下人会给自己单辟一块儿土地，种粮种菜种果子，养猪养鸡养肥羊，传统耕作，农家肥料，一头猪少说也要喂养一年，绝不给鸡喂养饲料。冬里进城看望亲戚，带一袋新磨的面粉，拎一只经年的柴鸡，提一吊新宰的土猪肉,笑:"你尝尝,这才真正是乡下味道!"城里人没有这些便利,只好天天在手机上刷养生经,今天买三-七粉,明天服姜黄粉,好像一天不提养生就落伍了,跟不上趟似的。

午后你跟乡下的三哥通电话,他刚从儿女们百般嫌弃的田间归来,抱怨说冬太干,墒情差,麦子油菜长得罩住了地面。"咋还不下场雪呢? 这冬天咋就越来越不像冬天了呢?"口气里有一股子焦煳味。放下电话,你也不由得一阵焦躁。你的焦躁多半与雪无关,与冬无关,只怪那热烘烘的暖气!

隔窗看冬,你忽然想起了先哲的告诫:

"持枢,谓春生、夏长、秋收、冬藏,天之正也,不可干而逆之。逆之者,虽成必败。……此天道、人君之大纲也。"

"夫春生夏长,秋收冬藏,此天道之大经也。弗顺则无以为天下纲纪。"

玄微子与太史公的这两段话,竟如雪花飘洒,让你焦躁的心,感受到了丝丝清凉。莫非明天,真就能普降一场瑞雪呢?

登九州台

　　台起塞外,聚八方之气以成象;坐拥金城,扼一河①之雄兹为壮。禹分天下,始有九州之称②;匈奴驰临,终成皋兰之谓③。两山夹峙,构合围之势④,固若金汤永佑福地;一水迤逦,做哺育之姿,奔腾千里涵养文明。

　　茂林丛生,漫天琼花洒瑞气;曲径通幽,云破雾开呈祥光⑤。凭栏俯瞰,悠悠黄河东流去,思接夫子之慨⑥;举目远眺,煌煌金城沐落晖,情追仲武之心⑦。寒雪映瘦枝,形似刀戟,千年河西,烽火兵燹掠城池,血溅黄沙,染就丹霞。朔风过琼树,声若驼铃,万代丝路,古往今来接东西,玉华帛彩,传播文明!望中金城,高楼鳞次,大厦栉比,阡陌交错,立交若虹;顿然了悟:开明创盛世,包容构谐和,此亘古不变之大道也。

　　夫子之庙,例依旧制⑧,续化文于远流;国学之馆,锐意新修,镌瑰宝以大成。棂星门高耸,英才辈出;泮宫池横卧,后学精进。明伦堂里昭统序,大成殿中尊儒术。尊经阁六艺常道,崇圣祠万世师表。雕梁画栋,丹壁辉煌,百家圣贤,纷呈奇观。岳武穆愤录出师两表⑨,字字披肝,句句沥胆,师未捷,身先死,鞠躬尽瘁,泪沾衣襟;冥冥中,英雄相惜,命运轮回,米襄阳拜书岳阳楼记⑩,独出机巧,随遇而变,先忧忧,后乐乐⑪,心怀天下,悲悯苍生;越千年,先贤胸襟,一脉传承!勒石永铭,辉争日月;光耀后昆,寿同天地。

戊戌之冬,与会丝路[12],携群贤以往,登斯台也,瞻华夏文明之璀璨,揽塞外明珠之旖旎,天人合一,古今贯通,纵论初心,阔谈始终,匹夫之慨,殷殷于情,陈拾遗之念[13],铿铿于耳矣!

记之以铭!

注:

①河,黄河。一河,既言一条河,又指天下第一河。

②传说大禹治水,登台东眺,分天下为九州,故名此台九州台。

③史考,皋兰山之谓,为匈奴人命名。

④九州台与皋兰山对峙,环抱金城兰州。

⑤登台之日,初时大雪纷飞,游览以毕,雪霁,云开处,西天一道银光。

⑥《论语·子罕》:子在川上曰:"逝者如斯夫,不舍昼夜。"

⑦高适,字仲武,诗《金城北楼》有"北楼西望满晴空,积水连山胜画中。湍上急流声若箭,城头残月势如弓"句。

⑧坐落九州台的"兰州国学馆",依皋兰文庙旧格局而建。

⑨岳飞,追谥武穆,传有书法《前后出师表》,镌于"兰州国学馆"建筑外壁。

⑩米芾,湖北襄阳人,世称"米襄阳",其书"岳阳楼记"亦镌于"兰州国学馆"。

⑪《岳阳楼记》名句"先天下之忧而忧,后天下之乐而乐"。

⑫应邀参加第三届丝绸之路(敦煌)国际文化博览会系列活动——玉华帛彩·国际诗文吟唱会。

⑬陈子昂,世称陈拾遗,其《登幽州台歌》诗云:"前不见古人,后不见来者,念天地之悠悠,独怆然而涕下。"

苦思篇

教师节前戏说教师

1

一九八〇年七月底的一天,我收到了大学录取通知书,成为村里第一个考上大学的。那时候"大学生"三字所以响亮,在于已成"公家人";不像现在,意味着你才有了求职资格。君不见招个保安,条件之一都可能是"专科以上学历"?

我很高兴,也很自豪,觉着天高云淡,塬厚土沃,满眼闪亮的希望。

可很快我就变得无比沮丧!那是村邻背地里的议论——传进我耳:

——考上啥了?

——师范大学!

——出来干啥?

——当教师!

——喊!那有啥出息?

我一脚踢向一头猪。那头猪是小脚的母亲工余打猪草吊大的,说要用来向神还愿！母亲在我执意复读以求改变命运后，摆出香炉，擎香三炷求神许愿，说若能保我考上大学，她就献神一头全猪。

那年寒假，心情灰扑扑回到家，母亲告诉我，那头猪在我走后不久就死掉了。

觉着同时死掉的，还有我的心！

2

那个寒假所以心情灰扑扑如烟囱里飞出的一只鸽，缘于遭遇的一段啼笑皆非事。

彼时交通非常不便，就学的西安到家乡彬州，每天只对开一趟长途。我们七八个老乡，有学中文的池万兴、学历史的田玉川、学政治的高民政、学数学的任治军等，相约起个大早，赶第一班公交到玉祥门长途车站，搓手跺脚地等候天亮。天寒地冻，可回家的喜悦如此热烈，那是能见亲人的急切期盼，也有迎接羡慕眼光享受赞美荣耀的热望。

"大学生回来了！"啧！多么动听！

到了家乡彬州车站，土豆一般滚下车，巧不巧正遇一个矮、丑、泼的女人跺脚骂街。

那是怎样的一个女人哟！胸前一团肉瘤，背后一道鼓突，正披头散发跳双脚村骂："你妈个×，你妈个烂臭×！现在看不上老娘了，当初是谁三媒六聘踏破门槛来提亲？你狗×的不得好死！"

周围一圈人，挤成疙瘩瞧热闹，七嘴八舌议论，说骂人者是一家国营商店的会计，打得一手好算盘；被骂者是车站的一位员工，刚刚由临时工转正。

"狗×的你出来，让大家评评理！乌龟王八了，哎？你以为你是谁，现在提出离婚？离就离，谁怕谁！离开你，

——老娘找不上个干部，

——找不上个工人，

——找不上个解放军，

——还找不上个穷教师了?!"

其时我们还都未到需戴眼镜的地步。但是心却铮地一碎，跌出一地的七零八落。

3

一九八五年的第一个教师节之后，我返乡省亲顺道拜访了几位师兄。诗人田玉川依旧单身，苦笑着解嘲说："还别不信，果然应了那个残疾女人的话，地位低待遇差不说，找对象都很难！"找个农民他不愿意，不想重复高加林的悲剧；想找个吃商品粮模样周正的，都嫌他是个教师，处一个黄一个，甚至有人还给他这个黄花大处男介绍起了寡妇。田玉川笑得比哭还难看！

真够寒碜人的！

田玉川后来自动离职，当了京漂，诗作不断，诗名贯耳，是著名文化学者，著述颇丰，生活得富足安乐。

池万兴、高民政等人读了硕士博士，相继进入大学，成为教授，在各自领域里成绩卓著。

我也因为怕找不到老婆，削尖了脑袋留在大学工作，这不，正准备喜迎第三十三个教师节。

有官员朋友说："你们大学老师好，课少，自由，挣钱不少还能著书立说，名利双收，好(一脸言不由衷)！"

旧时伙伴相见，一口一个教授地叫："如今教师地位高，待遇好，阔(两眼调侃的坏笑)！"

外甥在乡下中学教书,一门心思想当校长,要长姐给我说说,看能不能找点门路。七十多岁的长姐说:"你舅一个教书的,没一官半职,有啥门路?"此话让我没滋没味了多日。但细细思之,不得不佩服长姐的洞悉世事,明达人心。

4

做了三十三年教师,心得不少。可真择要而言,唯有一句:当个教师,实属不易。

二十年前的教师,个个为生计奔波,人人怨脑体倒挂。有的奔了仕途,有的投入商海,成为往昔同事人人艳羡、津津乐道的对象。近十年来,教师的待遇相对提高了不少,大富大贵不太可能,但温饱无虞是不争的事实。

教师,这个太阳底下最光辉的职业,已无可辩驳地成为知识精英中一小部分人的从业首选。水涨船高,教师的入职条件也在节节攀升,进大学必须是博士,进中学差不多要硕士,进小学至少得本科。

各方对教师的期望值也在不断提高。

——社会希望老师是"春蚕"和"蜡炬";

——家长希望老师是"保姆"和"伯乐";

——学生希望老师是"朋友"和"导师"。

老师是"人类灵魂的工程师",要人格高尚、灵魂纯洁、无私奉献!

老师是"园丁",得辛勤劳作,施肥浇水,剪草培花!

各级教育行政管理者,也在绞尽脑汁规范师德、师职、师能。

中小学以学生成绩考评教师能力,以教龄、论文、成果、表现晋级升职。用特级、高级、中级、初级的不同社会荣誉和经济待遇作为职业召唤,以"优秀""良好""合格""差评"作为教学能力的评价,激发潜能,鼓励竞争。产生的结果,一是唯成绩是图,不计其余;二是花钱买版面,发千人一面、万人一腔的论文；三是唯上是好，曲意奉迎，放弃独立人格。

高等院校则更为悲惨！

顶层设计将教师职称分为教授、副教授、讲师、助教四级，具体管理者又将其细化为十几个档次。拿教授来说，就分为一级教授、二级教授、三级教授、四级教授。不同档次，待遇有异。依据为何？科研成果！当高校教师，从入职伊始，就得紧绷科研之弦，不敢丝毫懈怠。

5

第三十三个教师节即将来临。各种庆祝和表彰早准备就绪，鲜花和掌声，已预备齐全。有人肯定要登台铿锵，有人必然会激情四射，也有人会沉默无语抑或顾影自怜。

"板凳要坐十年冷，文章不写一句空。"这是人人都懂的治学态度和学问规律！家家都在提升学校规格，人人都想创办一流大学，个个都把"论文"作为贴金标签，这种违背人才培养规律和办学本质的好大喜功，却是毋庸讳言的事实！

学术造假与投机，当下已波及各个层面，上至院士，下到学生。一年之中，上百篇学术论文被国际高端学术期刊因造假撤稿的丑闻，居然也引不起我们的反思！此无疑关乎造假者个人品质，可谁能说无关现行的学术体制、浮躁的学术风气、沦丧的学术良知？

党和国家赋予教师的重要职责，是教书育人。教育是人类社会特有的传递经验的形式，是有意识地以影响人的身心发展为目标的社会活动。请扪良心自问：我们要引导教师传递怎样的经验？影响孩子们的身心向何处发展？

盼只盼，何时能让教育回归本质，真正给教师一点儿做人的尊严，做学问的尊严，让教师能切切实实教书育人，扎扎实实治学释惑，让真正的学人本色、学人精神、学人风范回归到教师身上!

此关乎千秋,亦幸甚万代!

这不比一个用鲜花和掌声刻意装扮的节日更为重要? 还不劳民伤财!

为文学招魂

——寄语"长风"

1

几年前,乘公交途中,几个由西北政法大学上车的女孩儿叽叽咕咕闲聊,听得出在为工作焦虑,说公务员难考,说律师不好做,说毕业就等于失业,很沮丧。便有一个很豪迈的声音给大家励志:"别怕!大不了我们写小说,照样能养活自己!"

这话让我忍俊不禁,下了车还摇着头乐:写小说原来成了末途啊!

乐过之后,心却变得有些温乎,想:在文学人都不再文学的当下,还有人雄赳赳愿端文学这碗饭,怎不教人暖心?

去年盛夏,又一届学子要毕业离校,几个孩子邀"散伙饭",我照例答应:这类于送女出嫁,必须我设饭局!拣一个很大众的饭馆,师生一行依依惜别。其间我问一个大一时便发奋写作的女孩儿:"还在写吗?"

她笑了,不无自嘲地说:"现在要跟人说你还在弄文学,人会笑呢!"

心里不禁五味杂陈!

不知从何时起,功利开始盛行:位子、票子、房子、车子。文学没落到了文学人都懒得瞅它一眼的田地,被贴上"商"标"名"牌,缺钙,软骨,孤芳自赏,门可罗雀。而冠以"学术"的文学研究,更被"名利"二字侵蚀得斑驳而又沧桑,却"还要将脖子扭上几扭,实在标致极了"。

如此环境中,却有一帮热血青年云集于"长风"文学社,景仰着文学,执着于文学,身体力行地践行着文学梦想,用一腔痴心为文学招魂,这怎能不鼓舞人心?

耶稣说:"人不能只靠面包过活,你的心灵需要比面包更有营养的东西。你有多久没有唱歌,没有到大自然中走一走,没有读诗?"

我们的"美好生活需要"一天比一天迫切,可我们的日子却过得越来越鸡零狗碎。我们的阅读和解读,评论和批评,一面奔向功利,指鹿为马,装神弄鬼,故弄玄虚,望文生义;一面陷于庸俗,碎片化、浅显化、鸡汤化、邀宠化……

2

文学是隐喻的艺术,隐喻构成了文学的意义世界。隐喻不仅是超越文化"真理"之外的东西,还是我们感知和体验这个世界绝大部分事物的唯一途径。

对隐喻的构建,便成为文学言说的最大玄机。

鲁迅之所以要在《狂人日记》里构建二维表述,就是要将狂人"常态后的肉身选择"(赴外地候补)与"狂态中的精神体认"(这是一个吃人的世界)经营成别有意味的隐喻世界,以审视并引导人们审视"中国人格"。不是吗?中国人在意义世界和生存世界、在精神与肉身、在言与行之间取舍时,个个不都是"狂人"吗?思想上的反叛和寄身上的归依,二元悖反却和谐统一地构成了"中国人格"——"救救孩子"便成了滑稽不经的空妄,令人顿生悲凉。

都德《最后一课》里对"小弗郎士""韩麦尔先生""小镇里的其他人"群体"觉醒"的构建，《柏林之围》中"自己被围"与"围困他人""悲""喜"交互的二维格局经营；莫言《红高粱》讲述过往生命傲岸时"当下立场"的文本注入；余华《活着》的"现象学"书写和莫言《生死疲劳》的"发生学"言说……作家们在不同文本里构建的隐喻世界，蕴藉而深刻，如灵似魂，让文本生动传神。

行文至此，忽然担心起来。要是我们的"专家"们又来质询："你的这些观点依据何等理论？"他们不止一次这样盛气凌人地质询过，比方在博士、硕士、学士毕业论文答辩时。我能说出词儿吗？我很惶恐！

中国社会科学院副院长张江在他的《理论中心论——从没有文学的"文学理论"说起》一文中切中了要害："放弃文学本来的对象；理论生成理论；理论对实践加以强制阐释，实践服从理论；理论成为文学存在的全部根据""成为理论家们的主要思维方式和逻辑演绎方式。"（《文学评论》二〇一六年第五期头条）

终于有人站出来招魂了！手动比心！

文学之魂，是该到回归的时候了！

3

著名评论家、作家阎纲说："假若牢牢立足于生活实际以现实主义为创作基础，我想，那将是中国最有生命力（激发火山般的创作潜能生成裂变！）最有发展前途的文学潮流。"

冯骥才说："写作是一种灵魂的自由，是人类一种伟大的精神行为……我们选择了写作，实际上就是选择了自由——自由的思想与自由的表达。"

池莉说:"生活就像烧不尽的原野一样,生长出更芜杂更繁茂的草丛,只有天才知道这草丛里头有多少生命有多少痛苦和欢乐。一个作家站在这儿,必须具有超尘脱俗的想象力,否则你无法进行真正意义上的创作。"

梁晓声说:"我最自省的一点,或者说最怕自己背叛了的,倒不是什么最崇高的作为人的原则,而仅仅是——善良的温馨的人性……"

张欣说:"我相信,在这个物欲横流、金钱崇拜的世界上,确有一个物外的叫作精神的东西。"

这个物外的叫作精神的东西,在我们"长风文学社"以及其他追求精神高扬的人们身上凸显出来了,这无疑是给时代招魂,给文学招魂!

陕西师范大学是一个作家辈出的地方,比如郑伯奇、霍松林、侯雁北、马家骏、徐岳、赵熙、王巨才,比如沙石、刘成章、蒋金彦、匡燮,比如白描、白烨、梅绍静、李天芳、庞进、刘路、张国俊、刘明琪、雷电、王海珺、黄纲、马知遥、熊奇录,比如陈长吟、朱鸿、红柯、张浩文、吕刚、袁方、刘国欣……他们有的活跃在祖国各地文坛,有的就供职于我们文学院;有的在古稀之年仍笔耕不辍(如九十高龄的侯雁北先生,他几乎每年都要推出一部散文集或小说),有的正年富力强创作旺盛(如小说家红柯、散文家朱鸿)。

然而和西北大学作家群相比,我们的阵容无疑仍是单薄的。

为文学招魂的希望,就寄托在你们身上,我亲爱的孩子们! 正因为有你们,未来才让人如此充满信心!

加油!

挥不去的一抹痛

二〇一四年初夏的一天,朱鸿约了陈忠实先生小聚,地点在长安区一家叫梅花弄的小餐馆。饭菜很朴素,几碟素拼,几样农家小点,一人一碗苞谷糁面条。应邀者中,有西北大学的段建军教授、西安音院的仵埂教授等,他们跟陈老都很熟络。

而我,则属非公场合中,与陈老初次餐桌相聚。

席间,仵埂先生请陈老给他的学生在《白鹿原》扉页上签名留念,陈老欣然提笔,仔仔细细一本一本写。签完名后,陈老一脸的舒坦,点烧一支粗雪茄,幽幽地吸,满屋就飘荡起浓浓的烟草味。这幅图景,包括这种味道,让我想到了《白鹿原》中的朱先生。

文人相聚,阔论总是免不了的。席间大家热烈地争论、讨论,话题转换很快,思维跳闪敏捷,不乏宏论高见。机智处彼此满面粲然,忧患里相互一脸戚戚。

陈老则像一位宽厚的长者,并不多言,只是安安详详地抽着他的雪茄,好像那雪茄里,有他向往的一处乐土,能安放他的思想,也能寄存他的灵魂。

其间,陈老过一会儿,看我两眼,过一会儿,又看我两眼,如斯者几番。我读懂了陈老的心意。满座熟人,却多了一张不熟的面孔,陈老以为,朋友们给他安排了事情。有事情你倒说啊,比方要合影,比方要签名,比方要求字或者写序,抑或需要提携荐举奖掖,陈老等着,并会以长者的仁慈,敦厚,绝不推辞,也不拂意!我从陈老那双明澈而深邃的眼睛里,读到了他性情中的这份善意和盛情,那是一份宽厚的仁慈,更是一种骨子里的热肠。我含笑迎接了陈老目光中的善意与盛情,并以茶代酒,祝陈老精神矍铄,妙笔生花。

陈老明显苍老和憔悴。一支雪茄,他吸上几口,掐灭,一会儿又点燃再吸。饭他吃得不多,菜也随意地拣了几口。我明显感觉到他体力的不济,因为他不时在深呼吸,长出气,虽然他在极力掩饰。他身子板直地坐在一旁,在淡淡的烟雾后边,用他写满沧桑的脸上那双幽深的眼睛,应和着大家的高谈低侃。

我的心里,忽生一阵痛楚。

在分工日趋细化、职业角色成为实现人生价值的现代社会,有的人是上帝给政治的恩赐,有的人是老天对音乐的眷宠,有的人为建筑而降,有的人为绘画而来。陈忠实先生,是为文学而生的。他的一部《白鹿原》,一鸣惊人,足以曲高和寡,流芳百年。然而陈老显然不单生为文学,在特定的意识形态和体制格局中,他不争地被由内而外地绑架了,并且背负沉重的十字架。

心善者至累,宽厚者至躬。陈老身兼多职,要在体制内奔忙,开各种会,参加各种活动,出席各种仪式,在其位须谋其事,履其职,尽其责;要在场面上劳顿,剪各种彩,奠各种基,莅临各种希望他露脸以壮声威以抬门脸的场合;他还得在人事间穿梭,应付各种必须到场的集会、雅聚、饭局、宴席,我就在圈内的许多婚宴上,见着了陈老熟悉的身影。

陈老的生活,不再平静、安静和清静。他是那种轻易不拂人意的宽厚者,具有一副普惠他人、温泽心灵、乐施援手的心肠,宁肯自己委屈,绝不他人为难。为文学而生的陈老,不再为文学而活着了,从某种意义上,也不再能为自己而活着了。想说的话,他不能说;想做的事,他偷不来闲! 这对一个古稀老人来说,幸也,不幸?

饭罢,大家出门送陈老时,都道珍重,都祝健康,陈老只用他满脸皱纹里的笑回应着,未置一词,钻进车里绝尘而去。

我在想,陈老他心中,当时是怎样的感触。他未置一词的无言里,到底沉淀了怎样的情绪、情感和情思。他是否在以个人魅力温润周围的同时,也对被剥夺的时间和精力、被破费的才情和沉淀而憾怨过? 他是否曾在独处时这样想过:假如《白鹿原》之后的二十多年时间里,不为时势所执,不为声名所累,他会给中国当代文学艺苑里,再添多少明艳的花朵?

声音
——中篇小说《红岨招凤》创作谈

1

个体生命的经历,永远是最鲜活的历史。每个人都只是人间过客,从生到死,不过数万天光阴,转瞬即逝。而生生不息的世事,则会代代流续。

那么,拿什么证明我们曾降生人世,欢乐过也忧伤过,困苦过也幸运过?把什么留给我们的后人,让他们将我们当作远去的生命风景,在遥远的未来,如仰望星空一般,能依稀看到我们一闪而过的影子。

建了坟茔,三代而过,有多少人还能记着你的名字?

造了墓碑,百年之后,谁还能知道你生命里那些曾经的丰盈?

修成族谱,三言两语的述说里,能沉淀几句你心中的那些温情与忧患?

而立言,则是唯一能让生命即便灰飞烟灭,却能永远定格的一种途径。

我们的先贤,将立德、立功、立言作为人生的"三不朽",其穿越古今的深长用意,在于精神的不断自清,种族的代代强大,家国意识的因循卓越。而今,我们只有从《诗经》里,才能感知周先民的风物人情、习俗风尚,遥望彼时人们的艰苦卓绝和情感浪漫;在《史记》中,体感司马迁的胸怀、眼光和沉淀,了解历史风云和世相百态。诸子百家,不单传播了思想,更让我们感受到了那个时代的人文气象。巴尔扎克,让我们能具体认知那个时代的物欲横流与人格畸变。

文学,文学中的人事景观,永远是最生动的历史,定格了的生命风景。

2

我们生活在一个急剧变革的时代。这个时代的声音,庞杂、多元、矛盾、尖锐、激越、深沉。充满了忧患,也汇聚了豪迈;杂乱着刺耳,也响彻着和鸣。个体永远是特定的生命格局,孔子是时代的孔子,倘若他生活在大唐,他还能是我们读到的这个孔子吗? 每个时代,都有它理性和非理性的一面,绝不以人的意志为转移。历史总在朝前,时代总在流转,文明总在进化,我们今天的辉煌,我们的前辈们肯定没有想到过,最起码没有想到能这么快成为现实。

我们这个时代,不缺少思想,缺少的是实干;不缺少忧患,缺少的是奉献;不缺少指责,缺少的是进取。人被解放出来了,精神却涣散了;向好的意愿充分释放了,干劲却沉沦了;物质生活大大丰富了,欲望却难以满足了……我们这个时代,太需要埋头苦干的精神了!

于是,就有了《红岨招凤》的创作冲动。

中篇小说《红岨招凤》(刊于《小说月报·原创版》二〇一七年第八期)是一个虚拟的故事,商人胡天佑、官员李书记、学者支耀明,围绕红岨崖上的几棵歪脖树,官、商、学相互勾结,展开了乱象纷生的利益博弈;而基层干部上官睿却为了百姓利益,呕心沥血,背水一战。我们的时代太需要上官睿这样的实干家了！小说之所以在结尾留下一个亮点，是太希望能激发一点点道德力量，把空谈和忧虑，化为实干和努力，愿人人都能尽心尽力，为我们的时代真真正正付出一点脚踏实地的身体力行。

希望我这点声音，能为世人容纳。

3

先祖赐给我们文字，是要让我们记录并传播真善美，揭露假丑恶的。世界文明，正是由于文字，才得以流续、进步、融合、提升，进而发扬光大的。

若干年后，当我们的后人，手捧我们的文字，他们不单能看到一个孑然远去的身影，更能感知一个迁转了的时代，并在我们的文字里，感受特定时代里那些特定的人生忧乐。那将是多么鲜活、深邃、幽远的个体历史！在这些文字里，我们的后代，会感知到良善、多情、柔软；苦涩、艰辛、困顿；感恩、愧疚、怅然；忧患、期冀、执念……而这些声音，定会形成一种流续的文化，融入心灵，演化成优良的风习，让我们的族人，精神更饱满，人格更美好，这样，我们的明天才会更灿烂。

我们缘何如此焦虑？

——中篇小说《桂花年年香》创作谈

短短四十年，我们便取得了人类历史上从无先例的飞速发展，由改革开放之初的温饱不继、物资匮乏，一跃成为世界第二大经济体。这是了不得的成就，已经赢得了国际社会的普遍赞誉和敬重。回顾当年前辈们"电灯电话，楼上楼下"的朴素梦想，人们不禁会笑呢！我们早已进入了电子时代，正紧跟世界脚步向量子时代大踏步迈进！

可是，国人在"获得感""幸福感""安全感"与日俱增的同时，也陷入了普遍的焦虑之中难以自拔！

经济学家将此归结为中等收入陷阱引发的多层面焦灼。

社会学家认为这是物欲膨胀、公德沦陷、信任塌方导致的忧患体认。

政治家则高屋建瓴地将其概括为"人民日益增长的美好生活需要和不平衡，不充分的发展之间的矛盾"。

这无疑是英明决断！

国人的焦虑涉及了若干层面，但唯有生存焦虑关乎每一个生命个体。一路从各式各样的灾难中走来，我们穷怕了，在追求财富积累的过程中，我们一面将科学技术作为第一生产力，另一面却没能足够重视信仰、敬畏、公心之于社会发展的重要性。而人类发展史却告诉我们，科学是唯物的，它能给肉身提供极为广阔的发展前景；信仰会给心灵注入敬畏，让人性受到约束，使人不致迷失在物欲的世界里变成非人。

《桂花年年香》（刊于《小说月报·原创版》二〇一八年第四期）讲述的就是一个生存焦虑的故事。切身的不幸经历，让桂花（人名）刻骨铭心地明白——环境污染带来的可怕恶果已经逼近她的生活。桂花正在生存焦虑中苦苦撑持。

这不单只是桂花的故事，从某种意义上，这也是我们的故事。

遭受面源污染带来的生存不幸的桂花，以切肤之痛，从本我出发，让命运推到了超我的立场上揪心发问："若人人都只管自己不想别人，都只认钱不讲良心，你害我，我害你，到头谁能好？"

这是遭难之后的清醒，更是痛彻心肺的质问。她在问谁？问你！问我！问他！

桂花觉醒了，因为她所遭遇的不幸和困厄。她在焦虑的同时，也在行动。可是我们身边有多少人，却一面在焦虑，在抱怨，在深恶痛绝，一面仍在无视良知和道义，心无敬畏，只顾私利！难道桂花的悲剧，真不会发生在你的身上，我的身上，他的身上？

人是自然之子，受馈于天地、山水、林草……由爬行而直立，从远古走入今天的文明鼎盛。可作为自然之子的人，却自古至今地对自然之母心存征服欲念……这无疑是我们的文化原罪！可惜我们不单没能悔过，还自视为万物主宰，一味地在掠夺和豪取。

灾难便注定成为人的宿命！

财富没有了，我们可以再赚；健康受损了，任谁也难以修复如初；生命消逝了，你能起死回生？难道我们真愿意我们的后代，陷于万劫不复的深重灾难？

鼓舞人心的是，十九大报告已经将面源污染的严峻性和治理环境的迫切性,提到了刻不容缓、要发力根治的高度。"宁要青山绿水,不要金山银山!"这是多么给力的声音!桂花一定会万分激动的,因为她看到了希望!

我想,每个希望生活在食品安全、空气清新、山清水秀的美好环境中的人,都会在为桂花的不幸和忧虑洒下泪水的同时,洗清蒙在心灵上的私欲尘垢,促生敬畏,唤醒良知,为营建和谐美好的生存环境,尽一己之力!这将是十分艰难的救赎之路,它可能要以我们放缓脚步为代价。然而只有这样,我们才有望能从生存焦虑中解脱!

"让老百姓呼吸上新鲜的空气、喝上干净的水、吃上放心的食物、生活在宜居的环境中,切实感受到经济发展带来的实实在在的环境效益,让中华大地天更蓝、山更绿、水更清、环境更优美,走向生态文明新时代。"

这是多么美好的愿景!

苦难，是不该被忘记的！

——中篇小说《秃驴那些风流事》创作谈

1

儿子七八岁时，我们带他去看一部悲苦的电影，名叫《卖花姑娘》。这是我们小时候看过的影片，那时候我们哭得稀里哗啦；长大后再次观看，我们仍然禁不住泪流满面。儿子惊奇地瞅着我们，扯着铜铃般的嗓子喊："那是电影，假的！"

周围如同我们一般的家长，都被逗得呵呵笑。

是啊，科学技术的日益发展与普及，让我们的孩子比我们小时候能获取更多的信息，已过上更好的日子，知道了许多事情不再那么神秘，这个世界的一切都可以用科学进行阐释。这无疑是社会的巨大进步！

可我还是感觉到了一点点悲凉！

科学在提供给我们更多技术认知，让我们的生活和生命变得更丰富多彩和健康强大的同时，也似乎在消解着我们身上应当具备的另外一些东西，比如敬畏，比如悲悯，比如心中那些本应该柔软无比的对人对己的敬重……

2

到儿子十来岁，我开车带他返乡省亲，指着弯弯曲曲的高渠坡告诉他，当年我们上学，每周至少要回家背一趟干粮，这道坡一星期就要爬一两个来回，单趟需步行三两个小时。

儿子很不解，问："为啥不搭车呢？"

我告诉他那时候没有汽车可搭，即便有，也没钱买票。

儿子嘲讽地看着我，说："那就骑自行车呗！"

我说："哪有自行车啊！"

儿子天真地问："都怪你笨呗，你不会住校？"

我逗他："吃什么？"

他说："上灶啊！"

他倒是懂得不少。可他哪里懂得贫困是一种什么样的光景。

是啊，国强民富的当下，还有多少人铭记着刚刚逝去不远的困苦呢？没经历过那些苦难的孩子们不解其味，就连经历了这些苦难的人们，也大都好了伤疤忘了痛。不计其数的浪费，各式各样的挥霍，高消费成为时尚，"烧钱"之风盛行，怀旧之举、之想不绝视听。

苦难已然成为"旧"事，可是我们谁又变成了"新"人呢？

这无疑是更令人揪心的！

3

苦难曾经是连绵的风景，在人们心中烙下了难以磨灭的印记。可这道印记，除了让人们不愿再过穷日子、苦日子，而无视一切禁忌甚至良知豁出去了拼命致富，还剩下些什么？

贫困以及贫困里的那些事儿，再不去嚼一嚼、品一品，一味投身快速致富，一味寄心于对美好物质生活的贪图，谁敢保证苦难不会再轮回到我们身上？

《秃驴那些风流事》（刊于《四川文学》二〇一八年第七期）就是品咂苦难和贫困的。这份苦难，不独表现在肉身，还体现在灵魂。外在与内在，表象和本质，共同构成了已经远逝的那些苦难内核。

"秃驴"是一个"洋药""中药"都没医好的半残人，具有肉身与人格的双重缺陷，他是被人笑话的对象，又寻找一切话题笑话他人；他从小受人欺凌，却又借一切机会欺凌他人，以满足自己卑微的存在感和价值感。

强过他的，他巴结；不如他的，他轻贱。

他心中的是非与善恶，全然以一己私利为标准，利我即善即是，害我即恶即非。

他在被挤压的生存里，畸形而又阴冷。

然而他的心灵一隅，却有着饱满的善意和良知。这是人性荒原上星星点点的花朵。当他遇到粉莲，头一回被当作男人获得了敬重，他人性里的那些光华璀璨地闪耀了出来。为了疼爱这个女人和她两个孩子，秃驴不怕吃苦，不怕受罪，更不怕遭人作践。他终于能像人一样活着了。

可是他所处的生存环境，没有给他做人的机会。

粉莲秋叶和冬生被强行从他的生活里夺走，同时也剥夺了他作为人的那些温良，他又跌回了他的畸形和阴暗里。可是比如葫芦，一旦有花开过，即便结不出果来，都会留个花蒂，秃驴的心里，终究多了一份被激活的温情，并带着他的那点温情走向生命终点。

遭受社会、人生以及自我认同三重捏弄的秃驴走了，雁过无声，长天一派深邃。秃驴的身后，日月仍在轮回。

始信"种瓜得瓜，种豆得豆"是大哲学。

4

贫穷之于我们，已然成为远去的风景。温饱无忧的当下，人们对更为美好的生活的期许与追求，愈加迫切甚至越发急躁。这份迫切与急躁在以大数据的方式吸引着眼球，刺激着神经，催生着焦灼，却没有引起足够深入的审视和方略意义上的惊醒。

我们迅速甩掉了贫穷和落后。可是我们的精神以及精神之外的更多不堪，却以轮回的方式在流续。我们不仅没能跟上物质文明的脚步，某些方面，我们甚至在滑坡，并出现塌方。环境污染了，我们能够治理，相信也能够恢复。技术落后了，我们可以学习，更可以赶超。但是文化颠覆了，它还能建构起来吗？

因此，进行精神救赎，构建基本信仰，强化悲悯情怀，永远将是我们民族强盛的必由之路。这条路，或许将会很长很长！

小说是隐喻的艺术，隐喻是小说的灵魂。隐喻背后的，是思考、忧患，一腔赤诚和一片苦心。

在小说的世界里，一个人的历史往往是一个族类的历史；个体生命的悲欢离合与文本构建的世事框架，织成了一张生存之网。这张网，就形成了《秃驴那些风流事》的沧桑和阴冷。感知秃驴生前身后的所有生命内容，我们能看到些什么，能想到些什么，能做些什么？

最后，就借小说里的一段经典唱词来结束这篇短文吧——

他大舅他二舅都是他舅，

高桌子低板凳都是木头。

金疙瘩银疙瘩还嫌不够，

天在上地在下你娃甭牛……

我为人的神性放歌

——中篇小说《地丁花开》创作谈

我执拗地认为,人心里既供奉着一尊神,也蛰伏着一只兽。

有些人身上神性突出,凡事为别人想得多,为自己想得少,像荒草地里开出的花朵,虽然星星点点,却能暖热人心;有的人身上兽性张扬,遇事只顾自己,很少能替别人考虑,一如花园中疯长的荒草,会吞噬一切美丽。

喜欢柏拉图,是他看来,人之为人的最高境界,在于"人与神相似",在于"人向神生成"。

中篇小说《地丁花开》(刊于《长城》二〇一八年第五期),就是审视人的神性及其在俗世生存中的遭际。这大约是迄今为止,我倾注泪水最多的一篇小说。

二〇一七年春节刚过,九十岁的母亲以普通感冒入住医院,边治疗边严重,竟至呼吸衰竭,生命几度垂危。我长跪在父亲的遗像前,泣求他的庇佑。中篇小说《地丁花开》,是和妹妹们守在母亲的病床旁,我用手机完成的。

《地丁花开》讲述了好人脚夫梁桃的故事。故事里的梁桃是我的族亲,整个故事的框架大体也取自他的生平。但梁桃身上,不单只有梁桃的品格、性情。我的爷爷、大伯、二伯，二十一岁就离开人世的我的三伯，我的三十七岁便不堪争斗上吊自尽的四伯，还有被逼致疯、大半生颠沛流离的我的小叔父，当然了，最主要的还有我一生勤恳、心地良善、从不与人争竞、一切委曲求全的父亲，他们身上的那些坚忍、无私、勤苦、善良、包容以及苦况，是我塑造"梁桄"这一形象的生命体验之源，故事情节宝贵。

我的父亲母亲，他们不仅践行着良善、勤劳和无私，还用他们的讲述，让我跨越了生命时空，获得了那么多鲜活、温热、传神的生命故事。

我姐夫的爷爷，土改中被村人吊上屋梁活活勒死，身首异处，目的只是要他交出他们臆想的金银财宝。他救过刘志丹，接待过于右任，是当地有名的乡绅。

我的长姐，是《地丁花开》中毛女的影子。夫家爷爷被活活吊死的惨烈经历，让她一生心灵蒙着阴影，身心受到严重伤害。而毛女疼爱久娃的情节，则是我九岁就告别了人间的二姐的故事，她在苦难里以她小小的身体，承受着各种不幸，却把温润和美好，尽情地拿出来展示。

我的堂三爷，当过国民党连长，娶妻两房，经常戴着纸糊的尖尖帽被批斗。小时候我一见他就害怕，就想起书中、电影里描述的国民党刽子手。他大半生当饲养员，喂生产队的牲口。有一头母驴难产死了，他居然抱着那头驴号啕大哭，如丧考妣，几天几夜不吃不喝。生产队把那头驴宰杀了，大锅一煮分肉吃，三爷脱只鞋提在手里，追着两个前来吃肉的老婆打，边哭边骂。

母亲一个名叫八斗的表弟，瘸、聋、丑、憨，子女多，劳力少，一年四季奔波在乞讨的路上，衣不蔽体，鞋不裹脚，所讨自己不舍得吃，全背回去供养自己的儿女老婆。他很疼我的母亲，每次只要路过，都要来家把讨要到的最好吃食匀给母亲一点。他来一次，母亲就哭一场。他来一次，父亲就心疼多日。因为母亲每次都会给他装些米面或馍饭。他又丑又脏，我和妹妹们见他就躲，有几次母亲不在，我们就关上门不让他进屋。唉，现在想来，不知那时的我何以会心硬如铁！可是好多次，当我们见八斗一拐一拐离去，打开门出屋时，屋门口的墩石上，却放着几块儿雪白或半白的馒头。

隔壁，我们叫侉子奶奶的外省女人，带着三个女儿逃荒来到我们村庄，嫁给了靠常年四季给人打土坯讨生活的四爷，抱养了一个儿子，辛辛苦苦养长，儿子却投靠了亲生父母，从没回来看望过他们。

…………

所有这些，都是构成《地丁花开》生命风景的情感沉淀和世事烙印。

《地丁花开》草稿初成，母亲奇迹般好起来了。只是一个普通感冒，母亲辗转了三家医院，前后花费四五万元，终从死神手里顽强地挣扎过来。感谢母亲！感谢我在天有灵的父亲！

人是地球上唯一能追问自身存在意义的动物。这是人的伟大，也是人的悲壮。维持并繁衍生命、攫取并享受财富，是人的动物性；而寻求生命的意义并将其代代传承则是人的神性。但人终归不是神，所以，人便生存在一个充满悖论的生命格局中。生与死、爱和孤独、奉献和索取、利己与利他，构成了生命流续中最为悲情的灵魂冲撞甚至撕裂，引发着一次又一次的阵痛。

请允许我用《地丁花开》为人的神性放歌！但愿我这朵地丁花能入你的法眼，清去心火，滋润尘肺，排除阴毒！